DRACHEN AUF DER BOURBON STREET

JADE CALHOUN SERIE, BUCH 9

DEANNA CHASE

Übersetzt von
ANNA DRAGO

BAYOU MOON PRESS, LLC

Copyright © 2019 by Deanna Chase

Lektorat (Englisch): Angie Ramey, & Red Adept

Einband: © Ravven

Übersetzung: Anna Drago

Lektorat (Deutsch): Katrin Dolle

ISBN 978-1-953422-61-3

Bayou Moon Press, LLC

www.deannachase.com

ÜBER DIESES BUCH

Von der New York Times Bestsellerautorin Deanna Chase kommt das neunte Buch aus der Jade-Calhoun-Reihe.

Die weiße Hexe Jade Calhoun ist im siebten Monat schwanger. Alles, was sie will, ist, es sich zu Hause gemütlich zu machen und die Planung von Hochzeiten und Babypartys zu genießen. Doch als eine neue Bekannte vom Hexenrat festgenommen wird und dann auf mysteriöse Weise verschwindet, wird Jade in die Geschehnisse hineingezogen. Vom Hexenrat gezwungen, die vermisste Frau aufzuspüren, sieht sich Jade erneut mit Drachen konfrontiert.

Das sollte ein Kinderspiel sein, oder? Alles, was sie tun muss, ist, die Frau aufzuspüren, die dem Rat entkommen ist, zu verhindern, dass die Drachen erwachen und die Stadt übernehmen, und nebenbei noch Zeit zu finden, die Meilensteine des Lebens zu feiern ... und das alles in ihrem dritten Trimester.

KAPITEL EINS

*J*ade, das würde heiß an dir aussehen." Pyper hielt ein sexy kleines schwarzes Spitzen-Nichts mit passendem Höschen gegen ihr weißes Tanktop und ihren kurzen, hellblauen Rock. Sie hatte das Outfit mit flachen weißen Riemchensandalen vervollständigt, die ihre leuchtend blauen Zehennägel zur Geltung brachten. „Es hat Stil und mit deinen tollen neuen Brüsten, die aus dem Mieder herausquellen, wird Kane den Verstand verlieren."

Ich blickte nach unten und legte die Hände auf meinen hervorstehenden Bauch, während ich schnaubte. „Hast du sie noch alle? Meine sexy Phase habe ich vor zwei, drei Monaten hinter mir gelassen. Glaub mir. Nichts an diesem im siebten Monat schwangeren Körper schreit Verführung."

Pyper trat zurück, die Stofffetzchen noch immer in den Händen, und schüttelte den Kopf, als sie mich ansah. „Mädchen, du siehst so gut aus, dass sogar die Typen da drüben in der Ecke aufgehört haben, nach Pornos zu suchen, um dich anzustarren. Schau, der Blonde sabbert geradezu."

Mein Gesicht erhitzte sich, als ich ihrem Blick zu den beiden Männern in der Ecke des Ladens für Erwachsene folgte. Wir hatten im Hustler Hollywood haltgemacht, um ein paar Sachen für den Junggesellinnenabschied unserer Freundin Kat zu besorgen, und waren irgendwie dazu übergegangen, für Pyper einzukaufen. Sie war auf der Suche nach Babymach-Outfits für ihre nächste Verabredung mit ihrem Verlobten Julius.

„Pyper", sagte ich mit einem unbehaglichen Lachen. „Sie stehen unter einem Schild, auf dem steht, Schwangerschafts-Fetisch-Porno. Natürlich starren sie mich an."

„Oops. Du hast recht." Pyper verzog das Gesicht, hob den Arm und winkte den beiden Männern zu, die immer noch anzüglich grinsten. Als sie sich auf den Weg machten, hob sie ihre Hand. „Das ist nah genug, ihr Perverslinge. Meine Freundin hier ist verheiratet und nicht daran interessiert, eure Fantasie der Woche zu sein. Augen zurück auf die Pornofilme! Verstanden?"

„Geht nicht", sagte der Blonde, von dem pure Lust ausströmte und meine Haut prickeln ließ, als sie über meine nackten Arme kroch. Empathin zu sein, war scheiße, wenn man gezwungen war, sich mit einem notgeilen Idioten mit Schwangerschaftsfetisch auseinanderzusetzen. „Deine Freundin ist die heißeste Braut, die ich seit *Plugging* gesehen habe ..."

„Kein Wort mehr, es sei denn, du willst, dass meine

Freundin deine Männlichkeit verflucht und sie zu einem verschrumpelten Relikt aus verrottetem Holz macht", drohte Pyper mit einem zuckersüßen Lächeln.

„Verflucht?" Er warf den Kopf zurück und lachte. „Sicher, Baby. Was immer du sagst."

Die beiden lachten weiter über Pypers Drohung. Ich verdrehte nur die Augen. Die Wahrscheinlichkeit, dass ich jemanden verfluchen würde, war ziemlich gering, doch wenn er sich weiter danebenbenahm, würde ich nicht zögern, ihn zurechtzuweisen.

„Okay, also, was diese schwarze Unterwäsche angeht", sagte Pyper mit einem Grinsen. „Wenn du sie nicht nimmst, kaufe ich sie dir als Geschenk für Kane. Ich weiß zufällig, dass er dich immer noch verdammt sexy findet."

Es bestand kein Zweifel daran, dass sie es tun würde. „Wenn du das tust und ich wie ein gestrandeter Wal aussehe, wundere dich nicht, wenn was Kleineres und Schmutzigeres auftaucht, wenn dein schwangerer Bauch so weit über deine elastische Jeans ragt, dass du deine Füße nicht mehr sehen kannst."

Pypers Augen glänzten. „Ich habe das Gefühl, dass du Schwierigkeiten haben wirst, was zu finden, das ich noch nicht besitze."

Ich konnte nur lachen. Oh, wie überrascht würde sie sein, wenn ihr ganzer Körper wegen ihres wachsenden Bauchs schmerzte und sie dauernd zur Toilette rennen musste! Sex war vor ein paar Monaten vielleicht berauschend gewesen, aber in letzter Zeit ... Na ja, sosehr ich Kanes Aufmerksamkeit liebte, Schlaf stand ganz oben auf meiner Liste der Freizeitaktivitäten. „Wir werden sehen."

„Was hältst du davon?" Sie hielt ein Riemchenlederding hoch, das aussah, als bräuchte man Anleitung, um herauszufinden, wie man es trägt.

„Ich nehme an, dass *das* wahrscheinlich ein bisschen wild für Julius ist", sagte ich mit einem Achselzucken. „Er scheint mir eher ein Seidentyp zu sein."

Sie nickte und hängte das Ding zurück auf das Gestell. „Wahrscheinlich hast du recht, obwohl er nie zu wählerisch war, wenn es um meine Verführungstechniken geht."

Ich schnaubte und nahm ein silbernes Spitzenkorsett und ein dazu passendes Strumpfband vom Ständer. „Keiner von ihnen ist das. Hier, versuch das."

Ihre Augen leuchteten auf. „Oh, das ist perfekt. Er wird es lieben."

„Gut. Lass uns jetzt die Liste für Kats Polterabend abarbeiten." Ich reichte ihr das Bustier und bemerkte, dass sie immer noch das Spitzenetwas in der Hand hielt, das sie für Kane zu kaufen gedroht hatte. Resigniert, da ich es so oder so aufs Auge gedrückt bekommen würde, streckte ich meine Hand danach aus. „Gib her. Kane kann dafür bezahlen."

„Er kann mir später danken." Sie zwinkerte mir zu, reichte mir die Kleidungsstücke und ging weiter, um sich die Penis-Stirnbänder anzusehen.

„Nimm die auf jeden Fall", sagte ich, als ich ein Glas mit essbarem Honigstaub und Schokoladen-Körperfarbe aus dem Regal nahm.

„Jemand hat Pläne." Pyper grinste, als sie einen Gang

hinunterging, um etwas zu inspizieren, das verdächtig nach Nippelklemmen aussah.

„Bitte. Sie sind für Kats Junggesellinnenabschied. Ich war – Hey!" Die Begeisterung traf mich in den Rücken wie ein Pfeil, der in meine Haut eindrang, kurz bevor ein Paar Hände auf meinem Po landeten. Ich wirbelte herum, während ich zurückwich, und brachte Abstand zwischen meinen Grapscher und mich. „Was zum Teufel glaubst du, was du da tust?"

Der blonde Typ, der nach Schwangerschaftspornos gesucht hatte, grinste mich übermütig an und hob seine Hände mit den Handflächen nach oben, als er sagte: „Dieser süße Arsch, er war einfach zum Greifen nah. Was hätte ich sonst tun sollen?"

„Hey, Arschloch!", knurrte Pyper und eilte zu uns zurück. „Habe ich dir nicht gesagt, dass du meine Freundin in Ruhe lassen sollst?"

Immer noch schockiert, dass er mir gerade einfach so den Po begrapscht hatte, stand ich da und blinzelte ungläubig. War das wirklich passiert? Doch dann bewegten sich seine Hände auf meinen Bauch zu, als seine Lust wieder anfing, auf meiner Haut zu prickeln. Oh nein, Kumpel, ganz sicher nicht.

„Denk nicht einmal daran", sagte ich mit zusammengebissenen Zähnen, während Magie schon an meinen Fingerspitzen funkelte.

„Ich will nur deinen ... *Babybauch* berühren", sagte er, sein Ton war ernsthaft widerlich.

Ich versuchte zurückzuweichen, stieß aber dabei in eine Auslage mit essbaren Höschen, was dazu führte, dass die

Produktpyramide auf den Boden krachte, und der Mann immer noch auf mich zukam. Die Zeit schien sich zu verlangsamen, und ich fühlte mich vor Ekel wie erstarrt, als seine Hände zentimeterweise auf mich zukamen.

Er stieß ein leises Stöhnen aus, als seine Finger über den winzigen Streifen sichtbare Haut zwischen meinem Tanktop und meiner Yogahose strichen.

Ich schreckte aus meiner entsetzten Trance auf, und meine Magie schoss direkt auf seinen Schritt zu. Der weiße Strom der Macht erleuchtete ihn wie einen Feuerwerkskörper, als er rückwärts flog, seine Hände auf seine elektrifizierten Geschlechtsteile gepresst. Er stolperte über seine eigenen Füße und fiel der Länge nach zu Boden, sein Mund schockiert aufgerissen und Schrecken in seinen ebenso weit geöffneten Augen.

Großartig. Er war auf irgendwelchen Drogen. Ich ging durch den Laden und starrte auf ihn hinunter, meine Hände immer noch funkelnd vor elektrischer Magie. Ich hielt sie hoch, damit er sehen konnte, wie gefährlich ich immer noch sein konnte. „Mach so was nochmal, und deine Geschlechtsteile sind Geschichte. Verstanden?"

„Mein Schwanz ist schon weg verkohlt, du durchgeknalltes Miststück!", kreischte er und presste seine Hände weiter auf seinen Schritt.

Seine Wut wirbelte um ihn herum wie ein roter Schleier, doch meine eigene wutinduzierte Magie verhinderte, dass es irgendeine Wirkung auf mich hatte. Gut. Sonst würde sie mich auslaugen, und mein Mittagsschlaf würde wahrscheinlich zu einem sechzehnstündigen Schlafmarathon werden.

Seine Lippen verzogen sich zu einem Knurren. „Du hast ihn in ein verschrumpeltes, verkohltes Stück Holz verwandelt!"

„Noch nicht, aber das werde ich", knurrte ich zurück.

„Ja!", mischte sich Pyper ein und drückte ihren Stiefel in seine Seite. „Und wenn sie fertig ist, breche ich dir ein oder zwei Rippen."

„Weg von ihm!", schrie Pervys Freund und versuchte, ihm zu Hilfe zu kommen. „Er hat dich doch nur fühlen wollen. Er hat es nicht verdient, dass ihm der Schwanz weggeblasen wird."

„Nein?", sagte ich, und meine Wut ließ meinen ganzen Körper zittern. „Ich bin anderer Meinung. Schaff' deinen abgefuckten Freund besser hier raus, bevor ich die Polizei rufe und Anzeige wegen sexueller Belästigung erstatte."

„Du hast mich angegriffen!", wimmerte Pervy, als sein Freund ihn auf die Füße zog.

Eine kleine rothaarige Frau rannte herbei, gefolgt von einem kleinen, flauschigen Hund. „Es tut mir so leid, Miss Calhoun. Vic ist auf dem Weg nach unten, um diesen Mann aus dem Laden zu eskortieren."

„Nein!" Pervy schüttelte seinen Freund ab, und Panik ging von ihm aus, als sein Blick zur Treppe huschte. „Ich gehe."

Auf der Holztreppe im hinteren Teil des Ladens waren laute Schritte zu hören.

Die beiden Männer eilten zur Tür.

„Und kommt nicht zurück ... niemals!", rief die Rothaarige ihnen nach.

„Ich lasse jeden Monat Hunderter hier!", spie er, als er an der Tür zögerte.

„Eher Zehner", sagte sie trocken und sah ihn mit ausdruckslosem Blick an.

„Miststück", knurrte er.

Sie zuckte mit den Schultern. „Der getretene Hund bellt."

Offensichtlich wütend, dass sie sich ungerührt zeigte, wirbelte er herum und stürmte hinaus.

Die Verkäuferin drehte sich zu mir um und hob eine Schulter. „Ich glaube nicht, dass er mich sehr mag."

Pyper lachte und schüttelte amüsiert den Kopf. „Ich glaube, wir werden gute Freundinnen werden."

Ich lächelte die Verkäuferin an. „Das denke ich auch." Ich streckte meine Hand aus und fragte: „Sie scheinen mich zu kennen, aber ich glaube nicht, dass wir uns schon mal begegnet sind."

Sie strahlte und schüttelte meine Hand. „Ich bin Harper Spelling. Wir sind uns noch nicht wirklich begegnet, aber Sie sind in meinem Zirkel so was wie eine Berühmtheit."

„Berühmtheit?", fragte ich gerade, als das Baby gegen eine meiner Rippen trat. „Autsch. Was für ein Tritt. Sie ist jedes Mal ein bisschen aufgeregt, wenn ich meine Magie einsetze."

Pyper wurde ernst und musterte mich. „Ist alles okay? Soll ich dich zur Heilerin bringen?"

Ich verdrehte die Augen. „Nein. Du bist genauso schlimm wie Kane. Es geht mir gut. Dem Baby geht's gut. Und dieser Idiot, der mich begrapscht hat, wird bekommt für etwa eine Woche keinen hoch, bis er sich von meinem Magieblitz auf seine Nüsse erholt hat. Alles ist gut."

„Mann, ich wünschte wirklich, ich hätte diese Fähigkeit. Eine Dosis Magie in den Schritt ist einer Muskelzerrung während einer körperlichen Auseinandersetzung vorzuziehen", sagte Pyper wehmütig.

„Da kann ich nur zustimmen", sagte Harper und richtete ihre Aufmerksamkeit auf den großen Mann, der schließlich im Laden angekommen war. Er war groß, leicht zwei Meter zehn, hatte pralle Muskeln und einen finsteren Blick auf seinem Gesicht, passend für einen WWF-Wrestler, der bereit war, einem Gegner den Kopf abzureißen. „Alles okay, Vic. Allein die Vorstellung, es mit dir zu tun zu bekommen, hat den Idioten in die Flucht geschlagen."

„Gut so." Er lächelte sie an, und sein ganzes Gesicht wurde weich und ließ ihn wie einen riesigen Teddybären aussehen. „Schön, wenn sich mein Ruf mal auszahlt." Der Mann zwinkerte uns zu und ging zurück zur Treppe.

„Er ist ... Wow", sagte ich und bewunderte die Fähigkeit des Mannes, innerhalb von Sekunden von einer auf eine ganz andere Persönlichkeit umzuschalten.

„Auf jeden Fall wow. Und gutaussehend auch", bemerkte Pyper. „Wenn ich nicht schon vergeben wäre, könnte ich mich nur schwer davon abhalten, ihm nach oben zu folgen."

„Ja", sagte Harper mit einem wehmütigen Seufzer. „Er ist lecker."

Ich kicherte leise und beobachtete, wie Harper und Pyper den Sabber kaum zurückhielten, als sie Vics Hinterteil betrachteten, bis er im ersten Stock verschwand. Er war definitiv heiß, so Testosteron pur. Aber meiner

Meinung nach konnte niemand Kane das Wasser reichen ... nicht einmal ein muskelbepackter Jason Momoa-Doppelgänger.

„Also, Harper", sagte ich und räusperte mich. „Erstmal eines: Wollen wir nicht du sagen? Ich fühle mich so schrecklich alt, wenn wir uns siezen. Du sagst, ich bin in deinem Zirkel berühmt. Ich kann mir nicht vorstellen, was das für ein Zirkel wäre, es sei denn, du bist eine Hexe. Und wenn ja, solltest du dir auf jeden Fall den Zirkel von New Orleans ansehen."

„Oh nein, definitiv keine Hexe", sagte sie, senkte ihre Stimme und sah sich im Laden um, als ob sie sichergehen wollte, dass niemand zuhörte. „Obwohl ich eine Cousine zweiten Grades habe, die eine ist. Sie lebt seit ein paar Jahren in Salem."

„Das ist ziemlich klischeehaft", sagte ich lachend. „Trägt sie schwarz und einen spitzen Hexenhut und führt einen Hexenladen?"

Harper brach in Gelächter aus. „Ja, das tut sie tatsächlich." Ihr Lächeln war strahlend und ihre Augen funkelten. „Es ist eine totale Touristenfalle, in der sie hauptsächlich funktionslose Zauberstäbe und harmlose Liebeszauber verkauft. Aber sie genießt es, also wer bin ich, mir ein Urteil darüber zu erlauben?"

Stolz strahlte von ihr als helles weißes Licht aus, das nur ich sehen konnte.

„Ich bin mit Mati Ballentine befreundet", fuhr Harper fort. „Wir studieren zusammen an der Tulane, und ich war zufällig an dem Tag in Pointe, als ihr alle diesen Drachen erledigt habt. Es war verrückt und beeindruckend, wie du die Stadt vor dem Drachen bewahrt und trotzdem Conor gerettet hast." Sie verneigte sich leicht in der Taille und zog einen imaginären Hut. „Sehr beeindruckend."

Sie meinte den Vorfall vor einigen Monaten, als der Schauspieler Conor Wells von einer Drachenseele besessen war und sich tatsächlich in einen vollwertigen fliegenden Drachen verwandelt hatte. Mit Hilfe der Coven Pointe-Hexen war es mir gelungen, ihn zu fangen, damit der Rat der Engel die Drachenseele aus seinem Körper und zurück in eine Statue zwingen konnte, wo sie zuvor Hunderte von Jahren eingeschlossen gewesen war. Conor war wieder ganz er selbst, arbeitete weiter an seiner erfolgreichen Fernsehserie *Witchin' Hills*, und die Drachenseele war im Reich der Engel sicher.

Ich lächelte sie angespannt an, denn es war mir unangenehm, mitten im Laden über einen großen Ausbruch in der paranormalen Welt zu sprechen. „Danke. Ich hatte Hilfe."

„Ich habe mich gefragt, ob wir uns bald mal treffen und reden könnten ... unter vier Augen, meine ich. Hier in New Orleans braut sich was zusammen, und ich glaube ..." Das Telefon im Laden begann zu klingeln, und sie verzog das Gesicht und hob einen Finger. „Einen Moment. Ich muss da rangehen."

„Sicher", sagte ich, und Neugierde durchströmte mich, als sie durch die Gänge mit Penislutschern und essbarer Unterwäsche eilte, um ans Telefon zu gehen. Zu hören, dass in New Orleans *etwas*, wahrscheinlich etwas Paranormales, vor sich ging, war nicht überraschend. New Orleans war eine Brutstätte paranormaler Sperenzchen, doch es wäre eine nette Abwechslung, einmal vorgewarnt zu sein.

„Komm", sagte Pyper. „Lass uns fertig machen und von hier verschwinden."

Ich nickte und folgte ihr durch den Laden, während wir genügend Kram einsammelten, um unseren eigenen Miniladen zu eröffnen. Wenn Kat sich weder bei ihrem Junggesellinnenabschied noch auf ihrem Polterabend amüsierte, lag es nicht daran, dass wir uns nicht bemüht hatten.

Als Harper damit fertig war, unsere Käufe aufzuaddieren, fragte ich: „Was hattest du vorhin nochmal gemeint, bevor du ans Telefon musstest? Irgendwas über ein Problem, das sich hier in New Orleans zusammenbraut?"

Sie nickte und runzelte die Stirn, als sie den Mund öffnete, um zu antworten, doch bevor sie die Worte herausbringen konnte, schwang die Tür auf, und drei Hexen, die ich kannte, kamen herein. Madam Tempest, die Vorsitzende des Hexenrats, wurde von zwei anderen Ratsmitgliedern flankiert, einem weißhaarigen Mann und einer hübschen Brünetten. Ich hatte die unglückliche Erfahrung gemacht, vor ein paar Monaten nach dem Conor/Drachen-Fiasko vor Gericht zu stehen. Mir wurde eine Vielzahl von Dingen vorgeworfen, darunter Einbruch, und die Gefährdung der Bürger von New Orleans.

„Madam Tempest …", begann ich, doch die Hexe schenkte mir keine Beachtung.

Stattdessen streckte sie ihre Hand nach Harper aus und sagte: „Binde die, die versucht, den Drachen zu entfesseln."

Ranken geflochtenen Lichts schossen aus ihren

Fingerspitzen und umschlossen Harpers Handgelenke und flochten sie zusammen.

„Hey!", schrie Harper mit weit aufgerissenen Augen, und Angst strömte in Form eines stinkenden grünen Gases von ihr aus, dessen stechende Dämpfe meinen Magen rebellieren ließen. „Ich habe nicht –" Ihre Worte wurden unterbrochen, als ein Blitz zu ihren Lippen schoss und sie auf magische Weise versiegelte. Sie schüttelte aufgebracht den Kopf, während sie murmelte: „Mmmm mmm."

„Was geht hier vor?", zwang ich heraus, als ich mir die tränenden Augen abwischte. „Madam Tempest, was meinen Sie mit ‚den Drachen entfesseln'?"

Die Vorsitzende des Hexenrats wandte den Kopf und nahm schließlich meine Anwesenheit zur Kenntnis. „Jade Calhoun", sagte sie emotionslos. „Ich hätte gedacht, Sie haben genug Verstand, sich nach dem Vorfall Anfang des Sommers aus Drachenangelegenheiten herauszuhalten."

„Ich weiß nicht, wovon Sie reden", sagte ich empört. „Ist der Drache wieder entkommen?"

„Nein." Sie schnippte mit den Fingern, und Harper kam mit ruckartigen Bewegungen hinter der Theke hervor. Es war offensichtlich, dass die junge Frau gegen ihren Willen gezwungen wurde, als Madam Tempest auf sie und dann auf die Tür zeigte, was Harper veranlasste, nach draußen zu marschieren.

Madam Tempest und die beiden anderen Hexen folgten. In dem Moment, in dem sie auf den Bürgersteig traten, verschwand das Quartett im Äther.

„Heilige Scheiße", sagte Pyper mit weit aufgerissenen Augen und starrte auf den leeren Gehsteig.

„Kannst du laut sagen."

Ein leises Bellen ertönte hinter uns, als der schokoladenbraune Hund mit dem samtigen Fell hinter der Theke hervorschoss. Die kleine Hündin kam schlitternd vor der Tür zum Stehen, knurrte, öffnete dann ihr Maul und spie brüllend Feuer.

KAPITEL ZWEI

*P*yper blinzelte mit großen Augen. „Was zur Hölle ist gerade passiert?"

Wir starrten beide auf das kleine Tier, das in der Mitte des Ladens stand und aus dessen Nasenlöchern Rauch aufstieg.

„Ich weiß auch nicht, aber was ist *das*?", fragte ich flüsternd, nicht sicher, ob die Kreatur mich verstehen konnte oder nicht. Sie sah aus wie ein Zwergschnauzer, doch wenn sie Feuer speien konnte, wer konnte wissen, was sie wirklich war oder was sie sonst noch konnte?

Die kleine Hundekreatur trottete zu mir herüber und rieb ihren Kopf an meinem Bein.

„Sieht für mich aus wie ein feuerspeiender Hund", sagte Pyper schulterzuckend.

Ich starrte sie ausdruckslos an. „Du bist auch wirklich ein Blitzmerker."

Sie zuckte mit einer Schulter. „Ich tue, was ich kann."

„Was ist das für ein Gestank?", polterte Vic, als er die Treppe hinuntergestürmt kam.

Pyper und ich schnitten Grimassen und sahen einander an. In der Aufregung hatte ich vergessen, dass Vic überhaupt im Laden war. Seine Stiefel donnerten über den Holzboden.

Seine Augen traten hervor, und sein Gesicht war rot, als er ein paar Meter von uns entfernt stehenblieb und brüllte: „Wer hat die Tür angezündet?"

Mein Blick landete auf besagter Tür. Sie brannte nicht wirklich; sie war nur ein wenig verkohlt. Der feuerspeiende Hund beeilte sich, sich hinter mir zu verstecken. Ich konnte nicht sagen, dass ich ihm einen Vorwurf daraus machte. Vic war angepisst.

„Ein paar Hexen vom Rat waren hier. Sie haben Harper festgenommen", sagte ich und ignorierte seine Frage.

„Hexenrat? Harper ist eine Hexe?" Verwirrt runzelte er die Stirn.

„Das glaube ich nicht. Sie sagt, sie ist keine." Ich wusste nur, dass sie irgendwas mit Drachen zu tun hatte, was für den Rat ein großer wunder Punkt war. Ich warf einen Blick auf das feuerspeiende Tier und fragte mich, ob es sich jeden Moment in eine geflügelte Kreatur verwandeln würde. Ich bückte mich und hob das Hündchen hoch.

„Was machst du?", flüsterte Pyper und beobachtete den Hund misstrauisch.

„Wir können sie nicht hier lassen", sagte ich.

Das schokoladenbraune Fellknäuel schmiegte sich in meine Arme und drückte ihr kleines Gesicht an meine Brust. Aber als ich seinen Kopf tätschelte, stieß es einen gedämpften Rülpser aus, gefolgt von einem Feuerschwall. Intensive Hitze wehte über meinen Arm, doch das Feuer verfehlte mich knapp.

„Wow!" Ich zuckte zurück und hielt sie von mir weg. „Vorsicht. So wirst du noch jemandem wehtun."

Das Hündchen warf mir einen verlegenen Blick zu und senkte den Kopf, während es zu zittern anfing.

„Göttin, ich glaube, sie hat Angst", sagte ich zu Pyper und drückte sie wieder an meine Brust.

„Angst!", schrie Vic. „Dieses Ding hat das mit der Tür gemacht, nicht wahr? Ich wusste, dass mit diesem Hund etwas nicht stimmt, als Harper ihn hierher gebracht hat. Kein Hund ist so brav. Ich wusste, dass er besessen sein muss." Vic schnappte sich das Handy und warf uns einen angewiderten Blick zu. „Ihr solltet ihn ins Tierheim bringen, bevor er euch das Gesicht wegbrennt."

„Sie ist nicht besessen", sagte ich und hoffte, dass ich recht hatte. Aber sie konnte es sehr wohl sein, und das war ein guter Grund, sie nicht an unerfahrene Menschen zu übergeben. Angst und Unruhe klebten an der kleinen Hündin und ließen sie zittern. Und das überzeugte mich mehr als alles andere davon, sie mit nach Hause zu nehmen. Normalerweise konnte ich die emotionale Energie eines Tieres nicht spüren, was wahrscheinlich bedeutete, dass der Hund nicht wirklich ein Hund war. Vielleicht ein Seelentier?

„Wir bringen sie in ein Tierheim", sagte Pyper.

Was?, formte ich lautlos mit den Lippen. Wir würden sie auf keinen Fall in irgendeinem Tierheim abgeben.

Pyper warf mir einen Blick zu. Dann sagte sie: „Und wir

werden herausfinden, warum der Hexenrat Harper verhaftet hat."

„Macht euch keine Sorgen. Der Manager wird einen Wutanfall bekommen, wenn er die Zerstörung sieht", brummte Vic, während er eine Nummer wählte. „Ihr solltet diese Bestie weit von hier weg gebracht haben, wenn er kommt, sonst wird es nicht schön."

Ich drückte den Hund fester an mich. „Was meinen Sie?"

„Das bedeutet, dass der Hund nicht mehr lange auf dieser Welt sein wird, wenn Zeph ihn in die Hände bekommt." Vic kehrte uns den Rücken zu, drückte das Handy an sein Ohr und sagte: „Zeph? Ich bin's Vic. Wir haben ein Problem."

„Wir gehen besser", sagte ich zu Pyper, besorgt um den Hund und Harper.

Sie nahm unsere Tüten vom Tresen und nickte. „Ich bin direkt hinter dir."

„WIR MÜSSEN MIT MATI REDEN", sagte ich und holte einen halb aufgegessenen Käsekuchen aus meinem Kühlschrank. Wir waren wieder in dem Haus, das ich mir mit Kane im French Quarter teilte, in der Küche unseres Schrotflinten-doppelhauses. „Wenn Harper wirklich mit ihr befreundet ist, hat Mati vielleicht eine Ahnung, was Madam Tempest gemeint hat, als sie gesagt hat, Harper habe versucht, Drachen zu entfesseln. Sie weiß vielleicht auch, wovon Harper gesprochen hat, als sie sagte, dass sich in New Orleans was zusammenbraut."

„Und Bea und Lailah", fügte Pyper hinzu und trank einen Schluck Kaffee. „Wenn es mit Drachen zu tun hat, müssen sie davon wissen."

Ich starrte wehmütig auf ihre Tasse und rechnete mir aus, wie lange es dauern würde, bis ich das herrliche, koffeinreiche Getränk wieder genießen konnte. „Ich denke, wir sollten herausfinden, womit wir es zu tun haben, bevor wir die Kavallerie rufen. Außerdem, wenn Harper wirklich mit Drachen gespielt hat, gibt es vielleicht keinen Grund zur Sorge. Vielleicht hat der Rat schon alles im Griff."

Pyper runzelte die Stirn. „Das glaubst du doch nicht wirklich, oder? Sie haben die Conor-Sache nicht gerade gut gehandhabt."

„Ich weiß es offen gestanden nicht." Ich brach ein Stück Käsekuchen ab und schob es mir in den Mund, bevor ich hinzufügte: „Du hast recht. Sie haben die Conor-Sache ordentlich verpfuscht, und es war eine Menge Politik involviert. Aber Bea hat nicht die beste Beziehung zum Rat, und Lailah ist damit beschäftigt, sich im Engelreich mit Engelkram zu befassen. Ich glaube, ich will nur einen Überblick haben, was vor sich geht, bevor wir sie wieder belästigen. Wir wissen noch gar nichts."

„Ich könnte Julius anrufen und nachfragen, ob er was gehört hat", bot Paper an. Ihr Verlobter arbeitete für den Rat, doch seine Fälle waren viel weniger aufregend als Fälle, in denen möglicherweise Drachen involviert waren.

„Du kannst es versuchen", sagte ich. „Aber ich bezweifle, dass er irgendwas weiß."

Sie nickte und sah mir dann in die Augen, als sie fragte:

„Bist du sicher, dass du Bea nicht anrufen willst? Sie hat Verbindungen überallhin."

„Ich bin sicher." Bea hatte sich vor ein paar Monaten aus dem Zirkel zurückgezogen, und ich hasste es, sie wegen jeder ungewöhnlichen Kleinigkeit zu belästigen. Sie war aus einem bestimmten Grund in den Ruhestand gegangen. Außerdem hatte sie mir vor ein paar Monaten dabei geholfen, Überlieferungen über die Drachen zu recherchieren und zu verstehen, und es war klar, dass sie mir damals all ihr Drachenwissen vermittelt hatte. Ich wäre schockiert, wenn sie etwas über das Entfesseln von Drachen wüsste, was auch immer das bedeutete.

„Und was ist mit dem kleinen Wonneproppen?", fragte Pyper und deutete auf den Schnauzer.

Der Hund lag flach auf seinem Bauch, Nase an Nase mit Duke, meinem Golden Retriever-Geisterhund. Das Schnauzer-Mädchen war vielleicht ein feuerspeiendes Tier, doch Duke schien es zu mögen, und das reichte mir.

„Sie kann vorerst hier bei uns bleiben."

Pyper warf mir einen Blick zu. „Was ist, wenn sie rülpst und dir die Augenbrauen versengt?"

Ich kicherte. „Ich muss einfach Abstand halten. Dieses Wesen ist kein Hund, und in menschlichen Händen wäre sie ernsthaft in Gefahr."

„Und besagte Menschen auch. Es ist wahrscheinlich besser, dass du sie bei dir behältst. Also, was willst du zuerst unternehmen?"

„Nach Coven Pointe fahren und Mati finden. Willst du mitkommen?" Ich stellte den Käsekuchen zurück in den

Kühlschrank und holte eine Schüssel mit übrig gebliebenen Makkaroni und Käse heraus.

„Ähm, ja. Du glaubst doch nicht, dass ich dich allein gehen lasse, oder?", fragte sie, ihr Ton ungläubig.

Ich lachte. „Ich werde nur mit einer Freundin sprechen, Pyper. Ich habe nicht vor, Harper aus dem Hexengefängnis zu befreien."

„Natürlich nicht." Sie hatte eine Augenbraue hochgezogen, als sie mich musterte. „Und wenn sie dir sagt, dass Harper nur eine unschuldige Studentin ist, was dann? Wirst du sie einfach in den Händen des Hexenrates lassen, oder wirst du die Festung stürmen und ihre Freilassung verlangen?"

Ich zuckte mit den Schultern. Sie hatte natürlich recht. Wenn ich sicher wäre, dass Harper unschuldig und der Rat zu weit gegangen war, konnte ich immer noch nicht viel tun. Ich würde wahrscheinlich ihre Freilassung fordern. Aber was ich danach tun würde, blieb abzuwarten. „Du würdest sie auch nicht im Gefängnis sitzen lassen und nichts tun."

„Ich bin nicht im siebten Monat schwanger."

„Aber du hast einen Bruder, für den du verantwortlich bist, und einen Verlobten", erwiderte ich, während ich die Makkaroni mit Käse in die Mikrowelle stellte. „Können wir einfach warten, bis wir was wissen, bevor wir diesen Streit führen?"

„Welchen Streit?", sagte Kane, der aus dem Nichts aufgetaucht war. Sein dunkles Haar war ein bisschen zerzaust, und in meinen Augen war er in seinen tiefsitzenden Jeans und dem engen weißen T-Shirt verdammt sexy.

Pyper zuckte zusammen und legte eine Hand an ihr Herz. „Himmel Herrgott! Ich schwöre, wir müssen dir eine Glocke umhängen. Du solltest mich warnen, bevor du plötzlich auftauchst und was sagst", sagte sie stirnrunzelnd zu ihm.

Kane war ein Inkubus und Mitglied der Bruderschaft, einer Organisation, die die Stadt vor Dämonen schützte. Er war auch ein Schattenwandler, was bedeutete, dass er zwischen den Welten wandeln und an einem Ort in die Schatten schlüpfen und an einem beliebigen anderen Ort wieder herausschlüpfen konnte, was Transportmittel etwas überflüssig machte. Ich war es gewohnt, dass er plötzlich auftauchte. Pyper eindeutig nicht.

Ich schenkte meinem Mann ein warmes Lächeln und schwebte praktisch in seine Arme. Er beugte sich vor und küsste meinen Kopf und knetete mit einer Hand meine Nackenmuskeln. Ich stieß ein leises, genüssliches Stöhnen aus. „Das fühlt sich unglaublich an."

Seine schokoladenbraunen Augen blitzten sofort vor purem Verlangen, als er anerkennend auf mich herabblickte. „Dieses Stöhnen, Jade ... Du machst mich fertig."

Mein ganzer Körper prickelte vor Verlangen, als es über mich hinwegspülte und meine Haut heiß werden ließ. Seine Inkubus-Ausstrahlung blieb nicht ohne Wirkung auf mich. Ich versuchte, einen Schritt zurückzutreten, etwas Abstand zwischen uns zu bringen, doch er hielt mich fest und drückte mich gegen seinen muskulösen Körper.

„Mein Gott, ihr zwei. Ich bin auch noch da", protestierte Pyper. „Vergesst das nicht, während ihr euch geistig gegenseitig auszieht."

Ich lachte, und mein Gesicht erwärmte sich ein bisschen vor Verlegenheit. „Vielleicht kommt das kleine Schwarze ja wirklich zum Einsatz."

„Welches kleine Schwarze?", fragte Kane, dessen Finger wieder meinen Hals entlang streichelten und Schauer über meinen Rücken jagten.

„Du wirst mir später danken." Pyper zog ihre Augenbrauen hoch.

„Hört sich so an", sagte er mit funkelnden Augen. „Aber nur für den Fall, dass ich es vergesse, danke im Voraus. Meine Libido wird dir ewig dankbar sein für deine Aufmerksamkeit."

„Deine Libido braucht keine Hilfe", sagte ich und fächelte mir Luft zu. Dann piepte die Mikrowelle, und ich trat zurück, um mein Mittagessen herauszuholen, während ich hinzufügte: „Hey. Du bist früh zu Hause. Bedeutet das, dass bei der Dämonenjagd heute nicht viel los ist, oder schaust du nur kurz vorbei, bevor du und die Jungs zu einer neuen Jagd aufbrecht?"

„Nur früh zu Hause. Scheinbar ist es sogar für Dämonen zu heiß." Er zwinkerte und griff an mir vorbei, um ein Bier aus dem Kühlschrank zu holen. Er warf Pyper einen Blick zu und fragte: „Auch eins?"

„Ja, danke." Sie nickte ihm entschieden zu und lehnte sich in ihrem Stuhl zurück.

Ich betrachtete wehmütig die Guinness-Flaschen und seufzte, als Kane mir eine Flasche Mineralwasser reichte.

„Nur noch zwei Monate, Shortcake", sagte er mit einem herzlichen Lächeln.

Ich presste meine Hände auf den Bauch und fühlte den vertrauten Frieden, den ich immer erlebte, wenn ich mich auf unsere Tochter konzentrierte. „Das ist gut. Ich würde diesen Moment für nichts auf der Welt eintauschen."

Seine Augen wurden weicher, als er mich beobachtete und seinen Blick dann auf meinen Bauch senkte. „Ich auch nicht."

Pyper stieß einen hörbaren Seufzer aus. „Leute ... verdammt. Jetzt bringt ihr mich auch noch zum Heulen. Ihr wisst, wie sehr ich das hasse."

Kane setzte sich Pyper gegenüber an den Tisch. „Willst du was über den Dämon hören, den wir heute in die Hölle zurückgeschickt haben? Er hatte Warzen im Gesicht und Stacheln, die aus seinen Ohren ragten."

„Ekelhaft", sagte sie und schüttelte den Kopf. „Das reicht vollkommen. Danke."

„Gern geschehen." Er trank einen großen Schluck von seinem Bier, und als er die Flasche mit einem dumpfen *Plonk* abstellte, sagte er: „Also, was habe ich eben gehört, dass sich meine beiden Lieblingsmädchen streiten?"

„Wir streiten nicht." Ich nahm neben ihm Platz. Nachdem ich einen Bissen Makkaroni mit Käse auf meine Gabel gespießt hatte, sagte ich: „Jedenfalls noch nicht."

„Doch, das tun wir." Pyper zupfte am Rand des Etiketts ihrer Bierflasche. „Sie ist im Begriff, in eine Sache zu waten, an der Drachen und der Hexenrat beteiligt sind ... schon wieder. Und ich denke, sie sollte sich diesmal besser raushalten."

Ich funkelte sie an. Ich war es dermaßen leid, wie eine zerbrechliche Porzellanpuppe behandelt zu werden. „Hör zu. Ich weiß die Sorge zu schätzen, aber ich bin nicht zerbrechlich. Wenn überhaupt, bin ich jetzt, wo ich das Baby an Bord habe, stärker als je zuvor. Außerdem wissen wir bisher nur, dass Harper verhaftet wurde. Wir haben keine Ahnung, ob sie irgendwas Gefährliches vorhatte. Ich finde, du übertreibst."

„Ich glaube, jemand muss mich aufs Laufende bringen", sagte Kane und blickte zwischen uns hin und her.

In diesem Moment rannte der kleine braune Schnauzer hinter der Kücheninsel hervor und bellte wie ein verrückter Hund, als hätte er gerade erst bemerkt, dass Kane angekommen war. Die Hündin kam schlitternd vor seinen Füßen zum Stehen, schnüffelte an seinem Bein und fing dann an zu knurren.

„Wer ist das denn?", fragte er mich mit hochgezogenen Augenbrauen.

„Harpers ... äh, Hund?", sagte ich mit einer kleinen Grimasse.

„Du sagst das, als wärst du dir nicht sicher. Für mich sieht das definitiv wie ein Hund aus." Er warf einen Blick auf das kleine Tier, das immer noch knurrte, aber zurückgewichen war und sich jetzt gegen mein Bein drückte.

„Sie hat ... interessante Fähigkeiten." Ich nahm mir einen Moment Zeit, um ihn über die Einzelheiten des Nachmittags zu informieren, einschließlich der verkohlten Ladentür.

„Dieses Ding spuckt Feuer?", fragte er und starrte den Hund an.

„Sie ist kein *Ding*", sagte ich defensiv. „Sie ist nur ein feuerspeiender Hund. Vielleicht ein Seelentier."

„Oder ein Dämon", sagte er und bückte sich, um sie aufzuheben.

Gerade als er seine Hand um ihren Bauch legte, wimmerte sie, sprang aus seiner Reichweite und spie wieder Feuer, das diesmal das Tischbein verkohlte.

„Himmel!" Kane riss seine Hände zurück und rückte seinen Stuhl ein paar Meter von ihr weg. „Dieser Drachenhund ist gefährlich. Jade, wir können sie nicht hier behalten. Sie wird das Haus niederbrennen."

Ich bückte mich und wartete darauf, dass die kleine Hündin zu mir kam, dann hob ich sie auf meinen Schoß. Sie zitterte wieder, und ihre Angst prickelte auf meinen Händen. „Nein, sie ist definitiv kein Dämon." Mein Ton ließ keinen Raum für Diskussionen. „Und sie speit nur Feuer, weil sie Angst hat. Ich kann ihre Gefühle spüren. Sie sind ein bisschen gedämpfter als die eines Menschen, aber ich kann sie definitiv fühlen." Ich begegnete Kanes Blick und flehte ihn ohne Worte an. „Ich kann sie nicht in ein Tierheim bringen. Sie werden nicht wissen, was sie mit ihr anfangen sollen. Ich bringe sie zu Mati. Sie ist mit Harper befreundet. Vielleicht kann sie auf sie aufpassen, bis die Sache mit Harper geklärt ist."

Er seufzte schwer. „Jade ... wenn sie es nicht kann, bringst du sie hierher zurück, oder?"

Ich schenkte ihm ein strahlendes Lächeln. „Das würdest

du auch, wenn du sie davor bewahrt hättest, ins Tierheim gebracht zu werden."

„Das bezweifle ich", murmelte er und schüttelte den Kopf, aber in diesem Moment wusste ich, dass ich diese Runde gewonnen hatte. Sowenig er einen feuerspeienden Drachenhund im Haus haben wollte, er war ein großer Softie, wenn es um Tiere ging. Er würde dasselbe tun, wenn er an meiner Stelle wäre.

Ich setzte den Hund ab und stellte mich neben meinen Mann. Nachdem ich ihm einen Arm um die Schultern gelegt hatte, beugte ich mich hinunter und küsste ihn auf die Wange. „Danke."

Er legte einen Arm um meine Hüften und eine Hand auf meinen Bauch. „Pyper hat recht. Das Letzte, was wir jetzt brauchen, ist, dass du dich mit dem Hexenrat anlegst. Und wenn Harper wirklich was mit Drachen zu tun hat, dann hatten sie vielleicht recht, sie mitzunehmen. Nach dem, was mit Conor passiert ist, kann ich nicht sagen, dass ich heiß darauf bin, in absehbarer Zeit einen weiteren Drachen über New Orleans fliegen zu sehen."

„Mach dir keine Sorgen. Ich habe es nicht eilig, mich mit einem Drachen anzulegen oder wieder im Gefängnis zu landen", sagte ich, weil ich wusste, dass er sich weniger Sorgen darüber machte, dass ich Magie einsetzte und wie sie unserem Baby schaden könnte, als darüber, was der Hexenrat tun würde, wenn ich ihnen wieder in die Quere käme. Sie waren nicht gerade eine nachsichtige Gruppe. Wenn es um ihre Gesetze ging, gab es keine Graustufen. „Ich will nur mit Mati sprechen und sicher sein, dass dieses Mädchen jemanden auf seiner Seite hat. Der Rat ..." Ich runzelte die Stirn und schüttelte den Kopf. „Sie neigen dazu, Leute erst einzusperren und später Fragen zu stellen."

„Das kann ich nicht bestreiten", sagte Kane. „Soll ich mitkommen?"

„Möchtest du mitkommen? Oder willst du lieber ein Picknick im Schlafzimmer für später vorbereiten? Dieses kleine Schwarze gefällt mir besser und besser", sagte ich und stellte mir vor, wie er mit seinen Händen über jeden Zentimeter meiner nackten Haut strich. Zuvor war eine intime Begegnung mit Kane nicht auf meinem Radar gewesen, aber jetzt, da seine Inkubus-Energie mich eingehüllt hatte, war ich in jeder Hinsicht an Bord. Schwangerschaft oder nicht, ich wollte ihn, alles von ihm, und zwar bald.

„Schlafzimmer-Picknick. Auf jeden Fall", sagte er und schickte ein Danke in Pypers Richtung.

„Gern geschehen", sagte sie. „Denk einfach daran, wenn du mit Julius unterwegs bist und sich die Gelegenheit bietet, in einen Dessousladen zu gehen. Die Antwort ist immer ja, und lass ihn mir was Skandalöses kaufen, okay?"

„Verstanden." Er hob sein Bier, und sie stießen mit einem verschmitzten Lächeln an.

Gute Göttin. Sie waren einander so ähnlich – kein Wunder, dass sie beste Freunde waren.

Ich spießte einen weiteren Bissen Makkaroni mit Käse auf und warf Pyper einen Blick zu. „Gib mir zehn Minuten, um mein Essen aufzuessen, dann können wir loslegen."

Sie schnaubte. „Eher drei. Ich habe dich schonmal essen sehen."

„Ha-ha", sagte ich trocken. Aber drei Minuten später

hatte ich meine Schüssel schon in die Spüle gestellt und Mati eine SMS geschickt, um sie wissen zu lassen, dass wir unterwegs waren. Dann hob ich den Drachenhund hoch. „Lass uns gehen."

Sie trank ihr Bier aus und folgte mir dann zur Haustür hinaus.

KAPITEL DREI

„Ich habe dieses Auto schon immer geliebt", sagte
Pyper, als sie auf das Gaspedal trat und durch
das French Quarter raste. „Und ich habe Kane so
angeschnauzt, als er es gekauft hat."

„Warum?" Ich streichelte die Ohren des Hündchens und
versuchte, es ruhig zu halten. Sie hatte sich auf meinem
Babybauch zusammengerollt und schmiegte ihren Kopf an
mich. Wir hatten versucht, sie mit dem Sicherheitsgurt
hinten anzuschnallen, aber davon hatte sie nichts wissen
wollen. Fast augenblicklich war Rauch aus ihrer Nase
gequollen, und ich entschied, dass es besser war, sie
festzuhalten, als sie den Lexus abfackeln zu lassen.

„Weil es reiches Arschloch schreit." Sie lachte. „Er hat
den Kommentar gar nicht gut aufgenommen."

„Ich glaube nicht." Kane hatte das Haus seiner
Großmutter im French Quarter und ein Plantagenhaus
außerhalb der Stadt geerbt. Diese beiden Immobilien hatten

ihm die Möglichkeit gegeben, ein paar Geschäfte aufzubauen, was bedeutete, dass er finanziell mehr als auf sicheren Beinen stand. Er hatte Pyper sogar dabei geholfen, das Grind zu eröffnen, ihr Café auf der Bourbon Street. Reich war er vielleicht, aber ein Arschloch war er definitiv nicht.

„Du weißt, dass ich einfach nicht anders kann, als ihn zu ärgern." Sie steuerte den Wagen auf die Crescent City Verbindungsbrücke, die uns über den Fluss und nach Coven Pointe bringen würde. „Bevor Bo aufgetaucht ist, war er das, was einem Bruder für mich am nächsten gekommen ist."

„Wie geht's Bo?", fragte ich nach dem Teenager, den sie vor weniger als einem Jahr kennengelernt hatte. Nachdem ihr klar geworden war, dass sie denselben verantwortungslosen Vater hatten, der Bo bei einem Arsch zurückgelassen hatte, den nur das Geld kümmerte, das er für ihn vom Staat bekam, hatte sie ihn zu sich nach Hause gebracht und war sein gesetzlicher Vormund geworden.

„Gut. Er und Reagan arbeiten für den Moment Vollzeit im Grind. Sobald die Schule wieder anfängt, muss ich jemanden finden, der für sie einspringt." Sie betrachtete meinen Bauch. „Ich nehme an, Latte macchiato zu machen ist für eine Weile vom Tisch."

Ich hatte in ihrem Café gearbeitet, seit ich nach New Orleans gekommen war. Die Wahrheit war, dass ich unheimlich gern mit ihr arbeitete, doch jetzt, da ich ein Baby an Bord hatte, nahm ich mir eine längere Auszeit. „Ja, aber wenn du Hilfe brauchst, kannst du mich jederzeit anrufen. Ich bin mir sicher, dass ich auch mit Baby im Tragetuch Kaffee kochen kann."

Sie winkte unbekümmert ab. „Wir werden jemanden finden."

Pyper fuhr durch die Straßen der Stadt, wich mit fachkundiger Präzision Schlaglöchern aus und blieb schließlich direkt vor Matis Haus stehen. Bevor ich es überhaupt schaffte, meinen Sicherheitsgurt zu lösen, stand Pyper auf dem Bürgersteig, hielt meine Tür auf und streckte die Hände nach dem Hund aus.

Das Tier knurrte und schnaubte wieder Rauch.

„Du bedeutest Ärger, weißt du das?", fragte Pyper das Tier, als sie die kleine Kreatur stirnrunzelnd ansah. „Du brauchst einen Namen."

„Wie wäre es mit *Flame?*", schlug ich vor, als ich mich aus dem Sitz hochzog, froh, dass ich es ohne Hilfe geschafft hatte.

„Passt zu ihr", sagte Pyper und reichte mir den Hund. „Dann heißt sie jetzt Flame."

Immer noch mit Flame auf dem Arm, folgte ich Pyper die Treppe hinauf zu Matis Haus. Bevor sie überhaupt klopfen konnte, flog die Tür auf und Mati strahlte uns an. Ihr dunkles Haar war zu einem wirren Knoten auf ihrem Kopf getürmt, doch die Strähnen waren gelockt, was ihr ein leicht zerzaustes, aber hinreißendes Aussehen verlieh.

„Pyper! Jade! Es ist so lange her. Kommt rein." Sie hielt die Tür auf und winkte uns ins Haus. „Und wer ist diese kleine Süße?" Sie streckte die Hand nach Flame aus, doch ich hielt sie zurück.

„Sie gehört Harper und sie hat ... ungewöhnliche Fähigkeiten", sagte ich.

„Harper?", fragte Mati überrascht, als sie eine Strähne hinter ihr Ohr strich. „Seit wann? Soweit ich weiß, hat sie überhaupt keine Kräfte. Nur Interesse am Übernatürlichen. Sie glaubt an die Kraft der Energie, kann sie aber nicht so spüren wie du, Jade."

Interessant. Kein Wunder, dass sie ihre Hausaufgaben gemacht hatte und wusste, wer ich war. Da ich eine Empathin war, war Energie so ziemlich mein Ding.

„Nein. Die Kleine hier." Ich zeigte auf den Hund. „Sie spuckt Feuer."

Matis Augen weiteten sich, dann kniff sie sie zusammen, als sie Flame musterte. „Das ist kein Hund, oder?"

Pyper und ich tauschten einen Blick, und ich schüttelte den Kopf. „Ich glaube nicht. Ich vermute, sie ist ein Seelentier."

„Oh, Mann." Mati legte ihr eine Hand auf die Stirn. „Das ist nicht gut. Gar nicht gut. Weißt du, wo Harper ist? Auf meiner Mailbox ist eine Nachricht von heute Morgen, aber als ich versucht habe, sie zurückzurufen, hat mir der Typ, der ans Telefon gegangen ist, gesagt, dass sie nicht mehr dort arbeitet."

„Sie hat dich angerufen?", fragte ich. „Wann?"

„Als ich heute Morgen in einer Vorlesung war. Ich habe die Nachricht vor ungefähr einer Stunde auf meinem Handy gefunden. Warum?"

„Vielleicht sollten wir uns hinsetzen, während wir reden", sagte ich und blickte dabei auf die einladende Ledercouch an der Wand.

„Sicher." Mati nickte und lud uns mit einer Geste ein, Platz zu nehmen. Vaughn, ein weiteres Mitglied der Bruderschaft, kam herein. Er trug zerrissene Jeans, ein eng anliegendes T-Shirt und weiße Sneakers. Sein dunkles Haar war noch nass vom Duschen, und ich konnte nicht anders als zu denken, dass er neben Kane so ziemlich der attraktivste Mann war, der mir je über den Weg gelaufen war. Er stand neben Mati, und die beiden waren so schön zusammen, dass sie aussahen, als könnten sie direkt aus einer Modestrecke in der Cosmopolitan gestiegen sein.

Mati lächelte ihn an. „Kannst du uns einen Tee bringen?" Sie drehte sich zu mir um. „Brauchst du sonst noch irgendwas? Einen Snack? Kekse? Cracker?"

„Jade braucht immer Kekse", sagte Pyper mit einem neckenden Lächeln. „Ich übrigens auch, und ich habe nicht einmal eine Ausrede dafür." Sie streichelte ihren flachen Bauch.

„Dann sollt ihr Kekse haben", sagte Vaughn.

„Wasser für mich, bitte", sagte ich. „Kein Koffein, solange das Baby an Bord ist."

„Richtig." Vaughn küsste Mati auf die Wange, bevor er in die Küche verschwand.

„Er ist …" Pyper schüttelte den Kopf und fächelte sich Luft zu.

„Ein Inkubus", sagte Mati mit einem amüsierten Lächeln. „Er schafft es sogar, glücklich Verlobten den Kopf zu verdrehen."

Ich lachte. Es war kein Witz. Pyper und ich waren vom Markt, ohne auch nur die Spur eines Wunsches, jemals fremdzugehen, und doch waren wir beide von Vaughn geblendet. Ich schwöre, jemand musste dem Mann eine Papiertüte über den Kopf stülpen, um die weibliche Bevölkerung von New Orleans vor sich selbst zu retten.

„Okay", sagte Mati und sank in einen weißen Sessel. „Was ist mit Harper los, und warum seid ihr hergekommen?"

„Sie hat mir erzählt, dass ihr Freunde seid und dass sie an dem Tag hier war, als wir den Drachen besiegt haben", sagte ich.

Mati nickte. „Das stimmt. Sie ist dabei, in die Studentinnenverbindung aufgenommen zu werden, der beizutreten mich Chessa vor einer Weile genötigt hat."

Meine Augenbrauen schossen in die Höhe. „Ich dachte, man muss Magie besitzen, um da mitzumachen."

„Dachte ich auch", sagte sie lachend. „Aber ich denke, wir waren nicht genug, also haben sie angefangen, Leute aufzunehmen, die eine Leidenschaft für das Paranormale haben oder mit Menschen mit übernatürlichen Fähigkeiten verwandt sind." Sie zuckte mit den Schultern. „Harper hat eine Großmutter, die ein Engel war, und eine Tante, die eine Hexe war. Ich glaube nicht, dass sie irgendwelche Fähigkeiten hat, aber bei ihrer Geschichte weiß man nie, oder? Ganz zu schweigen von der Tatsache, dass sie offenbar einen feuerspeienden Hund besitzt. Normale Leute besitzen in der Regel keine übernatürlichen Kreaturen."

Das stimmte, und ich fragte mich, ob wirklich irgendwelche Kräfte tief in Harper schlummerten.

„Hör zu." Ich rutschte auf die Sitzkante vor, während ich sprach. „Ich bin mir nicht sicher, was mit ihr los ist, aber ein paar Hexen vom Rat sind heute in dem Laden aufgetaucht, in dem sie gearbeitet hat, und haben sie weggeschleppt."

„Was?" Sie blinzelte und zuckte zurück. „Aus dem Hustler Hollywood-Laden?"

„Ja. Pyper und ich waren dort, um ein paar Sachen für einen Junggesellinnenabschied zu besorgen."

„Und ein paar persönliche Gegenstände", sagte Pyper mit einem Grinsen.

Mati kicherte, war dann aber ernst, als sie mich ansah. „Tut mir leid. Was meinst du damit, sie haben sie weggeschleppt? Warum?"

„Ich weiß es nicht genau", sagte ich. „Sie haben was gesagt von ‚binde die, die den Drachen entfesseln will'. Und da sie erwähnt hat, dass sie vor ein paar Monaten während des Drachenfiaskos hier war, und sie einen feuerspeienden Hund hat, muss ich annehmen, dass sie in irgendwas verwickelt ist, das mit Drachen zu tun hat. Weißt du irgendwas darüber?"

Der Schreck stand der jungen Frau ins Gesicht geschrieben, als sie den Kopf schüttelte. „Nein. Harper? Drachen? Ich glaube das nicht." Sie sah den Hund an, der sich um meine Füße gekuschelt hatte, und runzelte die Stirn. „Aber was ist mit ihr hier und der Tatsache, dass Harper verhaftet wurde? Es sieht nicht gut für sie aus, oder?"

Ich schüttelte den Kopf. „Nein. Das tut es nicht."

Mati griff nach ihrem Handy auf dem Beistelltisch, tippte ein paarmal auf den Bildschirm und drehte dann die Lautstärke auf, als eine Nachricht abgespielt wurde. „Mati, ich bin's, Harper. Ich weiß, dass du gerade in der Vorlesung bist, aber ich möchte, dass du mich anrufst, sobald du diese Nachricht bekommst. Es ist wichtig. Ich glaube, ich bin … Na ja, sagen wir einfach, bei einigen der neuen Rekruten für Kappa My stimmt was ganz und gar nicht. Sie brauchen unsere Hilfe. Ruf mich bitte an."

„Stimmt was ganz und gar nicht? Was meint sie?", fragte Pyper mit gerunzelter Stirn. „Dass sie mit gefälschten IDs erwischt worden sind und sie keinen Alk für ihren Polterabend haben, oder irgendwas stimmt nicht im Sinne von einem Dämon auf dem Campus, dessen Arsch jemand zurück in die Hölle schicken muss?"

Mati hob ratlos beide Hände. „Schwer zu sagen. Sie klingt besorgt, aber nicht panisch. Ich denke, ich sollte zum Haus rübergehen und rausfinden, ob ihre Nachricht was damit zu tun hat, warum der Rat sie verhaftet hat."

„Wahrscheinlich eine gute Idee", sagte ich. „Willst du, dass wir mitkommen?"

Mati warf einen Blick auf meinen sehr sichtbaren Bauch und lächelte, als sie ihren Kopf schüttelte. „Nein. Vaughn und ich schaffen das schon." Sie lächelte zu ihm auf, als er den Raum wieder betrat und ein Tablett mit Keksen und Tee auf den Sofatisch stellte. „Wir lassen euch wissen, was wir herausfinden."

„Und Harper?", fragte ich. „Hat sie jemanden, der ihr helfen kann?" Nach meiner Erfahrung mit dem Hexenrat Anfang des Jahres wusste ich, wie wichtig es war, einen Vertreter vor ihrem Scheingericht zu haben. Selbst wenn Harper schuldig war, verdiente sie jemanden, der sie verteidigte, denn man konnte nie wissen, was sonst mit ihr passieren würde.

„Ich werde mit Darla sprechen und sehen, ob sie die Anwältin des Zirkels schicken kann", sagte Mati und meinte damit ihre Tante, die zufällig auch die Anführerin der Hexen von Coven Pointe war. Sie nahm sich einen Zuckerkeks und gestikulierte in unsere Richtung. „Esst. Sie sollten noch warm sein."

Hexenanwältin, dachte ich. Warum hatten wir keine? Lucien, mein Stellvertreter im Zirkel und ein erfahrener Researcher, hatte mich verteidigt. Doch ein Anwalt wäre praktisch. Damit sollte ich mich befassen. Ich betrachtete die Kekse und sabberte praktisch. Wann hatte ich das letzte Mal gegessen? Oh, richtig. Kurz bevor wir rübergekommen waren, hatte ich Makkaroni mit Käse und Käsekuchen gegessen. Göttin, ich war außer Kontrolle. Das hielt mich jedoch nicht davon ab, zwei Kekse zu vertilgen.

Pyper schüttelte nur den Kopf, als sie sich einen nahm und an ihrer Tasse Tee nippte.

„Da ist noch was", sagte ich zu Mati und deutete auf den kleinen Hund zu meinen Füßen. „Ich wollte sie nicht ins Tierheim bringen. Jedenfalls nicht mit ihren … Fähigkeiten. Das wäre zu gefährlich."

Mati nickte. „Verständlich. Bleibt sie vorerst bei dir?"

Ich bückte mich und hob den kuscheligen kleinen Hund auf. Sie rollte sich wieder auf meinem Babybauch zusammen und schmiegte ihren Kopf an meine Schulter. Ich seufzte. „Ich wollte sie bei mir behalten, aber Kane macht sich Sorgen wegen des Feuerspeiens. Sie hätte ihm vorhin schon fast die Hand knusprig gebraten, wenn auch nicht absichtlich."

„Autsch", sagte Mati mitfühlend.

„Ja. Wie auch immer, ich habe mich gefragt, ob du jemanden kennst, der sich um sie kümmern könnte, oder ob du bereit wärst, es zu tun, da du mit Harper befreundet bist und so?" Ich wusste, dass ich ein Eigentor geschossen hatte, als ich erwähnt hatte, dass sie Kane fast gegrillt hätte, doch Mati verdiente es, die Wahrheit zu erfahren. Außerdem hatte es sich nicht so angehört, als hätte Mati den Hund … das Seelentier oder was auch immer es war, schon gekannt, bevor ich sie mitgebracht hatte.

Mati verzog das Gesicht. „Tut mir leid, Jade. Ich würde gerne helfen, aber mein Mietvertrag erlaubt keine Haustiere."

„Verstehe. Okay. Es war einen Versuch wert." Ich zog Flame an mich, nahm mir noch einen Keks und stand auf.

„Ich könnte mich umhören und sehen, ob sich jemand in der Verbindung für Hundesitting interessiert, aber die meisten wohnen auch zur Miete und ich …"

„Schon okay", sagte ich schnell und ließ sie damit vom Haken. „Ich dachte nur, ich versuch's einfach mal."

Mati stand ebenfalls auf und streichelte Flame hinter den Ohren. „Was wirst du jetzt mit ihr machen?"

Ich zuckte mit den Schultern. „Sie wieder mit nach Hause nehmen, denke ich. Ich kann sie schlecht ins Tierheim bringen, also wenn du niemanden weißt, der magische Haustiere aufnimmt, sieht es so aus, als müsste ich sie bei mir behalten." Der Rat wäre früher eine Option gewesen, doch nach meinem Aufenthalt in seiner *Obhut* hatte ich einfach nicht das Gefühl, ihnen vertrauen zu können. Sie hatten mir nicht einmal was Anständiges zu essen gegeben, obwohl ich schwanger und für mehr als achtundvierzig Stunden eingesperrt war. Nein. Mein mütterlicher Instinkt arbeitete auf Hochtouren, und der Hund würde mit mir nach Hause kommen.

„Kane wird nicht glücklich sein", sagte Pyper. „Doch wenn du ihn mit deinem kleinen schwarzen Spitzennichts überraschst, denke ich, dass das helfen könnte, die Wogen zu glätten."

Ich lachte. Sie hatte recht. Doch Spitzenunterwäsche oder nicht, ich bezweifelte, dass Kane mich zu hart angreifen würde. Er würde die kleine Kreatur auch nicht in Gefahr bringen wollen. Vielleicht könnte ich ihr beibringen, ihr Feuerspeien besser im Zaum zu halten. Ich wandte mich Mati zu. „Wirst du mich über Harpers Fall auf dem Laufenden halten und ob es irgendetwas gibt, worüber du dir Sorgen machst, was die Rekruten deiner Studentinnenverbindung angeht? Bitte lass mich wissen, wenn ich was tun kann."

„Sicher." Mati folgte Pyper und mir zur Tür.

„Und wenn du noch mehr über Drachen hörst, ruf mich an, ja?" Ich schauderte unwillkürlich, als ich mir einen Showdown von Drachen und Dämonen vorstellte, die die Straßen unserer wunderschönen Stadt füllten. Das würde vollständige Zerstörung bedeuten. Drachen waren ursprünglich die Beschützer der Engel gegen die Dämonen gewesen. Doch im 16. Jahrhundert hatte es eine epische Schlacht gegeben, die die Stadt fast zerstört hatte, und die meisten Drachen waren vernichtet worden. Mindestens eine Seele hatte überlebt, doch sie war Hunderte von Jahren in einer Drachenskulptur eingeschlossen gewesen, bevor es ihr vor ein paar Monaten gelungen war, sich an meine

Magie zu klammern, und sie in Conor Wells geschlüpft war.

Nachdem Conor sich in einen vollwertigen Drachen verwandelt hatte, war er gefangen genommen und die Drachenseele von den Engeln aus ihm herausgedrängt worden und wurde nun im Engelreich verwahrt. Conor war wieder ganz der Alte, und soweit irgendjemand wusste, gab es keine Drachen mehr, die irgendwo herumhingen und darauf warteten, freigelassen zu werden. Doch wenn es eine Sache gab, die ich als Hexe in New Orleans gelernt hatte … dann, dass alles möglich war.

„Wenn du dasselbe tust", sagte Mati und ging mit uns auf die Veranda hinaus.

„Kein Problem", sagte ich.

Sie streckte die Hand aus und kraulte Flame hinterm Ohr. „Und pass gut auf die Süße hier auf."

Ich lächelte sie an. „Definitiv."

„Und dein Baby da drin." Sie nickte in Richtung meines Bauchs. „Mach dir keine Sorgen. Wir werden herausfinden, was mit Harper und ihren Freundinnen los ist. Ihre letzten zwei Schwangerschaftsmonate solltest du dir keine Sorgen machen. Wir kümmern uns um alles."

Ich kicherte, und als Pyper und ich uns auf den Weg zurück zu Kanes Auto machten, dachte ich: *berühmte letzte Worte.*

KAPITEL VIER

„ $\mathcal{M}$ ati hat uns verhext", sagte Pyper, als sie das Auto an den Straßenrand fuhr.

Das Blaulicht blitzte aus der Frontscheibe des unscheinbaren schwarzen Autos hinter uns, und die klebrige Magie, die die Hexen auf den Lexus gerichtet hatten, um ihn zu bremsen, begann, durch die Fenster einzusickern.

Mein Herz pochte gegen meine Brust, und das Blut rauschte in meinen Ohren. Was war hier los? New Orleans hatte keine magische Polizei. Wer waren diese Hexen? Magie sprühte an meinen Fingerspitzen, alles in mir war in Alarmbereitschaft. „Glaubst du, das sind Regierungsbeamte? Oder sind das nur schwarze Hexen, die Ärger machen?"

Pyper warf einen Blick über ihre Schulter. „Sie tragen Roben. Offizielle, die aussehen, als gehörten sie zum Hexenrat."

„Hat Julius was davon gesagt, dass der Rat

Strafverfolgungsbeamte hat?", fragte ich sie. Julius, ihr Verlobter, der ein Hexenmeister war, arbeitete für sie und ging Fällen als eine Art magischer Detektiv nach, doch er trug keine Robe und fuhr auch kein mysteriöses schwarzes Auto, mit dem er unschuldige Hexen anhielt. „Ich weiß, dass sie Leute haben, die rausgehen und Verdächtige aufgreifen, wie heute, als sie Harper festgenommen haben, aber blinkende Lichter und klebrige Magie? Davon habe ich noch nie gehört."

Verdächtige? Waren wir Verdächtige in einem Fall? In den vergangenen Monaten hatte ich nicht viel mehr getan, als ein paar Schichten im Grind zu arbeiten. Ich hatte das Kinderzimmer im Gästezimmer zu Hause eingerichtet und angefangen, mit milden Kräutermischungen zu experimentieren, die helfen sollten, das geistige und körperliche Wohlbefinden zu fördern, um sie vielleicht in Beas Laden zu verkaufen. Aber abgesehen davon war ich geradezu langweilig. Warum sollten sie mich irgendeines Vergehens verdächtigen?

Ich sah meine Freundin an. „Pyper?"

„Ja?" Ihre Finger hatten sich um das Lenkrad gekrampft, und ein Schweißfilm war ihr auf die Stirn getreten. Ich konnte nicht sagen, ob es an ihrer Nervosität lag oder an den erdrückenden Temperaturen in New Orleans im August.

„Du hast in letzter Zeit nichts … ungewöhnliches gemacht, oder?"

Sie drehte sich um und begegnete meinem Blick. „Du meinst was anderes als die Hochzeitsplanung und die

Anfertigung von hundert Schutzanhängern für den Empfang?"

Meine Lippen zuckten. Anstatt etwas zu verschenken, um Liebe und Glück zu fördern, verteilten Pyper und Julius Anhänger, die ihre Gäste vor bösen Geistern schützen sollten. Da Pyper ein Medium war und Julius in seinem früheren Leben viel Zeit als Geist verbracht hatte, waren sie beide etwas paranoider gegenüber bösen Geistern als durchschnittliche Übernatürliche. „Ja, abgesehen davon."

„Nein. Das letzte Problem, mit dem ich zu tun hatte, war dieser Fluch, und er betraf Bo, nicht mich. Das Einzige, was man mir vorwerfen kann, ist, dass ich zu viel Kaffee trinke und Ida May erlaube, unangemessene, sexuelle Anspielungen auf die Tageskarte zu schreiben." Ida May war der Hausgeist im Grind. Sie war dafür bekannt, Gebäck auf sexuell anregende Weise zu arrangieren und gleichzeitig auf der Tageskarte Nachrichten zu schreiben, die für ein Café nicht angemessen waren.

Ein Mann in einem violetten Gewand, mit langen, knochigen Fingern klopfte an mein Fenster, was mich zusammenzucken ließ. „Um Himmels willen", keuchte ich und drückte den Knopf, um das Fenster herunterzufahren, während ich versuchte, meine Magie davon abzuhalten, die elektrischen Leitungen von Kanes Auto kurzzuschließen.

„Mrs. Rouquette?", fragte der Mann und bückte sich, um durch das Fenster zu spähen. Sein Gesicht war so weiß, dass es fast geisterhaft wirkte, und er hatte ein dünnes Lächeln und dunkelbraune Knopfaugen.

„Mein Name ist Calhoun, aber ich bin mit Kane

Rouquette verheiratet", sagte ich, als mir plötzlich die Angst den Magen umdrehte. Hatte das was mit der Bruderschaft zu tun? War Kane gerufen worden, um sich wieder mal um einen Dämon zu kümmern, während Pyper und ich Mati besucht hatten? „Geht es um Kane? Ist er okay? Was ist passiert?"

„Kane?", fragte der Mann, Verwirrung breitete sich in Wellen von ihm aus, als er einen Blick auf das elektronische Gerät in seiner Hand warf. Er kniff die Augen zusammen, und als er zu mir zurückblickte, war all die Freundlichkeit verschwunden und durch pure Abscheu ersetzt worden. „Dämonenjäger. Kein Wunder. Okay." Er öffnete meine Tür und befahl: „Raus aus dem Auto!"

Ich drückte Flame an mich und funkelte den Mann an. „Nicht, bis Sie uns gesagt haben, wer Sie sind und warum Sie Magie benutzt haben, um uns zum Anhalten zu zwingen."

„Ich bin ein Agent des Hexenrats, und Sie, Mrs. Rouq – ähm, Miss Calhoun, sind zum Verhör vorgeladen. Sie können entweder aus dem Auto steigen und freiwillig mitkommen, oder ich kann Sie magisch binden und zwingen. Ihre Entscheidung."

Sie kamen also vom Rat. War diese Abteilung neu? Ich hatte vorher noch nie von ihnen gehört, doch das bedeutete nicht gerade viel. Der Rat war ein geheimnisvoller Verein, der damit beauftragt war, die magische Gemeinschaft zu beaufsichtigen und Benutzer schwarzer Magie zu überwachen. Sie waren auch die Hüter magischer Relikte und Waffen. Doch ich war kein Benutzer schwarzer Magie. Ich war eine weiße Hexe und eine der Guten. „Sie wissen, dass ich die Anführerin des Zirkels von New Orleans bin, oder?", fragte ich, mein Ton voller aufrichtiger Empörung.

Er starrte mich ausdruckslos an. „Und ich bin der König der Krewe von Ghoul. Und wenn schon? Sie sind immer noch zum Verhör vorgeladen. Werden Sie kooperieren, oder wollen Sie es sich und uns schwer machen?"

Alles in mir schrie, mich zu widersetzen, und wenn ich nicht im siebten Monat schwanger gewesen wäre, hätte ich es vielleicht getan. Doch als ich meinen Mund öffnen und ihm sagen wollte, er solle sich seine Fragen dorthin schieben, wo die Sonne nicht scheint, trat mein kleines Mädchen gegen meine Rippen und dicke, dunkelgraue Regenwolken zogen über mir auf. Ich blickte auf und wusste, dass meine kleine Erdnuss und ich den Wetterumschwung verursacht hatten. Das passierte in letzter Zeit, besonders wenn ich verärgert war.

„Jade", sagte Pyper sanft. „Warum gehen wir nicht einfach zum Rat und lassen sie ihre Fragen stellen? Es ist nicht so, als hättest du irgendwas getan oder wüsstest von irgendwas Illegalem, oder?"

Ich drehte mich um und sah in ihre strahlend blauen Augen. „Wir wissen nicht einmal, worum es geht."

Sie richtete ihren Blick auf Flame und dann wieder auf mich und zog eine Augenbraue hoch.

Ich zuckte mit den Schultern, unfähig, ihre unausgesprochene Frage zu beantworten. Wenn ich raten müsste, würde ich sagen, dass es mit Harper zu tun hatte, doch es gab keine Möglichkeit, es herauszufinden, wenn ich nicht mit ihnen ging. Und Tatsache war, dass wir beide wussten, dass sie mich zwingen würden, wenn ich mich widersetzte. Mist. Ich hatte wirklich keine Wahl.

Ich richtete meine Aufmerksamkeit wieder auf den Hexenmeister, der mich missmutig anfunkelte. „Können wir Ihnen wenigstens dorthin folgen? Ich bin nicht verhaftet oder so, oder?"

Er warf einen weiteren Blick auf sein elektronisches Gerät. „Hier steht, Sie müssen in Gewahrsam genommen werden. Sie werden freigelassen, sobald unsere Fragen beantwortet sind."

Ich knirschte mit den Zähnen. „Ich sage nichts, ohne dass ein Anwalt anwesend ist."

„Das ist kein Gericht, Ms. Calhoun. Die Gesetze der Menschen gelten nicht im Rat."

Das wusste ich natürlich. Ich war schon einmal in den Genuss einer ihrer Verhandlungen gekommen. Lucien war mein Rechtsvertreter gewesen. Also war ich auch da nicht allein gewesen. „Pyper, ruf bitte Lucien an. Sag ihm, er soll mich dort treffen." Dann reichte ich ihr Flame. „Kümmere dich um sie, und ruf Kane an. Sag ihm, was los ist."

„Schon dabei", sagte sie und tippte bereits auf ihrem Handy herum.

Ich schwang meine Beine aus dem Auto und blaffte den vom Rat geschickten Hexenmeister an. „Sie sollten besser Abstand halten, wenn Sie nicht wollen, dass ich sie versehentlich umreiße. Eine im siebten Monat schwangere Hexe braucht ein bisschen Platz, um sich aus einem Auto zu hieven."

Er warf einen Blick auf meinen Bauch und runzelte die Stirn. „Sohn von Zeus. Man könnte meinen, ihr Hexen könntet während der Schwangerschaft mindestens ein paar Monate lang eine Auszeit von irgendwelchem Bullshit nehmen. Zumindest bis zur Geburt des Babys. Ist Ihnen vollkommen egal, was damit passiert?"

Wut brandete durch meine Adern. Seine Abneigung kroch über mich, und meine Haut juckte davon. Ich packte den Rahmen der Tür und hievte mich aus dem Auto, kochend vor Wut. „Mein Baby ist kein *damit*. *Sie* ist ein kleines Mädchen, und es gibt nichts auf dieser Welt, was ich nicht tun würde, um sie zu beschützen. Und dazu gehört auch, die Männlichkeit des selbstgerechten Arschlochs zu verfluchen, das nicht die geringste Ahnung hat, wovon er spricht. Und jetzt Marsch, zurück, bevor ich ihre Kronjuwelen zu einem brüchigen Stück verkohltem Leder schrumpfe, weil Sie Ihren Mund aufgerissen und dumm dahergelabert haben, ohne sich die Mühe zu machen, vorher Ihr Gehirn einzuschalten."

„Oh Jade. Bitte", kicherte Pyper im Auto. Doch dann stieß sie einen Seufzer aus und fügte hinzu: „Ich glaube nicht, dass das hilft."

„Nein, tut es nicht", sagte der Hexenmeister, packte mein Handgelenk und drehte mich um, sodass meine Hand hinter meinem Rücken war.

Meine Instinkte setzten ein, und die Magie, die ich mühsam unter Kontrolle gehalten hatte, schoss aus meiner freien Hand. Nur anstatt direkt auf die Brust der Hexe zu schießen, wie ich es beabsichtigt hatte, verpuffte meine Magie und verschwand im Äther, machtlos und nutzlos. Dann spürte ich es. Er hatte schon eine neutralisierende Fessel um mein Handgelenk gelegt, wodurch diese kleine magische Flamme, die in mir flackerte, verschwand. Das Baby trat stärker zu, und ich krümmte mich und presste meine freie Hand auf den Bauch.

Die Sonne brannte auf meinen Nacken, und ich wusste, dass die Regenwolken verschwunden waren. Mein Baby trat erneut zu und ließ mich wissen, dass sie mit dieser neuen Entwicklung überhaupt nicht einverstanden war. Ich konnte es ihr nicht verübeln. Ich mochte es genauso wenig.

„Das reicht vollkommen", zischte ich durch zusammengebissene Zähne. „Ich habe gesagt, ich komme mit. Es gibt keinen Grund, mich zu misshandeln."

„Natürlich." Der Mann packte meine andere Hand, fesselte sie mit magischen Kabelbindern und zerrte mich zu der schwarzen Limousine, sodass ich über den Bürgersteig stolperte.

Eine Gruppe von Menschen hatte sich auf der nahe gelegenen Veranda eines Schrotflintenhauses versammelt. Eine Frau in zu kurzen Shorts und einem Bikinioberteil zog an ihrer Zigarette, ihre Augen auf den Hexenmeister gerichtet, der die Hintertür des Wagens öffnete.

Nachdem sie den Rauch ausgeblasen hatte, trat sie einen Schritt vor und lehnte sich über ihr Geländer. „Was ist los mit Ihnen, Mann? Sie können eine schwangere Frau nicht mit auf dem Rücken gefesselten Händen festhalten. Wenn sie nach vorn fällt und sich oder das Baby verletzt, stecken Sie und Ihr Department ganz tief in der Scheiße."

„Kümmer' dich um deine eigenen Angelegenheiten", sagte der Hexenmeister und schob mich weiter vorwärts.

Mein Zeh traf etwas Hartes, und ich fing an, nach vorn zu fallen. Ich schlug um mich, als ich instinktiv versuchte, meine Hände von meinen Fesseln zu befreien, um den Sturz abzufangen. Doch nackte Angst lähmte mich, als mir klar wurde, dass das auf keinen Fall passieren würde. Der Asphalt kam viel zu schnell, und mein Bauch würde meinen Sturz abfangen.

Doch kurz bevor ich mit dem Bauch voran auf dem heißen Boden aufschlagen konnte, packten mich starke Hände an den Schultern und hielten mich fest. Stattdessen schlugen meine Knie auf die Straße, und Schmerzen strahlten durch meine Kniescheiben, doch der einzige Schrei, den ich ausstieß, war ein Schrei der Erleichterung. Mein Baby war sicher. Zumindest für den Moment. Über meine Schulter warf ich einen Blick auf einen zweiten Hexenmeister, einen jüngeren, größeren, mit dunkler Haut, der mir behutsam wieder auf die Füße hob.

„Hab' ich doch gesagt", sagte die Frau mit der Zigarette angewidert. „Sie haben sie und ihr Kind verletzt, und das wird Ihnen eine fette Klage einbringen."

Der Idiot, der mich misshandelt hatte, rief wieder: „Kümmer dich um deinen eigenen Scheiß, oder du wirst auch hineingezogen!"

Eine Reihe kreativer Flüche verließ ihre Lippen, doch plötzliche Wellen von Angst kräuselten sich von der Veranda, und die Gruppe zog sich zurück ins Haus. Die Strafverfolgungsbehörden von New Orleans waren nicht gerade für ihre herausragende Berufsethik bekannt. Niemand wollte sich mit ihnen anlegen, besonders wenn man weniger als blitzsaubere Weste hatte. Ich konnte es niemandem verübeln, der sich zurückgezogen hatte.

„Geht es Ihnen gut, Miss Calhoun?", fragte der Mann, der mich stützte, seine Stimme sanft und voller Sorge.

„Ihr geht's gut. Schaff sie einfach ins Auto!", befahl der, der mich misshandelt hatte.

„Krieg dich wieder ein, Fitch", bellte der Zweite. Seine Hände berührten meine Handgelenke, und die Fesseln verschwanden. Doch bevor ich meine Magie rufen konnte, schlangen sich eiskalte Bänder um meine Handgelenke und hinderten mich daran, die Kraft zu nutzen, die immer noch in meinen Adern floss. „Wir können nicht zulassen, dass Sie uns verfluchen", sagte er freundlich neben mir. „Aber ich sehe keinen Grund, Sie nicht mit Respekt zu behandeln."

Ich nehme an, ich hätte dankbar sein sollen. Er war sicherlich die Stimme der Vernunft der beiden, doch nur weil er den guten Cop spielte, bedeutete das nicht, dass ich ihm vertraute. „Das ist alles nicht nötig", schnaubte ich. „Wenn der Rat Fragen hat, hätte man mich bitten können, und ich wäre bereitwillig gekommen. Ich habe nichts zu verbergen."

„Das sagen alle, Miss Calhoun", sagte der gute Cop. „Aber ich bin sicher, Sie wissen, dass wir in unserer Position einfach kein Risiko eingehen können. Ihr Zirkelhexen seid viel zu einfallsreich. Und jetzt tun Sie mir den Gefallen, sich nicht mit mir zu streiten. Ich würde es vorziehen, wenn wir einfach alle ruhig und ohne weitere Probleme zum Rat gehen könnten."

Da ich bereits misshandelt worden war und fast mit dem Bauch voran auf die Straße gefallen wäre, knirschte ich mit den Zähnen und kletterte ruhig in den Fond des Autos. „Pyper?"

„Ja." Sie stand etwas abseits, ihr Gesichtsausdruck war finster. Wenn meine magischen Gaben funktioniert hätten, hätte ich wahrscheinlich einen roten Tornado der Wut um sie herumwirbeln gesehen. „Ich bin hier."

„Folgst du uns zum Rat?", bat ich sie.

„Natürlich." Sie funkelte die beiden Hexenmeister an, die immer noch vor meiner offenen Tür standen.

„Das ist nicht nötig …", begann der gute Cop, doch ich unterbrach ihn.

„Doch, das ist es. Ich möchte nicht, dass sich jemand auf dem Weg zum Rat *verfährt*." Ich blickte noch einmal zu Pyper hinüber. „Ruf Bea von unterwegs an. Ich möchte, dass sie weiß, wo ich bin und wie ich dorthin gekommen bin."

Pyper, die ihr Handy bereits in der Hand hatte, tippte auf den Bildschirm. Gerade als sie ins Handy sprach, schoss Flame aus dem Auto und stürzte sich auf Fitchs Bein. Sie schlug ihre Zähne in sein Fleisch, und Fitch trat aus und fluchte.

Der Hund wurde in hohem Bogen weggeschleudert und landete direkt vor Pypers Füßen. Flame wirbelte herum und stieß einen Feuerstrahl aus, der den Grasfleck am Bürgersteig versengte.

„Schnapp dir den Dämon!", befahl Fitch dem guten Cop. „Sofort. Er muss beseitigt werden, bevor er jemanden verletzt."

„Das ist kein Dämon", protestierte ich, überzeugt, dass er sich irrte. Ich hatte schon oft dämonische Energie gespürt. Die des Hundes war ganz anders.

„Doch, das ist er", knurrte Fitch. „Nur Dämonen können Feuer speien."

Und Drachen, dachte ich mir. Aber es war auch kein Drache. Das Seelentier eines Drachen? Eine magische Kreatur, die verzaubert worden war, um Feuer zu speien? Ich hatte keine Ahnung, außer, dass Flame mit Sicherheit kein Dämon war, und sie würden sie nicht zerstören, wenn ich etwas dagegen tun konnte. Nicht, dass ich im Moment auch nur ansatzweise in der Position war, etwas zu unternehmen.

Doch Pyper war es. Ohne zu zögern bückte sie sich, hob den Hund auf und wirbelte herum. Im Handumdrehen war sie wieder in Kanes Auto und schlug die Tür hinter sich zu. Sie ließ den Motor an, während Flame immer noch auf ihrem Schoß saß und Fitch durch das Fenster anknurrte.

Fitch griff nach der Türklinke und riss daran, doch sie war offensichtlich verriegelt. Pyper hob ihren Mittelfinger und warf ihm einen bösen Blick zu. Das war wahrscheinlich nicht der produktivste Schritt aller Zeiten, doch es gab mir trotzdem ein kleines Gefühl der Befriedigung. Diese Agenten waren vollkommen überfordert und schleppten mich zum Rat, obwohl ich nichts anderes getan hatte, als mich um einen feuerspeienden Hund zu kümmern.

Graue Magie sickerte aus Fitchs Fingerspitzen, und im nächsten Moment schwang die Tür auf, und er zerrte Pyper heraus. Seine hässliche, bleiche Hand packte ihren Arm, als er nach Flame im Auto griff. Sie öffnete ihr Maul und stieß einen Feuerblitz aus, der seine Robe versengte.

Er sprang zurück und benutzte Pyper als Schutzschild. Doch in dem Moment, in dem sie sich in der Schusslinie des Hundes befand, schloss Flame das Maul, schoss aus dem Auto und verschwand dahinter.

„Das Ding sollte besser verschwinden. Wenn ich es in die Finger bekomme, ist es tot", zischte Fitch durch zusammengebissene Zähne und zerrte Pyper zu dem Auto, in dem ich saß. Sie stolperte und konnte ihre Füße nicht wieder unter sich bekommen.

„Halt!", keifte sie, während sie verzweifelt versuchte, Halt zu finden.

Die Magie in mir wollte verzweifelt ausbrechen. Ich war stinkwütend, so wütend, dass ich kaum klar denken konnte. Meine Sinne waren zu getrübt.

„Lassen Sie sie los!", befahl ich, doch keiner der Hexenmeister hörte mir zu. Fitch schleppte Pyper auf die andere Seite des Wagens, die Hände zwischenzeitlich auf ihrem Rücken gefesselt, während der gute Cop den Kopf schüttelte und seufzte.

„War das nötig?" fragte er Fitch.

„Ja", bellte er, ohne sich die Mühe zu machen, sich zu rechtfertigen. Er riss die Autotür auf und stieß sie neben mich auf die Rückbank.

„Uff", stöhnte sie und zuckte zusammen, als ihr Kopf auf dem Weg nach unten den Türrahmen streifte.

„Verdammt nochmal. Was ist los mit dir, *Fitch*?", fragte ich. „Pyper ist eine Unbeteiligte. Warum behandelst du sie so?"

Fitch ignorierte mich und ließ sich auf den Fahrersitz fallen.

Der gute Cop nahm neben ihm Platz und blickte über seine Schulter zu Pyper. „Geht es Ihnen gut, Miss Rayne?"

„Nein, mir geht es nicht gut. Ich habe eine Beule am Kopf und werde vor den Hexenrat geschleppt. Ich bin nicht einmal eine Hexe. Das ist Bullshit, und ich verlange einen Anwalt."

Es war mir nicht entgangen, dass sie bereits wussten, wer sie war. Das bedeutete wahrscheinlich, dass sie wussten, dass sie Julius' Verlobte war. Aber warum sollten sie sich mit der zukünftigen Ehepartnerin eines anderen Hexenmeisters anlegen, der für den Rat arbeitete?

„Hier." Fitch warf dem guten Cop Pypers Handy zu. „Pass darauf auf. Finde raus, wen sie angerufen hat, damit wir wissen, mit wem wir rechnen können."

Der gute Cop warf einen Blick auf das Display und runzelte die Stirn. „Beatrice Kelton. Scheiße. Sie wird Ärger machen."

Ich warf ihm ein selbstzufriedenes Lächeln zu. Das würde sie. Bea spielte keine Spielchen. „Ich hoffe, Sie sind bereit für sie."

Sie ignorierten mich beide, als Fitch den Gang einlegte und uns zum Rat fuhr. Ich warf einen Blick auf Kanes Auto, als wir am Lexus vorbeirasten. Die Tür war immer noch offen, und der Motor lief wahrscheinlich noch, da Pyper ihn angelassen hatte. Ich zuckte zusammen. Es bestand eine wirklich gute Chance, dass das Auto innerhalb von Minuten gestohlen werden würde. Doch es gab einen kleinen Sieg. Flame war ins Auto zurückgekehrt, und weder Fitch noch der gute Cop hatten es bemerkt. Gut. Wenigstens war sie in Sicherheit … für den Moment.

KAPITEL FÜNF

„Gut, dass du dich vorhin mit Kohlenhydraten vollgestopft hast", sagte Pyper und drückte sich die Hand auf den Magen, der vor Hunger knurrte. „Wie lange, glaubst du, dass wir hier schon festsitzen?"

„Ein paar Stunden vielleicht?" Ich rutschte auf der Holzbank herum und versuchte, den Schmerz in meinem Po zu lindern. Wir waren in einer kahlen Arrestzelle mit nur einer Bank an der einen Wand und einem Waschbecken in der Ecke eingesperrt. Keine sonstigen sanitären Einrichtungen. Was langsam zu einem Problem wurde. Ich rappelte mich auf und begann, auf- und abzugehen, in der Hoffnung, mich von meiner vollen Blase abzulenken.

„Ich falle um, wenn ich nicht bald ein Sandwich bekomme", klagte Pyper und presste die Fingerspitzen an ihre Schläfen.

Ich ging zur Zellentür und sah die Wache am Ende des Flurs an. „Ich brauche eine Toilette."

Er starrte geradeaus und ignorierte mich.

„Und ich brauche einen Burger!", rief Pyper.

Ich sah zu ihr hinüber. „Wann hast du das letzte Mal gegessen?"

„Ich hatte einen Joghurt zum Frühstück."

„Ich wäre längst gestorben."

„Du hättest längst deine eigene Hand gegessen." Sie stand auf und stellte sich neben mich. „Yo, Arschloch!", rief sie der Wache zu. „Wir haben Bedürfnisse. Und Rechte. Essens- und Toilettenpausen sind unerlässlich."

Keine Antwort. Er zuckte nicht einmal mit der Wimper. Es war, als ob er uns nicht hören konnte.

„Schau, dass du in den nächsten fünf Minuten jemanden hierher schaffst, oder ich erzähle allen von deinem Plüschfetisch", drohte Pyper.

„Was?" Sein Kopf schnellte zum ersten Mal herum, seit wir in die Zelle geworfen worden waren.

„Du weißt schon, die knallbunten Ponys in der untersten Schublade deines Nachttischs?" Sie kniff die Augen zusammen und fügte in einem gespielt verführerischen Ton hinzu: „Und die Tatsache, dass Fuchsia deine Lieblingsfarbe ist."

„Ich ... was? Du ... Das ist lächerlich", stammelte er und sah sich um, als hätte gerade jemand gedroht, all seine tiefsten, dunkelsten Geheimnisse zu verraten.

Wenn ich raten sollte, würde ich sagen, dass *jemand* Pyper seine Geheimnisse verraten hatte. Nur da dieser jemand ein Geist war, konnte nur Pyper ihn hören. Und wer auch immer die Geister waren, die zu ihr sprachen, sie gaben Pyper die Munition, die sie brauchte, um dem Typen unter die Haut zu gehen. Was bedeutete, dass er wirklich einen Plüschfetisch hatte. *Ihhh.*

Ich verzog das Gesicht und schüttelte den Kopf. „Plüschtiere? Im Ernst?"

Sein Gesicht wurde knallrot, und er stammelte wieder. „Ich-ich, ähm ... ich bin gleich zurück."

Pyper und ich schwiegen, während er mit dem Schlüssel in der Tür rang. Als er sie endlich aufgeschlossen hatte, stolperte er über seine eigenen Füße.

Die Tür fiel zu, und Pyper sagte: „Danke, Kimmy." Einen Moment später lachte Pyper. „Oh, gut. Ich werde mir diesen Leckerbissen merken, falls ich ihn später brauche."

„Neue Freundin?", fragte ich sie.

Sie schmunzelte. „Kimmy hat früher das alte viktorianische Haus in Mid-City gehört, das jetzt dem Typen gehört. Sie mag ihn nicht besonders. Sagt, er kümmert sich nicht wirklich um die Instandhaltung ihres Hauses. Anscheinend repariert er nichts. Das Leck im Dach hat die Tapete ruiniert, die sie vor fünfundzwanzig Jahren im Badezimmer selbst angebracht hat, und sie ist nicht glücklich darüber. Sie taucht seine Zahnbürste seit Monaten täglich in die Toilette."

„Igitt, das ist widerlich." Ich presste eine Hand auf meinen Bauch und versuchte, beim Gedanken daran nicht zu würgen.

„Ja. Wirklich ekelhaft. Aber er bemerkt es nicht, also ist es eher eine stille Rebellion. Darum hat sie mir gern von seinen ... äh, privaten Sehnsüchten erzählt." Sie kicherte.

„Kimmy ist bereit, seinen hässlichen Arsch für die nächsten hundert Jahre heimzusuchen, wenn er uns nicht hier rauslässt. Sie macht sich besonders Sorgen um dich, werdende Mama."

„Danke, Kimmy", sagte ich und fuhr lauter fort. „Meine kleine Erdnuss und ich wissen deine Hilfe zu schätzen."

Pyper lauschte, kicherte und nickte. „Kimmy sagt, er fleht gerade jemanden an, uns in einen Konferenzraum zu bringen. Anscheinend hat er Angst, dass wir was über seine Pony-Sammlung sagen."

Ich kniff die Augen zusammen und versuchte, die Vorstellung von ihm beim Sex mit einem ausgestopften Plüschpony aus meinem Kopf zu verdrängen. Es war das Verstörendste, was ich seit Monaten gehört hatte.

Die Tür schwang auf, und Schritte klapperten auf dem Steinboden.

Madam Tempest kam in einem roten Samtmantel und schwarzen Schnürstiefeln um die Ecke. Ihr weißes Haar war in einem kunstvollen Zopf geflochten und auf ihren Kopf getürmt. Wenn ihr rotes Gesicht und ihr wütender Ausdruck nicht gewesen wären, hätte ich gedacht, dass sie großartig aussah. Stattdessen sah sie mit ihren zusammengepressten Lippen und dem eisigen Blick geradezu unheimlich aus.

„Miss Calhoun. Sie sollten besser Antworten haben, sonst steht Ihnen ein längerer Aufenthalt bevor." Sie warf einen Blick auf meinen Bauch und runzelte die Stirn. „Teufel nochmal. Blaine, bringen Sie sie in das Vernehmungszimmer im fünften Stock. Und sorgen Sie dafür, dass sie Wasser und etwas zu essen bekommt." Ohne auf eine Antwort zu warten, drehte sie sich auf dem Absatz um und löste sich in Luft auf.

Pyper wandte sich mir mit hochgezogenen Augenbrauen zu. „Das war ein interessanter Trick."

Ich zuckte nur mit den Schultern. Alles, was mich interessierte, war eine Toilette und welche Snacks sie hatten. Mein Baby war wieder hungrig.

„ICH BEANTWORTE KEINE FRAGEN, bis ich eine Toilettenpause bekomme", verlangte ich und weigerte mich, mich in das Vernehmungszimmer zu setzen.

„Miss Calhoun, ich bin nicht befugt ..."

„Soll ich mich hier erleichtern?" Ich funkelte die junge Hexe an, die sich die Hände rang. Sie konnte nicht älter als zwanzig sein und war offensichtlich vollkommen überfordert. Wenn ich nicht bald eine Toilette bekäme, würden es kritisch werden. „Sind Sie jemals schwanger gewesen?"

„Nein, Ma'am." Sie biss sich auf die Unterlippe und betrachtete meinen Bauch.

Ma'am ? Meinte sie das ernst? Ich war nur etwa zehn Jahre älter als sie. Doch so war der Süden. „Dann haben Sie keine Ahnung, wie es ist, wenn eine Melone auf Ihre Blase drückt, oder? Bringen Sie mich jetzt zu einer Toilette, oder Sie dürfen gleich hier aufwischen."

„Ich würde tun, was sie sagt, wenn ich Sie wäre", sagte Pyper mit einem Nicken. „Letzte Woche sind wir in einen Stau geraten, und sagen wir einfach, das Auto ist immer noch bei der professionellen Reinigung." Sie lächelte die Hexe süß an.

Ich biss mir auf die Wange, um nicht zu lachen. Ihre Geschichte war eine komplette Lüge, aber es war es wert, die Hexe blass werden zu sehen. Ich zuckte mit den Schultern.

„Kommen Sie mit", sagte sie und packte mich am Arm.

An meinen Handgelenken trug ich die magischen Bänder, die mich davon abhielten, meine Magie einzusetzen, aber ich war nicht wie ein Verbrecher gefesselt.

„Versuchen Sie nur nichts", flehte die junge Hexe. „Wenn irgendwas passiert, geben sie mir die Schuld und sperren mich als Nächstes ein."

„Warum? Was ist los?" Nichts davon ergab einen Sinn. Pyper und ich hatten nichts getan, um diese Behandlung zu rechtfertigen, außer, dass wir vielleicht mit einem feuerspeienden Hund rumgehangen hatten. Doch selbst das rechtfertigte dieses Maß an Verrücktheit des Rates nicht.

„Ich kann nicht …" Sie sah mich mit weit aufgerissenen Augen an und senkte die Stimme. „Es ist besser, wenn ich nicht darüber rede."

Ich legte sanft eine Hand auf ihren Arm. Obwohl meine empathischen Fähigkeiten aufgrund der Bänder an meinen Handgelenken gedämpft waren, war es nicht schwer herauszufinden, dass diese Hexe am Rande einer Panik war. „Es ist in Ordnung. Sie können es mir sagen. Ich bin nicht der Feind. Wie heißen Sie?"

„Kinsley." Sie warf einen Blick über ihre Schulter und

nickte dann zu der unmarkierten Tür vor uns. „Das ist die Toilette."

Meine Augen begannen, vor purer Erleichterung zu tränen, als ich hineineilte. „Oh, der Göttin sei Dank."

Als ich schließlich herauskam und mich wie eine neue Frau fühlte, fand ich Kinsley an die Wand gelehnt, die Arme vor der Brust verschränkt, auf den Boden starrend. Als ich mir die Hände wusch, sah ich zu ihr hinüber. „Sie können mir sagen, was Sie stört. Ich bin ein guter Zuhörer."

Sie stieß ein schnaubendes, humorloses Lachen aus. „Wenn ich es Ihnen sage, verliere ich meinen Job, aber wenn ich es nicht tue, kann ich mich nicht mehr im Spiegel ansehen."

Ich erstarrte, Wasser tropfte von meinen sauberen Händen. „Das hört sich so an, als gäbe es etwas Wichtiges, das ich wissen sollte."

Sie hob den Kopf und starrte mir direkt in die Augen. „Es geht um Ihre Freundin Harper."

Ich blinzelte. Ich hatte Harper gerade erst kennengelernt. Ich würde sie kaum als Freundin bezeichnen. Aber das wollte ich Kinsley nicht sagen. Was immer sie zu sagen hatte, ich wollte es hören. „Was ist mit ihr?"

„Sie ist verschwunden, und der Rat glaubt, dass Sie daran beteiligt waren."

„Verschwunden?", fragte ich mit einem Keuchen. „Was meinen Sie? Ich habe gesehen, wie sie sie weggeschleppt haben."

Sie nickte. „Richtig. Sie haben sie in eine Arrestzelle gesperrt, während sie sie eingebucht haben. Und als sie zurückgekommen sind, um sie zum Verhör abzuholen, war sie weg."

Ich runzelte die Stirn und versuchte zu verstehen, was ich damit zu tun hatte. „Wie lange ist das her?"

Nachdem sie sich geräuspert hatte, hob sie eine Hand vor den Mund und flüsterte: „Es ist passiert, kurz bevor sie Fitch und Myers losgeschickt haben, um Sie zu holen. Sie glauben, Sie haben was damit zu tun."

„Ich?" Ich schrie praktisch, als ich meine Schultern straffte. „Wie könnte ich –?"

„Schhh!" Sie drückte ihre Hand auf meinen Mund. „Wenn sie herausfinden, dass ich Ihnen was erzählt habe, lande ich in der Zelle neben Ihnen." Nach einem Moment nahm sie ihre Hand weg und trat einen Schritt zurück.

„Richtig." Ich kniff die Augen zusammen und studierte sie. „Warum haben Sie es mir gesagt?"

Sie zuckte mit den Schultern. „Sie scheinen einfach … ich weiß nicht. Es fühlt sich nicht wie etwas an, das Sie getan haben."

Die Art, wie sie es sagte, ließ mich vermuten, dass das Gefühl mehr als nur eine normale Intuition sein könnte. Vielleicht hatte sie eine übernatürliche Kraft, die es ihr ermöglichte, die Energie oder Absichten anderer zu lesen. „Nun, Sie haben recht. Ich weiß nichts darüber. Ich weiß nicht einmal, warum sie verhaftet wurde."

Kinsley musterte mich aufmerksam und schüttelte dann den Kopf. „Das ist nicht die ganze Wahrheit, oder?"

Ich verkniff mir das Kichern. Sie wollte die Wahrheit. Interessant. „Weitgehend schon. Ich weiß nur, was gesagt wurde, als sie sie mitgenommen haben. Irgendwas über ‚Drachen entfesseln‘, was auch immer das bedeutet."

„Okay", sagte sie mit einem Nicken. „Das nehme ich Ihnen ab."

„Kinsley", sagte ich und wünschte, ich könnte ihre Energie lesen. „Sind Sie eine Hexe?"

„Nein." Sie starrte auf ihre Füße und errötete. „Ich … ich kann Dinge spüren."

Ich war dieses Mädchen gewesen. Die, die nur Dinge über Menschen spüren konnte. Aber nachdem ich Bea kennengelernt hatte, hatte sie mir geholfen, meine verborgenen Talente zu entdecken, und es stellte sich heraus, dass ich eine mächtige weiße Hexe war. Und obwohl meine Magie im Moment eingedämmt war, sagte mir etwas, dass von dem Mädchen vor mir irgendeine Macht ausging. Da war viel mehr, als dass sie nur die Wahrheit spürte. „Haben Sie jemals versucht, ihre Fähigkeiten zu erforschen? Versucht, ob es noch mehr zu erschließen gibt?"

Ein gequälter Ausdruck huschte über ihr Gesicht, und sie wollte den Kopf schütteln, doch plötzlich erstarrte sie, und ihre Augen weiteten sich. „Wir müssen gehen." Sie packte mich am Arm und begann, mich aus der Toilette zu ziehen. „Madam Tempest ist auf dem Weg."

„Und?", fragte ich, als ich mich von ihr zurück in das Vernehmungszimmer führen ließ. „Vorhin schien sie es nicht gerade eilig zu haben."

„Sie hat sich um was Wichtiges kümmern müssen. Kommen Sie. Ich bekomme Ärger, wenn Sie nicht da sind."

Ich hätte mich ärgern sollen. Nach stundenlangem

Warten und verweigertem Toilettengang hätte ich niemandem, der zu diesem Verein gehörte, helfen sollen, doch Kinsley hatte Mitgefühl gezeigt, und es war klar, dass sie Befehle missachtete. Also ging ich schneller, und sobald wir wieder im Vernehmungszimmer waren, berührte ich ihren Arm. „Mein Angebot steht. Wenn Sie Ihre Macht erkunden wollen, besuchen Sie mich, wenn das hier vorbei ist."

„Warum?", fragte sie, ihr Ton ungläubig. „So, wie Sie behandelt worden sind ... würde ich denken, dass Sie mit niemandem hier was zu tun haben wollen."

Ich schenkte ihr ein sanftes Lächeln. „Ich habe Freunde, die für den Rat arbeiten. Nichts ist einfach schwarz oder weiß. Ich weiß, dass es hier gute Leute gibt."

Sie erwiderte mein Lächeln aufrichtig, nickte Pyper zu und verschwand dann.

Pyper zog eine Augenbraue hoch und fragte ohne Worte, was das gewesen war.

„Sie ist nur ein Kind, das seinen Job macht", sagte ich und betrachtete einen Becher Wasser und eine traurig aussehende Packung Cracker auf dem Tisch. Vor Pyper lagen eine zerknüllte Plastikfolie und ein leerer Becher. Offensichtlich hatte uns jemand einen *Snack* gebracht. Es war bei Weitem nicht genug, um meinen Hunger zu stillen, doch ich nahm die Cracker trotzdem, aß sie, als wäre ich am Verhungern, und trank das Wasser viel zu schnell, bevor ich sagte: „Kinsley besitzt eine einzigartige Fähigkeit. Ich würde gerne herausfinden, was sie sonst noch tun kann."

„Warum?" Pyper lehnte sich in ihrem Stuhl zurück.

„Ich weiß nicht ... ich schätze –" Ich schüttelte den Kopf

und lachte leise. „Ich glaube, sie erinnert mich an mich, bevor ich meine Hexenseite akzeptiert habe. Nur nicht ganz so ahnungslos. Ich finde ihre Fähigkeit einfach interessant."

„Du willst ein Projekt", sagte Pyper. „Du hast die letzten Monate nicht gearbeitet, und jetzt langweilst du dich. Dein Leben ist nicht aufregend genug."

Ich sah mich im weißen Raum um. „Im Moment sprechen alle Zeichen für etwas anderes."

„Ja, ja. Wir wissen beide, dass wir heute Nachmittag hier weg sein werden. So oder so. Da wir nichts getan haben, haben sie keinen Grund, uns hier festzuhalten."

„Das glauben Sie vielleicht, Miss Rayne", sagte Madam Tempest hinter mir.

Ich drehte mich um und betrachtete die weißhaarige Frau. Sie war gerade in der Tür aufgetaucht, ihre Lippen zu einer grimmigen Linie zusammengepresst.

„Madam Tempest", sagte ich, ohne mir die Mühe zu machen, meine Verärgerung zu verbergen. „Hätten Sie die Güte, uns zu sagen, warum wir hier sind? Es ist nicht gerade üblich, die weiße Hexe von New Orleans grundlos zu verhaften, oder?"

„Weiße Hexe", sagte sie, und ihr Tonfall nahm einen höhnischen Unterton an. „Ihr Status spielt hier keine Rolle, Miss Calhoun." Sie winkte ab. „Setzen Sie sich. Wir haben ein paar Dinge zu besprechen."

„Keine Rolle", imitierte Pyper ihren Tonfall. „Ist das nicht witzig?"

Ich warf ihr einen Blick zu, der sagte, nicht jetzt, und setzte mich an den Tisch. Zumindest waren die Plastikstühle bequemer als die Holzbank, auf der wir zuvor gesessen hatten. „Wenn Sie uns vielleicht zuerst aufklären könnten. Was haben wir Ihrer Meinung nach getan?"

Sie setzte sich uns gegenüber, legte ihre Unterarme auf den Tisch, faltete die Hände und starrte mich an. „Ich muss wissen, wo Harper Spelling ist. Es ist von entscheidender Bedeutung für die Stadt, Miss Calhoun."

Ein halbes Dutzend Antworten lagen mir auf der Zunge, aber ich verkniff sie mir alle. Ich konnte dem Rat nicht trauen. Sie hatten sich schon als eine der paranormalen Behörden erwiesen, die nach ihren eigenen Regeln spielten. „Ich sage nichts, bis ich einen Rechtsvertreter habe."

„Wir sind nicht die Polizei von New Orleans, Miss Calhoun", sagte sie ungeduldig. „Anwälte werden Ihnen hier nicht helfen."

„Nein, aber Hexen, die die Gesetzmäßigkeiten der paranormalen Welt verstehen, schon. Ich will Lucien Boulard oder Beatrice Kelton. Vorher sage ich kein weiteres Wort."

„Wo sie recht hat", fügte Pyper hinzu und zeigte auf mich.

Madam Tempest funkelte uns beide an. „Mir wäre es lieber, Sie würden keine Spielchen mit mir spielen."

„Spielchen?" Meine Augenbrauen schossen in die Höhe, und meine Wut kochte hoch. „Glauben Sie, ich spiele irgendwelche Spielchen mit Ihnen? Ich bin im siebten Monat schwanger, Madam Tempest. Seit dem Drachenseelen-Debakel habe ich aktiv versucht, mich aus magischen Angelegenheiten herauszuhalten. Tatsächlich war alles, was ich in den vergangenen Monaten getan habe, die Hochzeit meiner besten Freundin, ihren

Junggesellinnenabschied und ihren Polterabend zu planen. Heute haben wir in einem Erotikgeschäft Dildohaarreifen gekauft, und das war das erste Mal, dass wir Harper begegnet sind. Wie soll ich eine Ahnung haben, wo sie ist?"

Die Lippen der Ratshexe zuckten zu einem leisen Flüstern eines zufriedenen Lächelns.

Teufel noch mal. Ich hätte nichts sagen sollen, oder?

„Nur Sie können mit Sicherheit sagen, warum Sie vielleicht wissen, wo sie ist." Tempest griff in eine Tasche ihrer roten Samtrobe und zog ein kleines Notizbuch heraus. „Ihr Name, Ihre Adresse, Ihre Telefonnummer und eine Skizze von Ihnen befinden sich in diesem Buch, das wir bei Miss Spelling beschlagnahmt haben. Sie sind zusammen mit einer Handvoll anderer Leute aufgeführt, die als Drachenführer bezeichnet werden. Die Namen aller anderen sind durchgestrichen. Ihrer ist eingekreist."

„Drachenführer?" Ich warf Pyper einen Blick zu und bemerkte die Verwirrung, die sich in ihrem Gesichtsausdruck widerspiegelte. „Sie wissen sehr gut, dass die einzige Interaktion, die ich je mit Drachen hatte, die mit Conor war. Ich bin eine Hexe, kein Drachenführer, was auch immer das bedeutet."

Sie blickte über ihre Schulter und sagte: „Kinsley? Was denken Sie?"

Mein Kopf schoss hoch, und ich entdeckte die junge Hexe, die mich zur Toilette begleitet hatte. Sie war irgendwie wieder in den Raum gekommen, ohne dass ich es bemerkt hatte. Ich warf einen Blick auf die Bänder an meinen Handgelenken und runzelte die Stirn. Das wäre nie passiert, wenn meine Magie nicht neutralisiert worden wäre. Nicht, dass ich etwas gesagt hätte, was sie nicht hören sollte. Ich hasste es nur, dass ich sie nicht gespürt hatte.

„Sie sagt die Wahrheit", sagte Kinsley so leise, dass ich ihre Worte kaum verstand.

„Und ihre Freundin? Weiß sie etwas?", fragte Madam Tempest.

Kinsley zuckte mit den Schultern. „Ich glaube kaum, aber Sie haben sie nicht direkt gefragt."

„Miss Rayne", sagte Madam Tempest. „Hatten Sie zu irgendeinem anderen Zeitpunkt als heute Morgen im Laden mit Harper Spelling zu tun?"

„Nicht, dass ich wüsste", sagte Pyper, lehnte sich in ihrem Stuhl zurück und verschränkte die Arme vor der Brust. „Sie wissen, dass ich keine Magie besitze, oder? Auf keinen Fall hatte ich irgendwas mit Drachen zu tun."

Tempest nickte. „Das weiß ich. Aber Sie sind ein Medium, richtig?"

„Ja." Pyper warf mir einen fragenden Blick zu.

Ich zuckte mit den Schultern, da ich keine Ahnung hatte, warum die Hexe nach ihren Fähigkeiten fragte.

„Gut. Sie werden beide für den Rat arbeiten, bis dieser Fall gelöst ist." Sie streckte Kinsley, die ihr eine Mappe reichte, die Hand entgegen.

„Moment, was?", fragte ich und beugte mich vor. „Ich habe noch zwei Monate bis zur Geburt meiner Tochter. Ich bin schon in Mutterschaftsurlaub."

„Dann gibt es ja nichts, was Sie davon abhalten wird, Harper aufzuspüren." Sie legte ein Blatt Papier vor mich und eines vor Pyper.

Pyper nahm es und überflog das Blatt. Gerade als ich

meins in die Hand nahm, fluchte Pyper und sagte: „Machen Sie Witze? Wenn wir sie nicht zu Ihnen bringen, werden wir wegen Justizbehinderung und Körperverletzung einer Hexe des Rates angeklagt?"

„Was?" Ich fand schnell die Klausel. Im Grunde wollte sie, dass wir Harper fanden und sie dem Rat übergaben – dann wären wir frei. Wenn nicht, würden sie uns einsperren und auf einen Prozess warten lassen. Ich würde die letzten zwei Monate meiner Schwangerschaft im Gefängnis des Rates verbringen. „Behinderung wovon?", fragte ich.

„Natürlich Behinderung unserer Ermittlungen", sagte sie, als läge das auf der Hand. „Sie haben das Drachenseelentier aufgenommen, ohne uns zu benachrichtigen, nicht wahr?"

„Ich wusste, dass dieser Hund ein Vertrauter ist", sagte ich leise.

Sie nickte. „Sie hätten ihn sofort herbringen sollen. Er könnte der Schlüssel sein, um Harper zu finden, und jetzt rennt er frei durch die Stadt, eine Gefahr für alle, falls er beschließt, Feuer zu speien." Tempest tippte auf das Papier vor mir. „Unterschreiben Sie den Vertrag, und Sie und Ihre Freundin können gehen. Wenn nicht, lasse ich Kinsley Ihre Zellen vorbereiten."

„Scheiße." Pyper fuhr sich mit der Hand durch ihr dunkles Haar. Der blaue Streifen vorn fiel über ihr linkes Auge, als sie finster dreinblickte. „Sie wissen, dass ich ein Geschäft zu führen habe, oder?", fragte sie Tempest. „Ich kann nicht fröhlich durch die Stadt rennen und nach einem Mädchen suchen, das nicht einmal Sie in einer Zelle einsperren konnten."

„Sie müssen einen Weg finden, Ihr Geschäft ohne Sie am Laufen zu halten. So oder so werden Sie auf absehbare Zeit nicht verfügbar sein." Madam Tempest stand auf. „Ich gebe Ihnen ein paar Minuten, um Ihre Optionen abzuwägen."

Sie verließ den Raum, Kinsley direkt hinter ihr.

„Das können sie nicht tun", sagte Pyper, sprang auf und ging im Raum auf und ab. „Wir geben im Grunde unsere Schuld zu, wenn wir diese Verträge unterschreiben."

„Du hast recht, aber ich sehe nicht, dass wir eine andere Wahl haben, oder?" Wir waren unschuldig, doch selbst wenn wir einen Anwalt hätten, um uns dagegen zu wehren, würde der Rat das Verfahren monatelang in die Länge ziehen und uns wer-weiß-wie-lange eingesperrt lassen. Der Rat funktionierte nicht wie das menschliche Rechtssystem. Sie neigten dazu, zu tun, was ihnen gefiel, und das konnte ich nicht zulassen, nicht solange ich schwanger war. Mir wurde schwindelig. Die Cracker und der Becher Wasser hatten nichts dazu beigetragen, meinen Blutzuckerspiegel zu heben. Wenn wir nicht bald hier rauskamen, würde ich ohnmächtig werden.

„Ich werde verlangen, Lucien oder Bea oder sogar Julius zu sehen, bevor wir diese Verträge unterschreiben." Sie knurrte leise. „Ich verstehe ihre Besessenheit von dir, aber warum will sie mich?"

„Weil Sie ein Medium sind", sagte diese leise Stimme wieder.

Ich zuckte zusammen und wäre fast vom Stuhl gefallen. „Himmel, Kinsley. Sie haben mich erschreckt."

„Weil ich mit Geistern sprechen kann? Was hat das damit zu tun?", fragte Pyper, die Augen an Kinsley geheftet.

„Ich habe die Akten über Harper", sagte Kinsley und setzte sich. „Aber ich kann sie Ihnen nicht zeigen, es sei denn, Sie unterschreiben die Verträge. Vertrauen Sie mir. Ihre Gabe wird sich wirklich als nützlich erweisen."

„Sie meinen, wir sind hier, weil Tempest Pyper will und nicht mich?", fragte ich hoffnungsvoll. Es wäre schön, zur Abwechslung mal nicht diejenige zu sein, die immer allen Ärger anzog.

Kinsley stieß ein humorloses Lachen aus. „Nein. Sie sind die Hexe, die vor ein paar Monaten einen Drachen im Zaum gehalten hat. Sie sind so ziemlich die Einzige, von der hier irgendjemand glaubt, dass sie diese Situation unter Kontrolle bringen kann. Glauben Sie mir, wenn ich sage, dass sie nicht ruhen wird, bis Sie unterschreiben."

„Was könnte sie tun, außer uns wegen dieser falschen Anschuldigungen anzuklagen?", fragte Pyper, die immer noch auf und ab ging.

„Sie kann die Anhörung hinauszögern." Kinsley sah mich an. „Und ich denke, sie wird es tun, trotz Jades Zustand. Es steht zu viel auf dem Spiel. Sie wird alles tun, um zu bekommen, was sie will."

„Und das ist?", fragte ich.

„Harper. Der Rat muss sie haben. So schnell wie möglich."

Pyper hörte schließlich auf, auf- und abzugehen, und fragte: „Was hat sie getan?"

Kinsley blickte von Pyper zu mir und dann wieder zu

Pyper. „Sie hat einen Fluch in Gang gesetzt, um die Drachen zu entfesseln."

„Was genau bedeutet das?", fragte ich. „Welche Drachen?"

Ihre Lippen wurden zu einer dünnen Linie, und sie schien darüber nachzudenken, ob sie es uns sagen sollte oder nicht. Doch dann holte sie schließlich tief Luft und sagte: „Die, die vor zwei Monaten geweckt worden sind, als der Drache ausgebrochen ist und sie nach Hause gerufen hat."

KAPITEL SECHS

*A*m Ende sprachen wir mit niemandem. Nicht Lucien. Nicht Bea. Und nicht Julius. Nachdem wir jedoch die Verträge unterschrieben hatten und freigelassen wurden, warteten alle drei plus Kane in der Eingangshalle auf uns.

„Jade. Mein Gott. Geht's dir gut?", fragte Kane, legte seinen Arm um meine Schultern und zog mich an sich heran.

„Ja, aber ich bin am Verhungern, und ich könnte wahrscheinlich einen ganzen Trog Wasser trinken", sagte ich, lehnte mich an ihn und versuchte, die aufgestaute Frustration zu ignorieren, die unter seiner Oberfläche brodelte. Die magischen Bänder, die meine Magie eingedämmt hatten, waren weg, und die Emotionen aller kochten hoch und drohten, mich zu überwältigen.

„Hier, Jade", sagte Bea und reichte mir eine Tüte mit ihrem selbstgemachtem Studentenfutter. „Das sollte helfen."

Ich nahm die Tüte mit Nüssen und getrockneten Früchten und verschlang eine Handvoll. Als ich wieder aufblickte, reichte sie mir eine Flasche Wasser. „Danke."

„Komm. Lass uns was Richtiges essen gehen", sagte Pyper und zerrte Julius aus dem Foyer des Ratsgebäudes.

Der Rest von uns folgte, und ich stellte überrascht fest, dass Kane den Lexus schon zurück hatte. „Woher wusstest du, wo er war?", fragte ich ihn.

„Mati und Vaughn. Sie haben kurz nach eurer Festnahme angerufen." Er öffnete mir die Tür, und ich sah mich um und suchte nach Flame. „Wo ist der Hund? Haben sie ihn nicht auch gefunden?"

Er hob beide Augenbrauen. „Das feuerspeiende kleine Biest?"

„Ja. Sie hat versucht, die Arschlöcher vom Rat knusprig zu braten, und ist dann abgehauen, bevor sie sie einfangen konnten. Doch ich habe sie zusammengerollt im Auto gesehen, als wir weggefahren sind."

„Mati hat nichts von ihr gesagt. Ich bin mir nicht sicher, ob sie wissen, dass sie frei rumläuft."

„Oh großartig", schnaubte ich, als ich meinen Kopf gegen die Kopfstütze sinken ließ. „Noch eine Sache, über die ich mir Sorgen machen muss."

BEA HASTETE in ihrer Küche herum, während Lucien einen Teller mit Käse und Keksen auf den Tisch stellte. An einem öffentlichen Ort über Übernatürliches und echte Drachen zu sprechen, war keine Option, also waren wir zu Beas

Haus gefahren, wo sie uns freundlicherweise angeboten hatte, uns Essen zu machen. Sie hatte schon einen Krug mit frischer Limonade auf den Tisch gestellt, und Pyper und ich waren damit beschäftigt, Käse und Cracker zu essen, während Lucien, Julius und Kane sich über den Rat ausließen.

„Ich habe noch nie erlebt, dass sie jemanden dazu zwingen, für sie zu arbeiten", sagte Lucien, und sein Gesicht war vor Wut gerötet. „Das ist unethisch."

Julius stieß ein bellendes, humorloses Lachen aus. „Ich habe es erlebt. Das Problem mit den Ratsältesten ist, dass sie niemandem gegenüber zur Rechenschaft verpflichtet sind. Wenn sie Hummeln im Hintern haben, sind sie dafür bekannt, dass sie alle mögliche Scheiße abziehen, bis sie haben, was sie wollen."

Bea stellte eine Schüssel Kartoffelsalat auf den Tisch. „Julius hat recht. Deshalb habe ich vor Jahren die Verbindung zu ihnen abgebrochen."

„Die Vorwürfe gegen euch sind relativ gering und würden nicht viel ausmachen, selbst wenn sie sich entscheiden würden, euch für schuldig zu befinden. Doch sie hätten definitiv alle mögliche Scheiße abziehen können, um die Anhörung hinauszuzögern. Ich denke, ihr habt eine gute Wahl getroffen, als ihr euch bereit erklärt habt, Harper zu finden. Ihr habt sowieso schon daran gearbeitet, herauszufinden, was los ist, oder?", fragte Lucien, als er ein ledergebundenes Notizbuch aus der Tasche zog.

„Jade war definitiv schon dran", sagte Pyper.

Ich nahm einen großen Löffel Kartoffelsalat und klatschte ihn auf meinen Teller. „Sie haben von Drachen gesprochen. Alles, was ich tun wollte, war sicherzustellen, dass nicht noch einer auftaucht, der New Orleans terrorisiert."

Kane legte seine Hand auf mein Knie und füllte mein Limonadenglas nach. „Überrascht mich nicht. Mein Mädchen würde sowas nie ignorieren können."

Ich lächelte zu ihm auf, und mein Herz schwoll vor Liebe an. Er kannte und akzeptierte mich, obwohl mir klar war, dass es ihm wirklich lieber wäre, wenn ich bis zur Geburt unserer Tochter im Haus bliebe. Das Tolle an Kane war, dass er mich und mein Urteilsvermögen respektierte. Ich hatte nicht vor, mich zu verstecken, während jemand in Gefahr war. Das hatten wir einmal probiert. Es hatte nicht funktioniert. Außerdem war ich im Moment stärker denn je. Abgesehen davon, dass der Rat meine Freiheit bedrohte, war ich nicht in Gefahr. Jedenfalls noch nicht. Wo Magie involviert war, war nichts sicher. Aber ich würde mein Bestes tun, um mich aus Ärger herauszuhalten.

Während ich im Kartoffelsalat wühlte, klappte Pyper die Mappe auf, die Kinsley uns gegeben hatte.

„Was steht da?", fragte ich zwischen den Bissen.

„Wenig. Nur ein Backgroundcheck von Harper und eine Kopie ihres Notizbuchs." Pyper blätterte die Unterlagen durch und reichte Julius, der zu ihrer Linken stand, eine Hälfte davon. „Sieht nicht nach viel aus."

Bea stellte ein Tablett mit Croissant-Sandwiches auf den Tisch und setzte sich neben mich. „Tut mir leid, dass du da hineingezogen worden bist."

Ich lächelte sie an. „Berufsrisiko, denke ich."

Sie kicherte. „Anführer von Zirkeln sehen üblicherweise mehr als genug Ärger."

„Du hast es überlebt", sagte ich und nahm mir ein Roastbeef-Sandwich.

„Und du auch." Sie zwinkerte und füllte ihr Glas mit Limonade.

„Wow", sagte Julius. „Pyper, hast du das gesehen?" Er beugte sich vor und zeigte ihr eine der Seiten.

„Nein." Sie überflog sie, und ihre Augen weiteten sich. „Es ist bekannt, dass Harper auch ein Medium ist?"

„Hier steht, sie hat eine Weile für die Anführerin des Zirkels von Salem gearbeitet, bevor sie nach New Orleans gezogen ist", erwiderte Julius.

„Das ist interessant", sagte ich. „Sie hat uns erzählt, dass sie eine Tante hat, die eine Hexe ist und einen Touristenladen in Salem besitzt."

Julius schüttelte den Kopf. „Das stimmt nicht ganz. Ihre Tante ist die Anführerin des Zirkels. Sie besitzt eine Pension, in der es spukt, und verdient nebenbei Geld mit dem Verkauf von Liebestränken, Kräuterflüchen und Hellseherei."

„Das klingt irgendwie zwielichtig", sagte ich. „Flüche? Von der Anführerin eines Zirkels?" Ich warf Bea einen Blick zu. „Das ist ziemlich unethisch, oder?"

Sie nickte. „Wenn es kleine Flüche sind, klingt es vielleicht schlimmer, als es ist. Wenn sie nicht echt sind, dann ist sie nur eine Betrügerin. Wenn sie mit schwarzer Magie rumspielt ..." Bea presste ihre Lippen zu einer dünnen Linie zusammen. „Das ist etwas, das sich der Rat ansehen würde. Oder zumindest sollte, es sei denn, da oben ist Korruption im Gange."

„Also ist es entweder zwielichtig oder einfach böse. Kein gutes Zeichen." Ich knabberte an meinem Croissant herum, beunruhigt darüber, dass Harper mich angelogen hatte. Ich hatte sie gemocht, als wir uns kennengelernt hatten, und ich hatte ihr einen Vertrauensbonus gegeben. Aber vielleicht irrte ich mich. Wenn sie für ihre zwielichtige Tante gearbeitet hatte, versuchte sie vielleicht wirklich, Drachen zu entfesseln.

„Ich verstehe nicht, wie sie dem Rat entkommen konnte", sagte Pyper mit gerunzelter Stirn, als sie mir die Akte reichte. „Wenn sie nur ein Medium wäre, hätte sie sich da nicht rauszaubern können."

Ich lachte. „Verdammt, ich bin die Anführerin eines Zirkels, und selbst ich kann mich nicht da rauszaubern."

„Sie muss Hilfe gehabt haben", sagte Bea.

„Vielleicht hat ein Geist sie rausgelassen", sagte Pyper.

Alle schwiegen für einen Moment, während wir Pyper anstarrten.

„Was?", fragte sie.

„Hast du außer Kimmy irgendwelche Geister gesehen oder gehört, als wir dort waren?", fragte ich.

Sie schüttelte den Kopf. „Nein, aber ich habe auch nicht darauf geachtet. Doch das letzte Mal, als du dort warst, hast du es getan", betonte sie.

„Wohl war." Ich kaute auf dieser Information herum. „Kinsley hat gesagt, dass sich Pypers Fähigkeiten als nützlich erweisen würden. Vielleicht hat sie das gemeint.

Vielleicht müssen wir zurück zum Ratsbüro und ein paar Geister jagen."

Pyper stöhnte. „Heute?"

„Nein." Kane legte seinen Arm über meine Stuhllehne. „Es ist spät, und ich bringe Jade nach Hause. Morgen könnt ihr mit der Jagd nach Harper anfangen."

„Morgen. Definitiv." Ich unterdrückte ein Gähnen. „Wir können zurück zum Hexenrat gehen und uns die neuen Rekruten für Matis Studentinnenverbindung ansehen. Mal sehen, ob da jemand irgendwas weiß."

„Ich werde selbst Nachforschungen anstellen", sagte Lucien, schob seinen Stuhl zurück und stand auf.

„Danke", sagte ich, dankbar, dass mein Stellvertreter immer hinter mir stand.

Er räusperte sich und fügte hinzu: „Ich glaube, Kat erwartet euch beide morgen zum Mittagessen."

Oh verdammt ... Er hatte recht. Wir sollten die Details für ihren Polterabend besprechen, die ich am Samstag in meinem Haus ausrichtete. Ich hatte darüber nachgedacht, mich nur um alle Details selbst zu kümmern, aber Kat hatte sehr genaue Vorstellungen davon, was sie für ihre Hochzeitsfeierlichkeiten wollte, und um zu vermeiden, dass ich irgendwas falsch verstand, hatte ich beschlossen, sie einfach in alles einzubeziehen. Bisher hatte sich das als die richtige Entscheidung erwiesen.

„Natürlich", sagte ich. „Wir werden da sein, nicht wahr, Pyper?"

Sie zog ihr Handy heraus und tippte auf das Display, „Ich habe es hier. Mittagessen. Ein Uhr im Sushi-Laden im Central Business District."

Lucien atmete tief durch, und seine Schultern entspannten sich, als er uns den Hauch eines Lächelns schenkte. „Gut. Das ist gut. Ich weiß, dass sie sich darauf freut."

Ich berührte seinen Arm. „Sag ihr, dass wir sie heute vermisst haben. Und dass es mir gutgeht. Sie muss also nicht loslaufen, um nach mir zu sehen."

Er gluckste. „Ich werde es ihr sagen, aber Versprechungen mache ich keine."

Kane stand auf und begleitete ihn zur Tür. „Sag ihr, dass sie bald kommen soll, wenn sie kommen will. Ich bringe Jade heute früh ins Bett."

Pyper beugte sich über den Tisch und flüsterte: „Nachdem er dir das schwarze Spitzennichts ausgezogen hat."

Ich verdrehte die Augen. „Das ist wahrscheinlich das Letzte, woran er gerade denkt."

Sie sah zu Kane hinüber und dann wieder zu mir. „Nein, ist es nicht." Lachend stand sie auf und streckte Julius die Hand entgegen. „Bring mich nach Hause, Baby. Ich denke, ich werde Bo Pizzageld in die Hand drücken und früh ins Bett verschwinden."

„Ich sehe dich um neun im Grind", sagte ich, als sie zur Tür gingen.

Pyper hob eine Hand hoch, um anzuzeigen, dass sie mich gehört hatte, und einen Moment später waren nur noch ich, Kane und Bea da.

Ich sah meine Mentorin an. „Was denkst du? Ist es möglich, dass Drachen aufgeweckt wurden?"

Sie nahm das Tablett mit übriggebliebenen Sandwiches.

„Alles ist möglich, wenn Magie und Übernatürliches im Spiel sind. Das weißt du, Jade."

„Das hatte ich befürchtet." Ich schob meinen Stuhl zurück und half ihr, den Tisch abzuräumen.

„Ich mach' das schon", sagte Bea und nahm mir den Teller ab. Sie legte eine sanfte Hand auf meinen Arm und lächelte auf meinen Bauch hinunter. „Geh nach Hause und kümmere dich um das Baby, das da drin wächst."

„Nein, wir sollten ..."

„Geh nach Hause und ruh dich aus", beharrte sie. „Außerdem wird Maximus bald hier sein. Er ist ausgezeichnet darin, Tische abzuräumen."

Ich kicherte bei der Vorstellung des Anführers der Bruderschaft, der ihren Tisch abräumte. „Ich denke, es ist gut für ihn, gelegentlich häuslich zu sein."

„Er ist sicher nicht im Hauptquartier der Bruderschaft", bemerkte Kane und legte seinen Arm um mich. „Ein bisschen Häuslichkeit tut dem mächtigen Anführer gut." Er zwinkerte mir zu. „Richtig, Liebes?"

„Keine Ahnung", sagte ich grinsend. „Ich habe einen liebevollen Ehemann, der sich für mich um all diese Dinge kümmert."

Bea lachte. „Okay, ihr zwei. Raus jetzt. Ruf mich morgen an."

Ich löste mich von Kane und umarmte sie. Beas Arme legten sich um mich, und ich hielt sie einen Moment länger als normal fest. Sie duftete nach Zitrusfrüchten und Sonnenschein, und ihre sanfte Umarmung erinnerte mich an meine eigene Mutter, die in Idaho lebte und nach der Geburt unserer Tochter zu Besuch kommen wollte. Es war schön, eine Mutterfigur zu haben. Obwohl ich zugeben musste, dass Bea das genaue Gegenteil meiner biologischen Mutter war, die ihre Tage in Jeans und T-Shirt in ihrem Schuppen verbrachte und Heilkräuter mischte. Bea trug Seidenblusen und Leinenhosen und sah aus, als gehörte sie mit einem Mint Julep auf ihre Veranda.

Doch der Schein trog. Bea besaß einen New-Age-Laden im French Quarter, und wenn sie nicht arbeitete, half sie mir oder einer der anderen Hexen des Hexenzirkels oft dabei, mit einem Haufen böser Mächte fertigzuwerden, die anscheinend von unserer geliebten Crescent City angezogen wurden.

„Danke, Bea", sagte ich. „Lass uns wissen, ob Maximus etwas gehört hat."

„Morgen", sagte sie, und ihre Augen funkelten schelmisch. „Ich glaube, ihr seid nicht die Einzigen, die früh schlafen gehen werdet."

KAPITEL SIEBEN

„Klingt, als hätte das Alter Bea und Maximus noch lange nicht eingeholt", sagte ich, als Kane uns nach Hause fuhr.

Er stöhnte. „Das ist keine Vorstellung, die ich im Kopf haben muss, wenn er mir das nächste Mal einen Befehl erteilt."

Ich lachte. „Nein? Wahrscheinlich nicht."

„Wie geht's dir, Liebes?" Sein Ton war sanft und voller Sorge, passend zu der Liebe, die von ihm ausströmte und mich wie eine Decke einhüllte. Er streckte seine Hand aus und legte sie auf mein Bein, dann drückte er sanft.

„Besser jetzt, wo wir allein sind." Ich legte meine Hand auf seine, um die Verbindung zu spüren. „Ich bin mir nicht sicher, ob ich dafür bereit bin."

Er bog um die Ecke und brachte den Wagen vor unserem Schrotflintendoppelhaus zum Stehen. „Mach dir keine Sorgen. Hinter dir steht ein ganzes Team. Wir werden

Harper finden, dann kannst du dich darauf konzentrieren, das Kinderzimmer vorzubereiten und Kat und Pyper bei den Hochzeitsvorbereitungen zu helfen."

Ich atmete tief durch und schüttelte den Kopf. „Das ist nicht genau das, was ich meinte."

Seine dunklen Augen blitzten besorgt auf. Aber anstatt weitere Fragen zu stellen, sagte er: „Oh, ich glaube, das schreit nach Eiscreme, Klimaanlage und einer Nackenmassage."

Ich kicherte, als er aus dem Auto stieg und auf meine Seite eilte, um mir herauszuhelfen. Mein Tanktop war von Schweiß durchnässt, und das Einzige, was ich mehr als alles andere auf der Welt wollte, war eine Dusche. Nach Stunden, die ich im Ratsgefängnis verbracht hatte, zusammen mit der Luftfeuchtigkeit Ende August, war ich klebrig und völlig erschöpft. Das Essen und die Limonade hatten ein bisschen geholfen, doch ich würde mich erst wieder wie ein Mensch fühlen, wenn ich den Tag abgewaschen hatte.

Kane führte mich ins Haus. Duke, der Golden Retriever-Geisterhund, kam uns mit wedelndem Schwanz und heraushängender Zunge an der Tür entgegen.

Ich lächelte ihn an. „Hey Junge. Du hast Flame noch nicht gesehen, oder?"

Der Hund wedelte begeisterter mit dem Schwanz, drehte sich um und führte uns in die Küche. Kane und ich sahen einander an.

„Du glaubst nicht, dass dieser feuerspeiende Hund tatsächlich hier gelandet ist, oder?", sagte Kane.

„Nein. Wie würde sie über die Brücke kommen?" Trotzdem folgten wir Duke in die Küche, wo er sich prompt vor die Hintertür setzte, als warte er darauf, hinauszukommen. Da er ein Geisterhund war, würde ihn eine Tür nicht daran hindern, wenn er raus in die freie Natur wollte. Ich öffnete die Hintertür und keuchte, als ich das kleine Fellknäuel erkannte, das sich im Schatten unter unserem kleinen Tisch draußen zusammengerollt hatte.

Der Kopf des Hundes schnellte hoch, und Flame bellte begeistert, als sie ins Haus stürmte und zur Wasserschüssel rannte, die ich früher am Tag hingestellt hatte. Nachdem sie getrunken hatte, trottete sie zurück zu mir und ließ sich vor meinen Füßen fallen.

Kane seufzte. „Ich denke, das bedeutet, dass wir vorerst einen Hausgast haben."

Ich hielt mich mit einer Hand am Rand der Theke fest, bückte mich und hob sie mit der anderen hoch. Sie sah mich mit müden Augen an, gähnte und schmiegte dann ihren Kopf an meine Brust. „Ich denke, du könntest recht haben."

Nachdem ich im Kühlschrank nach übrig gebliebener Hähnchenbrust gesucht hatte, machte ich ihr eine Schüssel mit Hühnchen und Reis und stellte sie auf den Boden. Sie verschlang ihr Abendessen in weniger als einer Minute und legte sich dann auf den Fliesenboden und schloss die Augen. Innerhalb von Sekunden schnarchte sie.

„Wenigstens speit sie kein Feuer", flüsterte ich Kane zu.

„Das ist schon mal was." Er starrte den kleinen braunen Hund an. „Wie, glaubst du, ist sie hierhergekommen?"

„Wer weiß? Vielleicht haben Mati und Vaughn sie gefunden und rübergebracht."

„Und sie einfach an einem unerträglich heißen Tag im

August ohne Wasser und Futter in unseren Garten gesetzt?", fragte er.

Ich musste zugeben, dass es unwahrscheinlich schien, doch ich nahm mein Handy und schickte Mati eine SMS, um es herauszufinden. Mati schrieb sofort zurück, dass sie Flame nicht mehr gesehen hatte, seit wir in ihrer Wohnung gewesen waren. „Mati und Vaughn waren es nicht. Vielleicht war es Magie", sagte ich gähnend, und meine Augen tränten vor Anstrengung, wach zu bleiben. „Ich weiß nicht, aber im Moment bin ich mir nicht sicher, ob es mich interessiert. Ich brauche eine Dusche und ein Nickerchen."

„Nickerchen?" Kane betrachtete die Uhr an der Wand. „Es ist schon nach acht. Ich denke, du solltest vielleicht einfach schlafen gehen."

Das war verlockend, aber … „Erst duschen." Dann nahm ich seine Hand und führte ihn ins Schlafzimmer. „Vielleicht brauche ich jemanden, der mir den Rücken wäscht."

„Bist du sicher?", fragte er und zog schon sein Hemd aus. Ein Hauch des Verlangens, das vorhin am Tag zwischen uns gefunkt hatte, kam zurück, und plötzlich war ich nicht mehr ganz so müde wie noch vor ein paar Augenblicken.

Ich kicherte. „Ich bin sicher."

Kane verschwand im Badezimmer, und bevor ich auch nur meine Schuhe ausziehen konnte, hörte ich das Wasser durch die Rohre rauschen. Dann war mein Mann zurück, trug immer noch diese tiefsitzenden Jeans und sah einfach sexy aus. Er kniete vor mir nieder, zog behutsam meine Schuhe aus und richtete sich dann auf, um mir meine Hose auszuziehen. Ich saß auf der Bettkante, beobachtete, wie seine Hände über meine Haut glitten, und fragte mich, was ich jemals getan hatte, um ihn zu verdienen. Er war alles, was ich mir je gewünscht hatte – herzlich, sanft, liebevoll, ehrenhaft und ein absoluter Knaller im Kampf gegen das Böse. Und heiß. Wie wir zusammen gekommen waren, würde ich nie ganz verstehen, aber ich wusste, dass ich ihn mit jedem Tag mehr liebte. Und ich wollte keinen Moment dieses Lebens eintauschen, selbst wenn es bedeutete, dass wir nie wieder einen Moment Ruhe haben würden.

„Deine Haut ist so weich, Jade", flüsterte Kane und glitt mit seiner Hand über die Innenseiten meiner Oberschenkel, schob sie sanft auseinander, um Platz zu schaffen, damit er sich dazwischen schieben konnte. Seine Hände wanderten weiter nach oben, über meine Hüften zu meiner Taille und dann unter mein Tanktop, bewegten sich dann nach oben, bis er das Top über meinen Kopf zog und mich nur in meinem roten BH und Höschen zurückließ.

Meine Haut begann, am ganzen Körper zu prickeln, und ich legte mich zurück aufs Bett und lud ihn ein, zu erkunden, was er wollte.

„Göttin, Jade. Du wirst jeden Tag schöner." Er beugte sich über mich, und seine Hände legten sich um meine Brüste, während beide Daumen meine Brustwarzen streichelten, die sofort hart wurden.

Ich holte scharf Luft und starrte zu seinem harten Körper auf. Meine Finger schmerzten förmlich danach, ihn zu berühren. „Komm runter", sagte ich und zog an einer Schlaufe seiner Jeans.

Er lachte leise. „Nein. Wir müssen duschen. Schon vergessen?"

Ich stieß ein frustriertes Stöhnen aus. Wen kümmerte

eine Dusche, wenn mein Körper gerade dank ihm in Flammen aufging? „Wenn du zu mir aufs Bett kommst, werde ich dafür sorgen, dass es sich für dich lohnt."

„Vertrau mir, Liebes. Du willst, was ich dir anbiete." Er ergriff meine Hände und zog mich auf die Füße. Dann drehte er sich um und führte mich ins Badezimmer. Nachdem er uns die restliche Kleidung ausgezogen hatte, öffnete er die Duschtür und winkte mich hinein.

Das lauwarme Wasser traf meine nackte Haut, und ich seufzte genüsslich. Er hatte recht. Das war genau das, was ich brauchte.

Oder zumindest war es das, was ich dachte, dass ich es brauchte, bis sich seine Arme von hinten um mich legten und seine Lippen über meinen Nacken strichen.

„Das fühlt sich wirklich gut an", flüsterte ich.

„Das wird sich noch verdammt viel besser anfühlen." Seine Hände wanderten von meinen Hüften weg, eine hoch zu meiner Brust, während die andere an meinem Körper in die Tiefe glitt und zwischen meine Beine tauchte.

Wenn Kane kein Inkubus gewesen wäre, wäre das alles vielleicht ein bisschen zu schnell gewesen, doch sein Verlangen klebte an meiner Haut, und wegen unserer Verbindung konnte ich genau spüren, wie sehr er mich wollte. Seine Leidenschaft entzündete ein Feuer in mir, das meine Knie weich werden ließ.

Er war ein hungriger Mann, der mich jetzt noch mehr wollte als damals, als wir zusammengekommen waren. Und seine Sehnsucht war von einer Dringlichkeit, die zweifellos durch die Ereignisse des Tages geschürt wurde, durch die Frage, wann und ob er seine Frau wiedersehen würde.

„Kane", sagte ich, lehnte mich an seine Brust, hob einen Arm und grub meine Finger in sein dunkles Haar.

„Jade", sagte er mit heiserer Stimme. „Du bist so sinnlich, so schön. Ich kann meine Finger nicht von dir lassen."

„Kein Grund, es zu versuchen", sagte ich atemlos, als er seinen Daumen gegen mein empfindlichstes Nervenbündel drückte, was mich dazu brachte, meinen Beifall zu stöhnen.

Er streichelte mich weiter und flüsterte von Liebe und Zuneigung, während das Wasser über uns lief. Die Zeit schien stillzustehen. Nichts anderes zählte außer diesem Moment, in dem mein Mann mich liebte und ich das Vergnügen, das er mir bereitete, in mich aufsaugte.

Während er heiße Küsse über meinen Hals verteilte, bewegte er sich weiter zu meiner Schulter, und als mein Stöhnen lauter und kürzer wurde, verstärkte er den Druck auf meine empfindlichste Stelle, kniff mit seiner anderen Hand in meine Brustwarze und biss in meinen Hals.

Alles in mir zog sich zusammen, und der Orgasmus traf mich so hart, dass Blitze hinter meinen Augen explodierten. Mein Atem blieb mir im Hals stecken, und mein ganzer Körper erzitterte in Welle um Welle köstlicher Erlösung. Kanes Arm schloss sich fester um meinen Brustkorb und hielt mich fest, für den Fall, dass meine Beine mich nicht aufrecht halten konnten. Ich war Wachs in seinen Armen und zitterte vor süßer, herrlicher Lust.

„Das ist mein Mädchen", flüsterte er und strich sanft mit einem Waschlappen über meinen Rücken, meine Brüste und meinen Bauch. Ich versuchte, mich zu ihm umzudrehen, doch er hinderte mich daran. „Lass mich das zuerst machen."

„Aber Kane. Du bist dran", sagte ich mit geschlossenen Augen, während ich seine Berührungen genoss. Was hatte ich jemals getan, um diesen glorreichen, selbstlosen Mann zu verdienen?

„Bald, Liebes. Lass mich mir Zeit nehmen, dich einzuseifen. Dann gehen wir ins Bett, wo es für dich und unsere kleine Erdnuss sicherer ist."

Ich drehte mich um und nahm ihm die Seife ab. „Nur, wenn ich mich revanchieren darf."

„Jade, ich – oh Gott." Er schloss die Augen, als ich meine Hand um seinen dicken Schaft legte und ihn streichelte, bis er stöhnte. „Das ist nicht … Göttin im Himmel."

Er packte sanft mein Handgelenk, um mich am Weitermachen zu hindern, drehte das Wasser ab, zog mich dann in seine Arme und trug mich zum Bett.

Nachdem er mich abgesetzt hatte, leuchteten seine dunklen Augen vor purer Hitze, als er sagte: „Auf die Knie."

Vorfreude ließ mich zittern, als ich ein Kissen heranzog, um meinen Babybauch zu stützen, und mich auf das Bett kniete.

Bevor ich überhaupt zurückblicken konnte, packte Kane meine Hüften und drückte sich gegen meine Öffnung, hielt jedoch lange genug inne, um zu fragen: „Bist du bereit?"

Ich nickte und stöhnte begeistert auf, als er in mich eindrang.

KAPITEL ACHT

„*N*a, da sieht aber jemand glücklich aus", rief Pyper hinter der Theke. „Ich denke, die schwarze Spitze hat ihren Zweck erfüllt."

„Geldverschwendung. Ich habe es nicht einmal aus der Einkaufstüte genommen", sagte ich und ging mit Flame im Schlepptau auf die Theke zu.

Pyper hob die Augenbrauen. „Du weißt, dass hier keine Tiere reinkommen sollten, oder?"

Ich nahm Flame auf den Arm und warf Pyper ein gequältes Lächeln zu. „Ich weiß. Tut mir leid. Ich konnte sie nicht allein im Haus lassen. Sie hat schon einen Brandfleck auf dem Parkett hinterlassen, als Kane sie erschreckt hat. Ich fürchte, sie wird das Haus abfackeln, und es ist zu heiß, um sie draußen zu lassen."

„Schon gut. Halt' sie einfach auf dem Arm. Willst du irgendwas?"

„Koffeinfreien London Fog und einen Zimtscone, bitte." Ich grinste sie an. „Du bist die Beste."

„Ich weiß", sagte sie und sah mich wieder an. „Hattest du einen schönen Abend? Du strahlst heute geradezu."

„Ja, sehr schön." Ich wandte den Blick ab und wusste anhand der Hitze in meinen Wangen, dass ich rot war.

„Interessant. Schätze, der Ehemann hat ein bisschen Intimität gebraucht nach deiner Zeit im Knast." Sie zwinkerte, holte einen Zimtscone aus der Auslage und legte ihn auf den Toaster.

„Du dagegen siehst aus, als hättest du kaum geschlafen." Ich betrachtete ihren unmotivierten Pferdeschwanz und bemerkte, dass ihre Augen gerötet und leicht glasig waren, auch wenn sie zufrieden lächelte. „Hat dein Verlobter dich die ganze Nacht wach gehalten oder was?"

„Eisprungtag", sagte sie, gerade als Bo aus dem Hinterzimmer hereinkam.

„Oh Gott", sagte der Teenager mit einem Stöhnen. „Bitte, kannst du aufhören, über euere Babymachversuche zu reden? Das ist widerlich."

Seine Freundin Reagan, ein hübsches Mädchen mit dunklen Haaren und onyxschwarzen Augen, war direkt hinter ihm. Sie legte ihren Arm um ihren großen, schlaksigen Freund und lachte. „Lass sie. Sie versucht, eine Nichte oder einen Neffen zu produzieren, die du quälen kannst."

„Das ist vollkommen in Ordnung", sagte er. „Aber die Einzelheiten muss ich nicht hören."

Pyper reichte Bo eine Schürze und deutete auf die Tageskarte, während sie kicherte.

Ich blickte auf und unterdrückte mein eigenes Kichern. Die Kreide bewegte sich über die Tafel und zeichnete ein Bild von zwei Eclairs in einer kompromittierenden Position. Neben der Zeichnung erschienen die Worte *Eclairproduktion.*

Bo verdrehte die Augen. „Danke für die Lektion, Ida May.”

Eine sanfte Brise wehte durch das Café, gefolgt vom Läuten des Glöckchens an der Eingangstür, obwohl niemand hereingekommen war. Es war Ida Mays Art, mitzuteilen, dass sie da war.

„Behalte die beiden im Auge, Ida May", sagte Pyper zu ihrem Hausgeist. „Pass auf, dass sie nicht in Schwierigkeiten geraten."

Ich konnte sie nicht sehen, doch ich konnte Ida Mays Freude und Amüsement spüren. Ihre Energie war unbeschwert und voller Liebe. Obwohl sie ein Geist war, lebte sie ihr Leben in vollen Zügen.

„Wir ziehen los, um die Welt zu retten", sagte Pyper und gab mir meinen London Fog und den warmen Zimtscone in einer Papiertüte.

„Schon wieder?", sagten Bo und Reagan gleichzeitig.

„Immer", antworteten Pyper und ich. Dann sahen wir einander an und lachten.

„Komm schon", sagte sie und zog ihre Schlüssel aus der Tasche. „Der VW steht hinten."

Ich hielt Flame immer noch auf dem Arm, als ich ihr durch den hinteren Teil des Ladens und hinaus auf den Parkplatz folgte, wo sie ihren roten VW-Käfer abgestellt hatte. Sie öffnete die Beifahrertür für mich und hielt meinen Tee und mein Gebäck, während ich mich in ihr Auto hievte und Flame neben meinen Füßen auf den Boden stellte. „Wenn dein Auto noch mehr schrumpft, müssen wir es gegen einen SUV eintauschen."

„Das ist lustig. Julius und ich haben gerade darüber gesprochen. Wenn wir das Glück haben, dass ich schwanger werde, werden wir genau das tun." Sie reichte mir mein Frühstück und eilte auf die Fahrerseite. Als sie angeschnallt war, drehte sie sich zu mir um und fragte: „Wohin, Boss? Zur Uni oder zum Hexenrat?"

Bei der Vorstellung, so kurz nachdem sie uns eingesperrt hatten, wieder zum Hexenrat zu gehen, wurde mir ein bisschen flau im Magen. Oder vielleicht lag das daran, dass ich noch nichts gegessen hatte. Ganz zu schweigen davon, dass wir Flame dort nicht mit hinnehmen konnten. Ich zweifelte nicht daran, dass sie sie beschlagnahmen würden. Wie auch immer, der Hexenrat stand nicht ganz oben auf meiner Liste der Orte, an die ich gehen wollte. „Tulane. Ich schreibe Mati und frage, ob sie uns dort treffen kann."

„Wird gemacht."

„JADE! PYPER!", rief Mati von der Treppe vor der Studentenvereinigung. Sie stand auf, schnappte sich ihren Rucksack und rannte uns entgegen.

Ich wickelte Flames Leine um meine Hand und hielt sie davon ab, sich den anderen Studenten zu nähern. Wenn sie jemanden nicht riechen konnte, wer konnte schon wissen, was passieren würde?

„Den Göttern sei Dank, euch geht's gut", sagte Mati. „Was ist gestern passiert?"

Pyper und ich sahen einander an. „Du hast es nicht gehört?"

„Na ja, nur, dass du zum Hexenrat weggeschleppt wurdest." Sie steckte ihr Handy in die Tasche ihrer unglaublich kurzen, roten Shorts. Dazu trug sie eine schulterfreie weiße Bluse und weiße Wedges. Wenn ihr finsterer Blick nicht gewesen wäre, wäre sie bereit für den Laufsteg gewesen. „Diese Bastarde. Was ist ihnen dieses Mal über die Leber gelaufen?"

„Sie wollten unsere Hilfe, doch anstatt darum zu bitten, haben sie uns lieber gezwungen", sagte Pyper.

„Was für Arschlöcher." Sie warf ihren Rucksack über die Schulter und sah mich an. „Wie ich sehe, hast du Flame mitgebracht. Hast du herausgefunden, wie sie bei euch zu Hause gelandet ist?"

Ich zuckte mit den Schultern. „Keine Ahnung. Sie hat zusammengerollt an unserer Hintertür gelegen, als wir nach Hause gekommen sind."

Mati blinzelte. „Das ist merkwürdig. Ist euer Gartentor nicht verschlossen? Hat jemand sie einfach da rein gesetzt?"

„Ja, es ist abgeschlossen, und gestern Abend war es das auch. Du weißt also genauso viel wie ich. So wie ich es sehe, gibt es nur zwei Möglichkeiten – sie ist entweder eine magische Kreatur, die sich irgendwie in euren Garten gezappt hat, oder jemand hat sie dorthin gebracht. Eine Hexe hätte ohne Probleme ein- und ausgehen können. Aber auf keinen Fall ist Flame einfach über die Brücke spaziert und hat den Weg zurück zu unserem Haus gefunden, ohne dass es jemand bemerkt hätte. Also ist sie vorerst bei mir, bis ich herausgefunden habe, was sie ist oder warum sie so wichtig ist, dass jemand sich alle Mühe gegeben hat, sie in meinen Garten zu bringen."

Mati runzelte die Stirn, als sie Flame betrachtete. „Sie sieht so harmlos aus."

„Ich weiß, nicht wahr? Abgesehen vom gelegentlichen Feuerspeien *ist* sie größtenteils harmlos." Ich zuckte mit den Schultern. „Sie wirkt nicht böse. Vielleicht bringe ich sie später zu Bea und sehe, ob sie irgendwelche Ideen hat."

„Das klingt nach einem guten Plan", sagte Mati. „Wollen wir los? Das Verbindungshaus ist drüben am Broadway. Normalerweise gehe ich einfach zu Fuß. Ist das okay für dich, oder sollen wir fahren?"

„Nein, passt schon." Ich hatte mich für ein Babydollkleid aus Baumwolle und Sneakers entschieden. Soweit es mich betraf, war ich besser vorbereitet als sie beide. Mati trug diese hochhackigen Wedges und Pyper trug Flip-Flops ohne Halt und einen schwarzen Pullover, dessentwegen sie wahrscheinlich einen Hitzschlag erleiden würde. Wobei ich zugeben musste, dass „besser" vielleicht ein bisschen übertrieben war. Die Spätsommerhitze war brutal, und mir war schon so heiß, dass mein Kleid an meiner Haut klebte.

„Hier." Mati reichte mir eine Flasche Wasser, und ich hätte beinahe gelacht, als ich sie nahm und gierig einen Schluck trank. Das kalte Wasser fühlte sich verdammt gut an.

„Danke." Ich reichte Pyper die Flasche, die sie an ihre Lippen führte und die Hälfte trank.

„Ist es wirklich so heiß hier draußen, oder liegt es an mir?", fragte sie und wischte sich mit dem Handrücken über die Stirn.

„Es ist heiß wie die Hölle", sagte ich. „Komm schon. Je früher wir da sind, desto eher kommen wir in klimatisierte Räume."

„Hier entlang." Mati ging die Straße hinunter, Pyper und ich direkt hinter ihr.

Der Weg war nicht weit, doch die Luftfeuchtigkeit setzte uns allen zu, als wir das weiße viktorianische Gebäude erreichten. Die griechischen Buchstaben Κμ prangten zwischen den Gauben knapp unterhalb der Dachlinie.

„Sieht so aus, als hätten wir es geschafft", sagte ich, hob mein langes rotblondes Haar von meinem Rücken und drehte es zu einem Knoten zusammen.

„Ich fühle mich, als wäre ich auf dem Grill des Teufels gegrillt worden", beschwerte sich Pyper. Ihr Gesicht war knallrot, und ihr schwarzer Pullover klebte an ihrer Haut.

„Komm." Ich nahm ihre Hand und zog sie unter einen großen Magnolienbaum. „Warum trägst du überhaupt schwarz? Und einen Pullover! Bist du verrückt?"

„Heute ist Waschtag", sagte sie nur.

„Mann, das kenne ich", sagte Mati. „Deshalb trage ich diese Shorts. Als ich sie gekauft habe, war mir nicht klar, dass sie gerade so meine Pobacken verdecken."

„Mädchen, du siehst toll aus. Trag' diese Shorts so oft wie möglich, bis dein Arsch rauswächst. Wenn ich noch deine Figur hätte, würde ich sie mindestens zweimal die

Woche tragen." Pyper sah mich an. „Ach, nochmal einundzwanzig sein, nicht wahr?"

Ich lachte nur und schüttelte den Kopf. „Du hast auch jetzt noch die Anlagen dazu, sowas zu tragen, Pyper."

„Ja, wirklich", sagte Mati und betrachtete Pypers Po, als wir den Weg zur Haustür die Treppe hinaufgingen.

„Oh, hört auf", sagte sie, und ein Grinsen breitete sich auf ihrem Gesicht aus. „Das ist mir peinlich."

Ich verdrehte die Augen. Pyper war eine ehemalige Stripperin, die auf Festivals regelmäßig nur Körperbemalung trug. Jetzt war es wahrscheinlicher, dass sie selbst malte, als dass sie bemalt durch die Gegend lief, doch ein paar Worte über ihre Vorzüge waren ihr auf keinen Fall peinlich.

Mati griff nach dem großen goldenen Türklopfer und schlug damit gegen die Tür aus dunklem Walnussholz. Nachdem eine Minute vergangen war und wir drinnen nichts gehört hatten, drückte ich auf die Türklingel. Musik, die sehr nach dem Titelsong von *Verliebt in eine Hexe* klang, klimperte drinnen aus einem Lautsprecher.

„Das würde mir schnell auf die Nerven gehen", sagte Pyper.

Ich lachte. „Ich liebe es. Glaubst du, Kane hätte was dagegen, wenn ich uns eine solche Klingel kaufe?"

„Wahrscheinlich." Pyper beugte sich nach links und ließ sich von dem Sprinkler, der an der Seite des Hauses lief, Wasser ins Gesicht spritzen. Sie wischte es weg und fügte hinzu: „Aber wenn du ihn fragst, während du diese schwarze Spitzenwäsche trägst, wird es ihm wahrscheinlich egal sein."

„Guter Punkt", sagte ich und nickte. Es war nicht so, dass Kane normalerweise leicht zu manipulieren war, doch wenn er abgelenkt war, war er viel leichter zu überzeugen.

Die Tür schwang auf, und eine zierliche Blondine klatschte in die Hände und quietschte beinahe, als sie Mati sah. „Oh Gott! Du bist hier! Yay!" Sie schob ihren Arm unter Matis und zog sie hinein, während sie sagte: „Du weißt, dass du einfach reinkommen kannst, oder? Du bist jetzt eine von uns. Nur weil du nicht hier wohnst, heißt das nicht, dass das nicht auch dein Zuhause ist."

Mati warf uns einen Blick über die Schulter zu und deutete mit einer Kopfbewegung an, dass wir ihr folgen sollten.

Pyper zögerte nicht und stieß einen erleichterten Seufzer aus, als die kalte Luft der Klimaanlage sie traf. Ich zog an Flames Leine und ging ins Haus. Das viktorianische Gebäude war alt, mit abgewetzten Holzböden und einem Treppengeländer, das dringend aufgearbeitet werden musste, doch das Haus war unglaublich. Hochwertige Einbauregale zierten die Wand im Wohnzimmer, große drei Meter hohe Fenster mit Blick auf den Vorgarten und wunderschöne antike Kronleuchter in jedem Zimmer. Ich hatte keine Probleme mir vorzustellen, wie es vor hundert Jahren ausgesehen haben musste.

„Hör zu, Cami", sagte Mati. „Wir sind hier, um die Neuzugänge zu sehen. Die, die Harper hergebracht hat. Sind sie hier?"

Sie presste die Lippen aufeinander, als sie die Treppe hinaufblickte. „Sie sind hier, aber sie haben uns nicht bei der Herbstballplanung oder den Liebeszaubern geholfen, die wir für die Rush Week wirken. Ehrlich gesagt bin ich mir nicht einmal sicher, ob sie Kappa-My-Material sind."

Mati trat zurück und blinzelte die lebhafte Blondine an. „Ist das dein Ernst? Du weißt, dass Harper seit gestern vermisst wird, oder?"

Sie winkte unbekümmert ab. „Sie arbeitet wahrscheinlich nur ihre Schularbeiten vor. Ich bin sicher, sie wird heute Abend zur Schwesternschaftszeremonie hier sein."

„Niemand hat von ihr gehört, seit sie aus dem Gewahrsam des Hexenrats verschwunden ist. Ich bezweifle sehr, dass sie zu einer Zeremonie hierherkommen wird." Mati blickte über Camis Kopf hinweg und warf mir einen „Kannst du das glauben?"-Blick zu.

Nein, das konnte ich nicht. Cami ging so leichtfertig mit der Situation um, dass ich mich schon fragte, ob sie nicht etwas mit Harpers Verschwinden zu tun hatte. Warum sonst würde sie so taktlos reagieren?

„Hexenrat?", fragte sie verwirrt. „Wovon redest du?"

Ich verkniff mir ein genervtes Seufzen. Wie war es möglich, dass eine Hexe in New Orleans, besonders eine, die Präsidentin der Studentinnenverbindung für Hexen war, so wenig davon wusste, was in der Gemeinde vor sich ging? So etwas verbreitete sich wie ein Lauffeuer. Ich hatte außer Lucien niemandem im Zirkel von den gestrigen Ereignissen erzählt, doch ich hatte keinen Zweifel daran, dass sie die Geschichten schon gehört hätten, wenn ich jetzt den Hörer in die Hand nehmen und einen von ihnen anrufen würde.

„Der Hexenrat hat Harper gestern von der Arbeit

weggeholt", sagte Mati. „Nach ungefähr einer Stunde ist sie einfach aus ihrer Obhut verschwunden. Sie haben sie nicht entlassen. Entweder lügt der Rat, und sie haben sie immer noch, oder sie ist verschwunden." Sie gestikulierte in meine Richtung. „Du weißt, wer Jade Calhoun ist, oder?"

Camis Augen weiteten sich wie Untertassen, als sie mich anstarrte. „Weiße Hexe", flüsterte sie.

„Ja. Und die Anführerin des Zirkels von New Orleans. Sie und ihre Freundin Pyper wurden vom Rat beauftragt, Harper zu finden." Mati hob das Notizbuch neben dem Haustelefon auf und blätterte die Nachrichten durch. Als sie nichts Auffälliges sah, legte sie das Buch wieder weg. „Wenn hier also jemand irgendwas weiß, müssen wir unbedingt mit ihr sprechen. Harper hat sich nicht mit dir in Verbindung gesetzt, oder?"

„Mit mir?" Cami presste eine Hand auf ihre Brust und trat einen Schritt zurück. „Nein. Natürlich nicht." Dann runzelte sie die Stirn. „Wenn Harper auf der Flucht vor dem Hexenrat ist, kann sie nicht zu Kappa My gehören. Wir umgeben uns nicht mit Gesetzesbrechern." Sie blickte zur Decke und biss sich auf die Lippe. „Ihre Rekruten sind oben. Wenn sich herausstellt, dass sie was damit zu tun haben, müssen sie auch gehen."

Cami lag mit ihrer Einschätzung nicht falsch. Wenn Harper und ihre Freunde sich mit dem Rat angelegt hatten, war das eine Bürde, die die Verbindung nicht brauchte. Vielleicht war sie klüger, als ich sie eingeschätzt hatte. Die Uni war ziemlich anspruchsvoll, besonders wenn man in einer Verbindung aktiv war, da brauchte man keinen zusätzlichen Ärger.

„Cami", sagte ich. „Hast du eine Ahnung, wem Harper am nächsten ist? Irgendjemand, mit dem sie mehr rumhängt als mit den anderen?"

Sie runzelte die Stirn, als sie über die Frage nachdachte. „Ich denke, die Schwarzhaarige. Willow? Wilma?"

„Willa", sagte Mati. „Groß, sportlich, leuchtend grüne Augen."

„Ja! Das ist sie", bestätigte Cami. „Und sie hat einen Freund, glaube ich. Er ist Musikstudent. Spielt Geige. Erste Geige im Orchester. Ich weiß allerdings nicht, wie er heißt."

„Das ist ein Anfang", sagte ich und blickte zu Pyper hinüber. Sie hatte ihren Kopf zur Seite gedreht, als würde sie etwas … oder jemandem zuhören. „Was ist?", fragte ich sie.

„Bin mir noch nicht sicher. Es gibt ein Gespräch über *die Alten*, aber ich kann nicht ganz folgen. Etwas über Auferstehung und die Ordnung der Dinge."

Cami runzelte die Stirn. „Ich höre nichts."

„Pyper ist ein Medium", sagte ich. „Sie hört, was die Geister sagen."

Die Studentin schwieg einen langen Moment. Dann platzte sie heraus: „Willst du mir sagen, dass uns irgendwelche perversen Geister beim Duschen zusehen?"

„Wahrscheinlich", sagte ich und konnte mein Lachen nicht unterdrücken. „Das ist immerhin New Orleans. Fast jedes alte Haus wird von Geistern bewohnt. So ist es einfach."

„Das ist nicht lustig!", jammerte sie. „Wie würdest du dich fühlen, wenn dich ein Geist beobachten würde?"

„Gruselig", sagte ich ehrlich. „Als ich gerade

hierhergezogen war, hatte ich tatsächlich einen Geist, der mich in der Dusche besucht hat. Er hat mir einen solchen Schrecken eingejagt, dass ich ausgerutscht bin und mir fast den Kopf an der Toilette aufgeschlagen hätte. Ich hätte k.o. gehen und sterben können. Es war nicht angenehm."

„Wie bist du damit umgegangen?", fragte sie mit gedämpfter Stimme.

„Ich habe die Wohnung mit Salbeirauch gereinigt."

„Hat es funktioniert?"

Ich schüttelte den Kopf. „Nicht wirklich. Aber das war ein Sonderfall. Meistens reicht es. Wenn du dir Sorgen machst, geh' zu Beatrice Keltons Laden, die *Herbal Connection*, im French Quarter. Sie wird dir helfen, die richtigen Kräuter und Zaubersprüche zu finden, um selbst die hartnäckigsten Geister zu vertreiben."

„Danke." Sie verschränkte die Arme vor der Brust und sah sich um, ohne Zweifel, um nach irgendwelchen perversen Geistern Ausschau zu halten.

„Pyper? Hast du was?", fragte ich.

Sie schüttelte den Kopf. „Die Stimmen haben aufgehört und Tru sagt, dass sie für den Moment weitergezogen sind." Tru war einer ihrer Begleiter in der Geisterwelt.

Ich nickte. „Gut. Lass uns mit Willa und den anderen reden." Ich warf Cami einen Blick zu. „Welches Zimmer?"

„Das ganz am Ende des Flurs. Ihr könnt es nicht verfehlen."

„Danke." Ich rannte die Treppe hinauf, Flame auf dem Arm, Mati und Pyper hinter mir.

KAPITEL NEUN

Lavendelräucherstäbchenduft überwältigte mich, als ich über die Schwelle des Zimmers trat. Ich bemerkte Willa sofort. Sie saß auf einen Holzstuhl am Schreibtisch gefaltet, ihr dunkles Haar zu einem lockeren Pferdeschwanz zusammengebunden. Auf ihrem weißen, schulterfreien T-Shirt war ein Senffleck, und sie trug eine Pyjamahose aus Baumwolle.

Ihr Blick glitt über mich, und dann schnappte sie nach Luft und sprang mit ausgestreckten Armen auf, als sie sagte: „Peanut, da bist du ja!"

Flame fing an, sich in meinen Armen zu winden, und versuchte verzweifelt, zu Willa zu kommen.

„Komm her, Süße. Oh, süße Dämonen, ich bin so froh, dass es dir gutgeht." Sie zog Flame – äh, Peanut – aus meinen Armen und drückte sie an ihre Brust. „Wo hast du sie gefunden?", fragte Willa mich.

Nicht sicher, ob ich wollte, dass alle wussten, dass der Hund irgendwie magisch in meinem Garten gelandet war, entschied ich mich für die einfachste Erklärung. „Wir waren da, als der Rat Harper festgenommen hat. Nachdem Peanut hier ihre Talente gezeigt hatte, konnte ich sie schlecht dort lassen, also habe ich sie mit nach Hause genommen."

Willa stieß einen erleichterten Seufzer aus. „Danke, danke", sagte sie und rieb ihre Wange am Fell des Hundes. „Du hast sie gerettet."

Ich warf einen Blick auf die anderen beiden Frauen, die an die Wand gelehnt auf dem Bett saßen. Eine war dunkelhäutig, mit blond gefärbten Ringellocken, während die andere so hellhäutig war, dass ihre Haut fast durchscheinend wirkte. Beide lächelten Willa und Peanut an, offensichtlich froh über die Entwicklung.

„Ich weiß nicht, ob gerettet das richtige Wort ist", sagte ich. „Sie scheint in der Lage zu sein, gut allein zurechtzukommen. Aber ich wollte nicht riskieren, dass sie in die falschen Hände gerät. Die Menschen hätten keine Ahnung, was sie mit ihr anfangen sollen."

„Trotzdem, danke." Willa streckte mir eine Hand entgegen. „Ich bin Willa Hamilton, Harpers Cousine."

Cousine? Das war interessant. War sie die Tochter der Tante, die in Salem lebte? Ich schüttelte ihre Hand. „Jade Calhoun."

Willa nickte mir kurz zu. „Ich habe von dir gehört. Du bist diejenige, die Conor Wells vor ein paar Monaten geholfen hat."

„Das waren Mati, ich und ein paar andere Freunde." Ich

schenkte ihr ein warmes Lächeln, in der Hoffnung, ihr Vertrauen zu gewinnen, bevor ich ihr sagte, dass ich ihre Cousine jagen sollte.

Sie blickte nervös zu den anderen beiden Frauen und dann wieder zu mir. „Weißt du, wo sie ist? Harper, meine ich?"

„Ich hatte gehofft, dass du diese Frage beantworten kannst." Ich ging zwei Schritte zum Bett hinüber und streckte der dunkelhäutigen Frau meine Hand entgegen. „Hi. Ich bin Jade."

„Mack." Sie schüttelte mir die Hand und wandte sich dann der blassen Frau zu. „Und das ist Ellie."

„Hi, Ellie." Ich schüttelte auch ihr die Hand und stellte dann Pyper vor.

Nachdem sich alle miteinander bekannt gemacht hatten, wandte ich mich erwartungsvoll wieder Willa zu. „Irgendeine Ahnung, wo Harper sein könnte?"

Ihre Augen waren traurig, als sie nur den Kopf schüttelte. „Wir haben schon alles abgesucht, was uns eingefallen ist. Wir wissen es nicht, es ist, als hätte sie sich in Luft aufgelöst."

Willas Energie hatte etwas Zögerliches an sich, was mir das Gefühl gab, als würde sie etwas verbergen. Ich glaubte nicht, dass sie log, sondern eher etwas zurückhielt. Leute ohne ihre Erlaubnis zu lesen, war nicht etwas, das ich gerne tat. Tatsächlich gab ich mir normalerweise Mühe, die Emotionen anderer auszublenden. Sie waren einfach zu anstrengend, besonders wenn sie mich permanent bombardierten. Doch die Energie von allen dreien war anders, als ich es gewohnt war. Sie war schwach, kaum da, doch sie rief mich an, wie es die Energie anderer intuitiv Begabter immer tat.

„Und ihr habt keine Ahnung, wo ihr es als Nächstes versuchen sollt?", fragte ich, schickte meine emotionale Energie aus und versuchte, ihre Antwort zu lesen.

„Nein", sagte Willa. „Es sei denn, sie hat New Orleans verlassen, was ich bezweifle. Ohne Peanut hätte sie das nicht gemacht." Sie streichelte die Ohren des Hundes. „Willst du mit mir nach Hause kommen, Süße? Diesel wird überglücklich sein, einen Spielkameraden zu haben."

„Diesel?", fragte ich.

„Peanuts Bruder", warf Ellie ein.

„Der feuerspeiende Hund hat einen Bruder?", fragte ich erschrocken. „Es gibt noch mehr? Wie?"

Willa zuckte mit den Schultern. „So, wie es Drachen, Hexen oder Dämonen gibt?"

Das war eine berechtigte Frage. „Kannst du mir verraten, wo ihr die Hunde gefunden habt? Sind es überhaupt Hunde? Ich bin mir nicht wirklich sicher."

Willa lachte. „Ja, natürlich sind es Hunde. Draußen im Bayou gibt es einen Typen, der sie züchtet. Ich denke, er muss sowas wie ein Hexenmeister sein, aber ich bin mir nicht sicher. Meine Mom hat den Kontakt zu ihm hergestellt, als wir hergekommen sind. Sie hat Verbindungen im ganzen Land."

„Ist sie die mit dem Laden in Salem?", fragte ich.

„Ja."

„Hör zu, Willa", sagte Mati und setzte sich neben sie. „Ich

hoffe, das ist nicht zu persönlich, aber deine Mutter ist eine Hexe, oder?"

„Natürlich." Sie kicherte leise. „Was ist daran persönlich?"

„Aber du bist keine, oder?", fragte Mati.

Willa versteifte sich, und ihre Augen wurden dunkel. „Nein. Ich bin keine Hexe, aber ich habe andere Fähigkeiten. So weiß ich zum Beispiel, dass du und dein Inkubus-Freund letzte Nacht die Laken abgefackelt habt."

Mati starrte sie nur an. Dann sagte sie schließlich: „Das stimmt schon, aber das machen wir die meisten Nächte." Sie zuckte mit den Schultern, als ob die Tatsache, dass irgendeine zufällige Person intime Kenntnisse über ihr Sexualleben hatte, keine Rolle spielte. Vielleicht spielte es auch keine Rolle. Mati war schließlich eine Sexhexe.

„Und die mit den blauen Haaren." Willa nickte Pyper zu. „Sie ist keine Hexe. Sie hat gar keine Kräfte. Ihre einzige Fähigkeit besteht darin, mit Toten zu sprechen."

Also konnte Willa die paranormalen Fähigkeiten anderer Menschen spüren. Das war ziemlich praktisch. „Und ich?", fragte sie. „Du weißt schon, dass ich eine Hexe bin."

Sie starrte mich ausdruckslos an. „Du hast versucht, meine Energie zu lesen, um zu sehen, ob ich dich angelogen habe. Wie ist das gelaufen?"

Angesichts ihrer unverblümten Art blieb mir der Mund offen stehen. Doch als der Schock nachließ, lachte ich nur. „Genau genommen nicht gut. Tut mir leid. Ich hätte das nicht tun sollen. Deine emotionale Signatur ist einzigartig, und das interessiert mich. Jetzt weiß ich, warum."

Willa stand auf. „Ich bin nur daran interessiert, meine Cousine zu finden, bevor es zu spät ist. Bist du hier, um zu helfen, oder verschwendest du meine Zeit?"

„Zu spät wofür?", fragten Pyper und ich gleichzeitig.

Niemand sagte etwas, als Willa mit gesenktem Kopf zu Boden starrte.

„Willa?", fragte ich sanft.

Sie hob den Kopf und schüttelte ihn. Tränen liefen über ihr Gesicht.

„Du musst es ihr sagen", flüsterte Mack. „Harper wollte das."

„Jade arbeitet für den Rat", sagte Willa und wischte sich gereizt über die Wangen. „Sie ist nicht die, für die wir sie gehalten haben."

Also hatte sie diesen Teil gehört, oder? Nun, besser, dass sie die Wahrheit kannte, auch wenn ich technisch gesehen nicht für den Rat arbeitete. Pyper und ich waren gezwungen worden, darum würde ich nie damit glücklich sein.

„Doch das ist sie", sagte Ellie, kletterte vom Bett und nahm Willas Hand in ihre. „Sie hat Conor gerettet, und sie kann auch Harper retten."

Angst breitete sich in meiner Magengrube aus. Es gab eine Liste von möglichen Drachenführern, auf der mein Name eingekreist war. Harper war verhaftet worden, weil sie versucht hatte, den Drachen zu entfesseln. Es gab einen feuerspeienden Hund, der eher wie ein Seelentier wirkte. Ich hatte versucht, keine voreiligen Schlüsse zu ziehen, aber jetzt starrte mir das Offensichtliche ins Gesicht.

„Harper läuft Gefahr, ein Drache zu werden, und deshalb wollen alle, dass ich sie finde, nicht wahr?", fragte ich. „Alle hoffen, dass ich sie und die Stadt retten kann?"

Der Ausdruck auf Willas Gesicht sagte mir, dass ich den Nagel auf den Kopf getroffen hatte.

„Erzähl mir alles."

Willa griff in eine Handtasche, die auf dem Schreibtisch stand, und zog ein Stück Papier heraus. Es war eine kurze Liste von Namen. „Das sind unsere Cousinen, die Kinder der ältesten Schwester meiner Mutter. Sie sind alle in den vergangenen zwei Monaten verschwunden."

„Was?" Mati stand vom Stuhl auf und begann, im Raum auf- und abzugehen. „Wie? Was ist passiert?"

Ich ging dorthin, wo Mati gesessen hatte, dankbar, mich setzen zu können, und nahm einen Stift aus meiner eigenen Tasche, während ich Willa erwartungsvoll anstarrte und auf ihre Antwort wartete.

Sie schluckte und sah Mack und Ellie flehentlich an.

Mack kletterte vom Bett und trat an Willas Seite. Sie nahm ihre Hand und sagte: „Sie sind alle älter als wir. Sie sind mit dem Studium fertig, und alle leben in verschiedenen Städten. Lacy ist zuerst verschwunden, aber es hat eine Weile gedauert, bis es jemand bemerkt hat, weil sie viel reist. Sie dachten, sie sei auf Geschäftsreise. Aber zwei Wochen später ist Bree auf dem Weg zu einem Yogakurs verschwunden, und drei Tage später ist Janice auf dem Weg zur Arbeit verschwunden. Alle drei sind wie vom Erdboden verschluckt. Niemand weiß was."

Mein Herzschlag pochte, und ein Gefühl der

Dringlichkeit erwachte in meiner Brust zum Leben. „Hat jemand einen Suchzauber gewirkt?"

Willa nickte.

„Was ist passiert?"

„Meine Tante ist im Kreis aufgetaucht." Willa umklammerte das Papier und zerknitterte es. „Sie ist vor zehn Jahren gestorben, nachdem ein Zauber schiefgegangen ist."

„Dann ist sie als Geist erschienen?", fragte Pyper.

Willa nickte. „Sie sagt, sie hat befürchtet, dass das passieren würde. Dass sie uns beseitigen würden, wenn sie es herausfinden. Sie hat Harper und mir aufgetragen, dich zu finden. Dass du die Einzige bist, die uns beschützen könnte. Aber jetzt ..." Sie schüttelte den Kopf. „Sag es mir jetzt einfach. Wirst du uns dem Rat übergeben?"

„Warum sollte ich das tun?", fragte ich überrascht.

„Weil wir", sagte Mack und richtete sich gerader auf. „Wir sind die letzten –"

„Nicht Mack!", sagte Willa alarmiert. „Sag nichts."

„Willa", erwiderte Mack mit müder Stimme, „uns bleibt nichts anderes übrig. Wer sonst würde uns helfen? Was sollen Ellie und ich tun, wenn du die Nächste bist, und sie dann auch uns jagen?"

Willa vergrub das Gesicht in ihren Händen.

„Euch auch jagen?", fragte ich. „Seid ihr alle miteinander verwandt?"

Mack und Ellie nickten.

Ellie lächelte schwach und fügte hinzu: „Wir sind entfernte Verwandte, Cousinen weiß Gott wievielten

Grades, aber immer noch aus derselben Blutlinie. Wir haben uns unser ganzes Leben lang nahegestanden."

„Verdammt nochmal, Ellie", sagte Willa, obwohl ihr der Kampfgeist abhandengekommen war. Sie drehte sich um und starrte mir in die Augen. „Wir sind die letzten Nachkommen der Viscount Dragons. Als sich Conor Wells vor zwei Monaten in einen Drachen verwandelt hat, haben sich unsere Gaben zu manifestieren begonnen. Zunächst langsam. Wir wussten nicht einmal, dass es passiert. Aber jetzt ist es klar." Sie schloss für einen Moment die Augen, als würde sie sich konzentrieren, dann nahm ihre Haut einen orangefarbenen Schimmer an. Sie setzte Peanut auf den Boden und hob ihre Hände mit den Handflächen nach oben. Feuer flackerte über ihre schuppigen Handflächen, als eine Flame in ihren Augen tanzte. Im nächsten Moment verschwand der Zauber, und sie war wieder eine normale Studentin.

„Whoa", sagte ich und versuchte immer noch zu verarbeiten, was ich gesehen hatte. Sie hatte ein inneres Feuer, Drachenschuppen ähnlich denen von Conor an ihren Armen, und sie war in der Lage, das Feuer mit perfekter Präzision zu kontrollieren. Doch sie hatte sich nicht wie Conor in einen Drachen verwandelt. Was auch immer vor sich ging, es war nicht dasselbe wie damals, als eine Drachenseele Conors Körper übernommen hatte.

Willa bückte sich, hob Peanut auf und fing wieder an, ihre Ohren zu kraulen. Das schien sie zu beruhigen, denn die Anspannung auf ihrem Gesicht ließ nach. „Wie ihr sehen könnt, lässt sich nicht leugnen, dass meine Tante recht hatte. Wir haben definitiv Drachengaben."

„Heilige Scheiße", hauchte ich und sah zu Mati hinüber.

Ihr Gesichtsausdruck war grimmig, doch sie sagte nichts. Ich glaube, wir erinnerten uns beide an den epischen Kampf gegen Conor, als er sich in einen ausgewachsenen Drachen verwandelt hatte.

Ich räusperte mich und fragte: „Sind diese … Gaben neu?"

Alle drei Cousinen nickten.

„Und, ähm, könnt ihr sie kontrollieren? Ich meine, manifestieren sie sich einfach, oder wendet ihr sie an wie eine Hexe ihre Magie?" Ich hielt den Atem an. Wenn sie unkontrollierbar waren, waren diese Frauen eine ernsthafte Bedrohung für uns alle.

„Sie sind absolut kontrollierbar", sagte Willa. „Niemand hier ist so besessen wie Conor. Wir sind keine Gefahr für die Gesellschaft. Wir sind diejenigen, die in Gefahr sind. Wir sind diejenigen, die verschwinden, und wir haben keine Ahnung, warum."

Ich schon. Es gab nur zwei mögliche Gründe, warum sie das Ziel waren; entweder versuchte jemand, sie zu töten, oder sie versuchten, sie zu benutzen. Und jetzt hatte ich eine Entscheidung zu fällen – mich auf die Seite des Rates zu schlagen und sie dorthin zu bringen oder zu versuchen, diese Frauen vor dem zu retten, was da draußen auf sie lauerte.

Meine Wahl war bereits getroffen.

Ich beugte mich vor, meine Finger miteinander verflochten, während ich Pyper anstarrte und eine stumme Kommunikation zwischen uns stattfand. Sie nickte mir kurz zu. Ich wusste, dass sie zustimmen würde. Ich lächelte und sagte dann: „Ladys, ich verspreche euch, ihr könnt uns vertrauen. Harper hatte recht. Ich werde alles in meiner Macht Stehende tun, um euch zu helfen."

„Das wirst du tun?", fragte Willa und blinzelte überrascht.

„Verdammt nochmal ja, das werde ich. Und jetzt fangt ganz am Anfang an. Ich muss alles wissen."

KAPITEL ZEHN

Willa und ihre Cousinen sahen einander an, dann drehten sich alle drei mit ausdruckslosen Blicken zu mir um.

„Was?", fragte ich.

„Wir haben dir schon alles gesagt, was wir wissen", sagte Mack.

„Aber ihr habt gesagt, ihr stammt von Drachenblut ab. Fangt dort an."

Wieder sagten sie nichts und schüttelten nur den Kopf.

„Ihr wisst nicht, wer dieser Vorfahre ist?", fragte ich.

„Unsere Tante hat nur gesagt, er sei ein Nachkomme der Familie unserer Großmutter, aber das ist alles, was wir wissen", sagte Ellie. „Das ist alles wirklich neu. Kannst du dir vorstellen, herauszufinden, dass du diese seltsamen Kräfte hast, ohne die geringste Ahnung zu haben, woher sie kommen?"

„Ja", sagte Pyper. „Ich bin nicht immer ein Medium gewesen."

„Dann weißt du, wie seltsam das ist", sagte Mack mit einem kurzen Nicken. „Unsere Tante ist eine Hexe, aber sonst niemand in der Familie, also dachten wir, unsere Kräfte würden spät erwachen, oder sowas. Aber wir haben nur Kontrolle über das Feuer. Nichts sonst. Willa hat eine gewisse Intuition, aber die hatte sie schon immer."

Ich holte scharf Luft. „Alles klar. Wir müssen jemanden finden, der sich mit Drachenkunde auskennt." Ich sah Mati an. „Irgendwelche Ideen?"

Sie schüttelte den Kopf. „Ich würde zu dir oder zum Rat gehen … aber der scheint nicht in Frage zu kommen. Wenn sie hinter den verschwundenen Frauen stecken, wäre es nicht gut, sie auf die letzten drei aufmerksam machen."

Mati hatte recht. Dem Rat irgendeinen Grund zur Annahme zu geben, dass ich den Frauen half, würde uns alle in Gefahr bringen. Doch ich hatte eine Geheimwaffe. Es gab einen Geist in den Räumlichkeiten des Rates, der mich aus irgendeinem Grunde mochte. Mit Pypers Hilfe können wir sie vielleicht wieder kontaktieren.

Ich behielt das für mich und sagte: „Sonst noch jemand?"

„Der Züchter", sagte Willa und betrachtete Peanut. „Er sagte, die Welpen sind perfekt für Leute wie uns. Ich wusste damals nicht, was er meinte. Aber … na ja, ich glaube, er wusste, was wir sind, warum sollte er uns sonst feuerspeiende Hunde geben?"

Das war ein Anfang. „Hast du eine Adresse?"

Sie fand sie in ihrem Adressbuch und gab sie mir. Nachdem ich sie abgeschrieben hatte, stand ich auf.

„Okay, wenn ihr irgendwas hört oder euch was einfällt, das ich wissen muss, zögert nicht, mich anzurufen." Ich wühlte in meiner Tasche herum, fand eine Karte und gab sie ihr, dann gab ich Pyper ein Zeichen. „Bereit?"

„Bereit", sagte sie.

Ich umarmte die drei jungen Frauen nacheinander und bemühte mich, ihnen positive Energie zu schicken. Sie würden es brauchen. Zu Willa sagte ich: „Ich hätte gerne Informationen über deine Cousinen. Die, die verschwunden sind. Ich werde meinen Stellvertreter damit beauftragen zu sehen, ob er irgendwas über sie herausfinden kann. Ihre Namen, Adressen, wo sie arbeiten. Alles, was sonst noch irgendwie relevant ist. Okay?"

„Okay", sagte sie mit etwas zittriger Stimme.

„Mach dir keine Sorgen. Ich werde nicht aufhören, bis wir Harper gefunden und das geklärt haben, okay? Das verspreche ich."

„Danke", flüsterte sie mir ins Ohr und hielt mich fest. Ihre Angst brach plötzlich durch ihre Fassade, und mein ganzer Körper begann, für die verängstigte junge Frau vor mir zu schmerzen. Das war der Moment, in dem ich mir meines Versprechens ihnen gegenüber sicher war. Sie waren unschuldig, hatten um nichts von alldem gebeten, und ich würde nicht zulassen, dass sie für etwas zahlten, worüber sie keine Kontrolle hatten.

„Mati", sagte ich, nachdem ich Willa losgelassen hatte, „Bringst du uns raus?"

„Sicher."

Wir schwiegen, als wir die große alte Treppe hinuntergingen. Sobald wir draußen waren, drehte ich mich zu Mati um und sagte: „Behalte sie gut im Auge, okay? Wenn du denkst, dass wir Verstärkung brauchen, lass es mich wissen, und ich werde meine Zirkelhexen zur Hilfe holen."

„Wird gemacht." Ihr Gesichtsausdruck war besorgt. Nachdem sie tief Luft geholt hatte, sagte sie: „Drachen? Wirklich?"

„Du hast dasselbe gesehen wie ich. Was denkst du?"

Sie presste die Lippen aufeinander und rieb sich den Nacken. „Ich glaube, diese Welt wird immer verrückter."

Ich lachte. „Das auf jeden Fall. Aber wenigstens sind sie keine Dämonen, oder?"

Sie erwiderte mein Lächeln mit einer schiefen Grimasse. „Vorsicht. Du willst nichts heraufbeschwören."

„Das sicher nicht." Ich nickte zum Haus. „Jetzt geht rein und plant eure Partys, als ob alles in Ordnung wäre. Ich will keine Aufmerksamkeit auf Harpers Cousinen lenken."

Sie holte tief Luft, als wollte sie Kraft schöpfen, nickte und ging wieder hinein.

Pyper sah mich an. „Wir fahren ins Bayou, nicht wahr?"

Ich betrachtete ihr schwarzes Outfit. „Willst du dich vielleicht zuerst umziehen?"

„Das würde ich gern, aber heute ist Waschtag, schon vergessen?" Sie winkte ab. „Egal. Lass uns einfach gehen. Ich will unbedingt alles darüber hören, wie diese Sumpfhexe Drachenwelpen erschaffen hat."

∾

„BIST DU SICHER, dass wir auf dem richtigen Weg sind?", fragte Pyper und blieb am Eingang einer alten Holzbrücke stehen. „Glaubst du, wir schaffen es über dieses klapprige Ding, ohne im Bayou zu landen?"

Ich beugte mich vor und spähte durch die Windschutzscheibe. An einigen der Bretter, die uns am nächsten waren, war die Fäulnis offensichtlich, und die Konstruktion schien sich nach rechts zu neigen. „Es gibt nur einen Weg, das herauszufinden."

„Und der wäre? Eine Art Zauber?", fragte Pyper.

Wenn ich doch nur einen auf Lager gehabt hätte. Ich schüttelte den Kopf, öffnete die Tür und wuchtete mich aus dem Auto. Das Summen der Sumpfinsekten lag in der Luft, und die Feuchtigkeit war so erdrückend, dass es mir schwerfiel, genug Sauerstoff in meine Lungen zu bekommen. Nachdem ich mir einen Moment Zeit genommen hatte, um wieder zu Atem zu kommen, ging ich hinüber zur Brücke und –

„Jade, was machst du?", fragte Pyper direkt hinter mir.

Mein Herz pochte mir bis zum Hals. „Verdammt, Pyper. Erschreck mich nicht so."

Sie schüttelte den Kopf. „Was wolltest du tun? Über die Brücke gehen und sehen, ob sie hält?

„Nein." Ich verdrehte die Augen, ging zum Rand und blickte hinunter auf die Pfeiler. Sie waren gleichmäßig verteilt und dick genug. Das war ein gutes Zeichen.

„Äh, Jade", sagte Pyper mit zögernder Stimme.

„Warte. Ich will ihr nur einen magischen Ruck verpassen und dann –"

„Da ist ein Alligator hinter dir", zischte sie.

Angst kroch mir den Rücken hinauf. Magie sammelte sich sofort in meinen Handflächen, als ich mich langsam umdrehte und einen viereinhalb Meter langen Alligator fand, dessen Kiefer weit geöffnet waren, als wollte er mich ganz verschlingen. Ich wagte nicht, mich zu bewegen. Alligatoren sahen nicht sehr gut und griffen oft an, wenn sie eine Bewegung wahrnahmen. Mein Herz schlug gegen meine Rippen. Würde meine Magie ausreichen, um ihn aufzuhalten, falls er angreifen würde? Ich wusste es nicht. Die Lederhaut eines Alligators war dick, und ich hatte gehört, dass es schwer war, einen zu töten.

Doch zum Glück musste ich das nicht herausfinden. Der Alligator schloss sein riesiges Maul und schlenderte dann über die Brücke, als wäre er auf seinem Vormittagsspaziergang.

„Heilige Scheiße", sagte Pyper, packte meine Hand und zog mich zurück ins Auto. Als sie wieder hinter dem Steuer saß, sagte sie: „Das war genug Natur für einen Tag."

„Und? Willst du einfach umdrehen und nach Hause fahren?", fragte ich sie.

„Nein. Wir folgen diesem Alligator. Hast du gesehen, dass die Brücke nicht ein bisschen gewackelt hat? Weißt du, wie viel so ein Alligator wiegt?"

„Nein. Ich hatte nie einen Grund, das herauszufinden … den Göttern sei Dank."

„Ungefähr tausend Pfund. Ich denke, die Brücke ist in Ordnung." Ohne ein weiteres Wort legte sie den Gang ein und schoss über die Brücke, die so solide war, wie sie nur sein konnte.

Ich warf einen Blick zurück und kniff die Augen

zusammen. Die Bretter sahen immer noch verrottet aus, und jetzt schien sie sich in die andere Richtung zu neigen. Ich hatte das Gefühl, dass sich jemand sehr viel Mühe gegeben hatte, die Brücke so unsicher wie möglich aussehen zu lassen.

Pyper lenkte den Käfer um eine Kurve und brachte uns zu einer alten Hütte, die ungefähr genauso windschief aussah wie die Brücke. Es war ein kleines Häuschen, das am Rand des Bayou lag und an dessen Anlegesteg ein verrostetes altes Sumpfboot festgemacht war. Auf der linken Seite waren eine große Scheune und ein eingezäunter Bereich, der einen Hühnerstall und ausgefallene bunte Hühner beherbergte, die auf dem Boden herumpickten.

Wir stiegen beide aus dem roten Käfer und sahen uns um.

Die Haustür öffnete sich, und ein großer, dunkelhäutiger Mann trat heraus, ein Gewehr über der Schulter und eine Kaffeetasse in der Hand. „Suchen Sie was?"

„Ich glaube nicht", sagte ich und schlenderte auf seine Veranda zu. „Wir suchen einen Züchter. Unsere Freundin Willa hat uns zu Ihnen geschickt. Sie und ihre Cousine Harper –"

„Ich weiß, wer Willa und Harper sind", sagte er schroff. „Was wollen Sie?"

Pyper und ich sahen einander an. Er war nicht gerade gastfreundlich, obwohl nur wenige, die tief im Bayou lebten, das waren. Es gefiel ihnen gar nicht, wenn Fremde aus heiterem Himmel auftauchten. Ich konnte seine Energie nicht spüren, als würde er sie abschirmen. Was wahrscheinlich auch gut so war. Wenn meine Energie in seine eindringen würde, war nicht abzusehen, wie er damit umgehen würde. Er war nicht gerade ein freundlicher Zeitgenosse. Ich räusperte mich. „Ich bin Jade Calhoun, der Zirkel …"

„Die Anführerin des Zirkels von New Orleans. Und Betty Boop da drüben ist ein Medium, das ein Café auf der Bourbon Street besitzt. Sie arbeiten auch für den Rat, und das ist alles, was ich über Sie wissen muss. Jetzt verschwinden Sie, bevor ich Trevor auf Sie hetze."

„Trevor?", fragte Pyper.

„Mein Sumpfhund. Er mag ungebetene Gäste nicht."

„Wir arbeiten nicht für den Rat", platzte ich heraus, als er uns den Rücken zukehrte.

„Sie lügen, Miss Calhoun. Ich weiß alles, was in diesem Höllenloch vor sich geht. Seit gestern arbeiten Sie für sie, ob es Ihnen gefällt oder nicht." Mit schnellen Schritten ging er weiter auf die Scheune zu.

„Warten Sie!", rief ich ihm nach. „Sie verstehen nicht. Wir wurden gezwungen, für den Rat zu arbeiten, und im Moment ist es unsere Priorität, Harper zu finden, um dafür zu sorgen, dass sie in Sicherheit ist, und zu verhindern, dass auch ihre Cousinen entführt werden."

Er hielt für ein paar Augenblicke inne. Dann drehte er sich um und starrte mich an. „Für den Rat zu arbeiten, bringt Sie auf die falsche Seite der Geschichte."

„Ich vermute stark, dass Sie recht haben, Sir, aber im Moment haben wir keine Wahl. Entweder arbeiten wir für sie, oder sie werden Pyper und mich mit erfundenen

Anschuldigungen einsperren. Das Beste, das ich für alle Beteiligten tun kann, ist, zu kooperieren –"

Feuer blitzte in seinen Augen auf, und er knurrte, als er zu sprechen begann.

Ich hob meine Hand und fuhr lauter fort: „Wenn Sie glauben, dass wir kooperieren, können wir Harper und ihren Cousinen helfen. Wenn sich herausstellt, dass Harper nichts falsch gemacht hat, werde ich alles in meiner Macht Stehende tun, um ihr und ihren vermissten Cousinen zu helfen."

„Ich kann ihr nur zustimmen." Pyper deutete mit dem Daumen auf mich. „Niemand kontrolliert Jade oder mich. Und wenn Sie so viel über den Rat wissen, wissen Sie auch, dass Jade keinen Grund hat, ihnen gegenüber loyal zu sein."

Wir starrten ihn beide an.

Er starrte zurück. Schließlich seufzte er und ging zur Scheune hinüber. „Dann beeilen Sie sich. Ich hab' nicht den ganzen Tag Zeit."

Ohne zu zögern folgten wir so schnell wir konnten, um mit ihm Schritt zu halten. Doch in meinem Zustand war schnell relativ. Als ich den unbefestigten Hof überquerte, wurde mir vor Hitze und Wassermangel schwindelig.

„Hier." Pyper holte eine Flasche Wasser aus ihrer Handtasche und reichte sie mir.

Ich weinte fast vor Erleichterung. Meine Tasche war in ihrem Auto. „Hast du auch einen Snack drin?"

Sie verdrehte die Augen, holte aber ein Päckchen Cashewnüsse heraus und reichte sie mir ebenfalls.

„Du bist ein Lebensretter."

„Ich weiß." Sie band schnell ihre Haare zusammen und folgte dem Mann in die Scheune.

Ich steckte die Nüsse in die Tasche meines Kleides, trank ein paar Schluck Wasser und folgte ihr.

Innen war die Scheune makellos. Der Boden war sauber gefegt und rechts war eine Wand mit Futter für die Tiere. Auf der linken Seite war ein Dutzend leerer Zwinger.

„Wo sind die Tiere?", fragte ich und begann mich zu wundern, ob wir in eine heikle Situation geraten waren. Die Käfige waren sicherlich groß genug, um Menschen einzusperren, solange sie saßen. Meine Fantasie begann mit mir durchzugehen, als sich Magie in meinen Handflächen sammelte, und mein Unbehagen versetzte mich in höchste Alarmbereitschaft.

„Lass deine Magie stecken, weiße Hexe!", befahl der Mann mit schroffer Stimme. „Und das jetzt, oder dieser Besuch ist vorbei."

„Wo sind die Tiere?", fragte ich erneut und ignorierte seine Forderung.

„Jade ...", begann Pyper, doch ich unterbrach sie.

„Wir sind keine verweichlichten Städter, wenn Sie das denken. Sie können uns nicht einfach hier reinführen und so tun –"

„Jade!" Pyper packte mich am Arm und deutete auf einen angrenzenden Raum. Die Tür stand offen, und ein halbes Dutzend Hunde lungerten herum. Zwei von ihnen saßen in kleinen Kinderplanschbecken, während die anderen vier direkt vor ihren eigenen oszillierenden Ventilatoren saßen und ihre Zungen in purem Hundevergnügen heraushängen ließen.

„Oh." Meine Magie zog sich sofort zurück. Ich schenkte dem Mann ein entschuldigendes Lächeln. „Tut mir leid. In meiner Branche kann es schnell hässlich werden. Ich glaube, ich bin ein bisschen nervös."

„Hier drin wird niemals Magie benutzt", bellte er. „Das würde die bereits bestehenden Zauber stören, die die Tiere … in ihrer besten Zuchtform halten."

Ich warf einen Blick auf die sechs Hunde. Zwei waren Schnauzer, zwei Bulldoggen, und die letzten beiden waren weiß und flauschig … Malteser vielleicht. „Sie haben sie verzaubert, damit sie es miteinander machen?"

„Was?" Er schüttelte den Kopf. „Nein. Götter im Himmel, Frau. Was stimmt nicht mit dir?" Er lächelte, das erste Lächeln, das wir gesehen hatten, seit er vor seiner Haustür gestanden hatte. „Sie brauchen keine Ermutigung von mir. Die Zauber verstärken ihre Gaben, damit sie sie an ihre Nachkommen vererben können."

„Ähm", sagte Pyper. „Es tut mir leid, aber wir sind uns nicht vorgestellt worden."

Er richtete seinen Blick auf sie, und einen Moment lang dachte ich, er würde ihre Bemerkung ignorieren. Doch dann nickte er ihr kurz zu. „Elijah."

„Schön, Sie kennenzulernen, Mr. Elijah", sagte Pyper. „Wenn es Ihnen nichts ausmacht, darf ich fragen, warum Sie magische Wesen züchten?"

Seine dunklen Augen flackerten überrascht. „Weil Drachen ein Ventil für ihre Energie brauchen, sonst verlieren sie die Kontrolle über ihr Feuer. Das sind die Seelentiere der Drachen."

„Also ist es wahr, was Willa und die anderen gesagt

haben." Ich ging zur offenen Tür und betrachtete die scheinbar normalen Hunde. „Harper und ihre Cousinen verwandeln sich in Drachen?"

Er ging zur offenen Tür und stellte sich neben mich. „Was wissen Sie über Drachen, Miss Calhoun?"

Ich warf einen Blick auf sein wettergegerbtes Gesicht. „Wenig. Nur, dass sie früher die Beschützer von Engeln waren und vor ein paar hundert Jahren in einer epischen Schlacht vernichtet wurden ... oder zumindest dachten alle, dass dem so war, bis diese Drachenseele ihren Weg in Conor Wells' Körper gefunden hat."

„So ist es." Er ging in den Raum und setzte sich neben einen der flauschigen weißen Hunde. Der Hund scharrte mit der Pfote nach seinem Bein, und er bückte sich, hob ihn auf und setzte ihn auf seinen Schoß. „Und wie Sie wissen, wird der Rat alles in seiner Macht Stehende tun, um die Drachen zu vernichten. Das bringt Harper und ihre Familie ebenso in Gefahr wie alle anderen verbleibenden Menschen, die von Drachen abstammen."

„Es gibt noch mehr?", fragte Pyper, die jetzt neben mir stand und am Türrahmen lehnte.

„Natürlich gibt es noch mehr", sagte er ungeduldig.

„Wenn das stimmt, wie kommt es, dass darüber die ganze Zeit nichts bekannt war?" Ich konnte seine Bemerkung nicht verstehen, und wenn ich Willas Macht nicht mit meinen eigenen Augen gesehen hätte, hätte ich mich gefragt, ob der Typ noch alle Tassen im Schrank hatte.

„Als Ihr Freund Anfang des Sommers zum Drachen geworden ist, hat er sie nach Hause gerufen. Drachen im ganzen Land erwachen, und der Rat wird alles tun, um sie zu neutralisieren."

Ich holte scharf Luft. „Sie nach Hause gerufen? Was bedeutet das?"

„Er hat ihre inneren Drachen geweckt. Jetzt, da der Rat diese Drachenseele gefangen und versteckt hat, haben sie keinen Anführer mehr. Einer der Erwachten wird zu ihrem Anführer aufsteigen, und Drachen werden wieder unter uns wandeln."

„Und Sie helfen ihnen?", fragte ich, obwohl ich die Antwort schon kannte. Er züchtete Seelentiere für sie.

Seine Lippen verzogen sich zu einem kleinen Lächeln. „Ich denke, das ist offensichtlich."

„Warum?" Ich musste seine Gründe kennen. Wollte er sie kontrollieren? Stand er auf Kriegsfuß mit dem Rat? Hatte er Verbindungen zu den Engeln? Drachen waren schließlich einst Schutzengel gewesen.

Er neigte seinen Kopf zur Seite und musterte mich. „Warum helfen Sie ihnen?"

„Ich habe keine Wahl", sagte ich mit einem Achselzucken.

„Das ist nicht die ganze Wahrheit."

Er hatte natürlich recht. Ich würde Harper und ihren Freundinnen helfen, selbst wenn der Rat mich nicht dazu gezwungen hätte.

„Sie tut es, weil sie nicht anders kann", sagte Pyper. „Wenn jemand in Schwierigkeiten ist, stürzt sie sich Hals über Kopf in die Angelegenheit, als hätte sie eine Art Verpflichtung."

„Als ob du nicht dasselbe tun würdest", sagte ich hitzig.

Sie lachte nur. „Wo du recht hast … Aber ich glaube, ich habe diese Angewohnheit von dir übernommen. Jemandem zu helfen, der es dringend braucht, hat etwas zutiefst Befriedigendes."

„Na bitte", sagte Elijah. „Ich tue es, weil ich es kann, und wenn ich es nicht tue, tut es kein anderer."

„Es gibt andere, die Seelentiere züchten", betonte ich.

Er fuhr sich mit der Hand über den kahlen Kopf. „Das stimmt. Aber keiner ist so erfahren wie ich, und keiner sonst würde mit Drachen zu tun haben wollen."

„Sie haben andere Seelentiere gezüchtet?", fragte Pyper.

Er nickte und musterte sie. „Sie sind leicht. Eine Katze wäre perfekt für Sie."

„Da gibt es keinen Streit", kicherte sie.

Sein Blick konzentrierte sich auf mich, und es dauerte ein bisschen länger, doch schließlich sagte er: „Ein Hund. Wahrscheinlich ein Golden Retriever."

Ich konnte nicht anders. Ich lachte, als ich an Duke dachte, meinen Geisterhund, und sagte: „Das glaube ich gern. In gewisser Weise habe ich schon einen."

Wir folgten ihm aus der Scheune auf die Lichtung. Bevor wir uns verabschiedeten, gab er mir eine Karte, auf der nur eine Telefonnummer stand. „Wenn Sie Drachen treffen, die ein Seelentier brauchen, schicken Sie sie zu mir. Diskret. Sie wissen, was ich meine?"

„Ich verstehe", sagte ich und streckte ihm meine Hand entgegen. „Danke, Elijah. Sie haben uns sehr geholfen."

Als er meine Hand ergriff, knisterte ein magischer Funke über unsere Hände, was verriet, dass er ein sehr mächtiger Hexenmeister war. Wir sahen uns mit gegenseitigem Respekt an, bis er sagte: „Verraten Sie die Mädchen und mich nicht. Wenn der Rat herausfindet, dass wir dieses Gespräch geführt haben, wird es nicht gut ausgehen."

„Sie haben mein Wort", sagte ich. „Und das von Pyper auch."

Meine Freundin nickte, ihre strahlend blauen Augen fixierten die von Elijah.

Der ältere Mann seufzte. „Seid vorsichtig. Ihr seid mitten in einem Shitstorm mit skrupellosen Spielern auf allen Seiten gelandet."

Ich schluckte die Nervosität hinunter, die in meiner Kehle aufstieg, und zwang heraus: „Das ist nicht mein erstes Rodeo."

Sein Blick wanderte zu meinem Bauch, doch er sagte nichts. Stattdessen ging er uns voraus zu Pypers Auto, das auf der anderen Seite des Hauses geparkt war. Sobald wir um die Ecke bogen, blieben Pyper und ich stehen, als wir den riesigen Alligator sahen, der über die Motorhaube ihres Autos drapiert war.

Elijah lachte nur. „Wie ich sehe, mag Trevor den Käfer."

„Trevor? Ihr *Sumpfhund*?", fragte ich und erinnerte mich an seine Bemerkung von vorhin.

„Ja. Er patrouilliert auf dem Land hier. Lässt nur die über die Brücke, die er für würdig hält." Die Augen des älteren Mannes glitzerten, als er auf mich herabblickte. „Oder die, von denen ich ihm sage, dass er sie durchlassen soll."

Also hatte er die ganze Zeit gewusst, dass Pyper und ich auf dem Weg waren. Wir wären niemals durchgelassen worden, wenn er nicht gewollt hätte, dass wir ihn finden. „Trevor ist Ihr Seelentier, nicht wahr?"

Sein Lächeln wurde breiter, doch er antwortete nicht. Stattdessen schnippte Elijah mit den Fingern, und der Alligator machte sich langsam daran, von Pypers Auto herunterzuklettern.

„Oh mein Gott." Pyper zuckte zusammen. „Er wird Kratzer hinterlassen, nicht wahr?"

„Nein", sagte Elijah. „Er ist vorsichtig."

Tatsächlich kroch der Alligator vom Auto, ohne eine Spur zu hinterlassen, ging zu Elijah hinüber und blieb direkt neben ihm stehen. Beide starrten uns an, und ich hätte schwören können, dass beide denselben grimmigen Gesichtsausdruck hatten.

„Passen Sie auf sich auf, Jade Calhoun. Sie auch, Pyper Rayne", sagte Elijah leise und voller Dringlichkeit. „Diese Frauen verlassen sich auf Sie."

„Wir werden sie finden", versprach ich und betete, dass wir keinen von ihnen enttäuschen würden.

KAPITEL ELF

*K*urz nachdem wir das Bayou verlassen hatten, summte mein Telefon von eingehenden Nachrichten. Pyper war gerade auf eine asphaltierte zweispurige Straße abgebogen, die uns zurück in die Stadt bringen würde, während ich die zahlreichen Nachrichten von Lucien las.

„Oh, heilige … verdammt." Ich wandte mich Pyper zu. „Wir sind spät dran für unser Mittagessen mit Kat. Verdammt spät."

Sie warf einen Blick auf die Uhr auf dem Armaturenbrett und stöhnte. „Oh nein. Das wird sie uns nie verzeihen."

„Nicht, wenn sie mit dem Essen auf uns gewartet hat." Ich suchte schnell die Nummer meiner besten Freundin in meiner Kontaktliste und rief sie an. Es klingelte nicht einmal, bevor sie sich meldete.

„Jade, wo zum Teufel seid ihr zwei? Ich bin schon seit einer Stunde hier. Eure Sushi-Rollen werden matschig."

Wenigstens hatte sie Essen bestellt. Das Wissen linderte meine Schuldgefühle ein wenig. Die Wahrheit war, als wir bei Elijah angekommen waren, hatte ich vergessen, dass wir Pläne hatten. „Es tut mir so leid, Kat. Wir sind einer Spur für unseren neuen Auftrag nachgegangen und im Bayou gelandet, wo wir darauf warten mussten, dass ein Alligator Pypers Auto freigab, bevor wir zu dir fahren konnten."

„Ein Alligator? Was sagst du da? Ist das eine neue Ausrede, der Hochzeitsparty-Planung zu entkommen?"

Ich biss mir auf die Unterlippe. In der Woche zuvor hatte ich die Schwangerschaftskarte gespielt, als ich ihr mit ihren getrockneten Kräuterkerzen helfen sollte, die Gesundheit, Liebe und Freundschaft einluden. Von einem der Kräuter wurde mir übel. Sie hatte mir nicht ganz geglaubt. Meine Entschuldigung war halb wahr gewesen: das Kraut drehte mir tatsächlich den Magen um, aber nur, wenn ich es einnehmen musste. Da ich es nicht verkosten musste, hätte es mir nichts ausgemacht. Es war nur so, dass ich müde gewesen war, und als Kane eine Fußmassage angeboten hatte, hatte ich dankbar Ja gesagt und auf die neunzigminütige Planungssession verzichtet.

„Ich schwöre, das ist es nicht. Wir sind auf dem Weg und sollten in zehn Minuten da sein."

„Als ob das noch was bringt", murmelte sie.

Schuldgefühle machten sich breit, und meine Wangen wurden rot. Gott sei Dank konnte sie mich nicht sehen, denn sie kannte mich lange genug, dass es keinen Zweifel gab, was meine Röte bedeutete. „Es tut mir wirklich leid, Kat. Wir sind gleich da."

„Okay. Aber beeilt euch."

PYPER und ich parkten auf einem nahe gelegenen Parkplatz und eilten zum Sushi-Restaurant im Central Business District. Das Restaurant war direkt auf der anderen Seite der Canal Street, aber gerade genug abseits der ausgetretenen Pfade, dass es eher ein Restaurant für Einheimische war, das nicht mit vielen Touristen gefüllt war.

Kat saß am Fenster und trommelte mit den Fingernägeln auf den Tisch, während sie durch ihr Handy scrollte.

„Hey, wir sind da", sagte ich außer Atem vom schnellen Gehen. Nachdem ich ihr gegenüber Platz genommen hatte, fügte ich hinzu: „Nochmal Entschuldigung."

„Ja. Tut mir leid, Kat." Pyper setzte sich zwischen uns und trank ein Glas Wasser aus.

„Ich muss in fünf Minuten gehen." Kat schüttelte den Kopf, sodass ihre roten Locken über ein Auge fielen. „Da wir keine Zeit hatten, die noch zu erledigenden Details zu besprechen, habe ich euch einfach beide Listen gemacht. Ist das okay? Oder wollt ihr, dass ich mich um alles kümmere?"

Ich hatte erwartet, dass sie wütend sein würde, stattdessen klang sie nur ein bisschen niedergeschlagen. Ich griff über den Tisch und legte meine Hand auf ihre. Ein Ruck ihrer nervösen Energie traf mich, gefolgt von einer schwachen Spur von Traurigkeit. „Was ist los, Kat?", fragte ich. „Ist es, weil wir zu spät gekommen sind? Oder macht dir was anderes Sorgen?"

Sie lachte auf und zog ihre Hand zurück. „Ich hasse es wirklich, dass du das tun kannst. Du weißt das, oder?"

„Nein, tust du nicht." Ich lächelte sie wissend an. „Du liebst es insgeheim, dass du mir nichts verheimlichen kannst. Es zwingt dich, über das zu sprechen, was dich stört. Was ist es? Bist du angepisst, dass wir zu spät gekommen sind und uns nicht auf deinen großen Tag konzentriert haben, oder ist es was anderes?"

Kat bewegte ihre Hand und legte sie an ihren Hals. „Ich weiß nicht. Ich glaube, ich bin nur nervös und wollte ein bisschen Zeit zum Entspannen, und dann …"

„Sind wir nicht aufgekreuzt", sagte Pyper und steckte sich eine Regenbogenrolle in den Mund.

„Sowas in der Art." Kat wandte den Blick ab, eindeutig immer noch verstimmt.

„Gib die Listen her", sagte ich. „Pyper und ich machen das schon."

Pyper nickte und benutzte ihre Essstäbchen, um ein Stück Thunfisch-Sashimi vom Teller zu nehmen.

Kat schob uns eine kurze Liste mit Aufgaben zu. Jede Erledigung kam mit detaillierten Anweisungen, wie *frag nach, ob der Wein Jahrgang 1997 oder 1999 ist, aber 1998 geht auf keinen Fall*, und *darauf pochen, dass die Füllung Cappuccino und nicht Espresso ist.*

„Das ist ein Kinderspiel", sagte ich. „Die meisten werden wir heute Nachmittag angehen. Werden sie am Samstag zu mir nach Hause geliefert oder muss jemand sie abholen?"

„Sie werden geliefert. Es muss nur alles bestätigt und die Anzahlungen abgegeben werden." Sie fing an, ihr Scheckbuch aus ihrer Tasche zu ziehen. „Ich lasse die Beträge leer, ihr könnt sie einfach ausfüllen."

Ich starrte auf ihr Scheckbuch, meinen Mund vor Überraschung offen. Glaubte sie wirklich, wir würden sie für ihren Polterabend bezahlen lassen? „Nein", sagte ich und zog ihr den Stift aus der Hand. „Ich kümmere mich darum."

„Jade", sagte sie stirnrunzelnd. „Ich kann nicht verlangen, dass du für diese aufwändige Party bezahlst, nur weil ich dieses Bild seit Jahren im Kopf habe. Keine Sorge, ich habe ein Budget dafür –"

„Vergiss es." Ich verschränkte die Arme vor der Brust und schüttelte den Kopf. „Du hast mich nicht gebeten, dafür zu bezahlen. Ich habe es angeboten. Wenn es dir so viel bedeutet, kannst du meine Babyparty ausrichten." Ich grinste sie an. „Als deine beste Freundin ist es mein Vorrecht, dir dieses Geschenk zu machen, und es gibt nichts, was du sagen könntest, um meine Meinung zu ändern."

Als Kat sich hilfesuchend Pyper zuwandte, hob die ihre Hände. „Sieh mich nicht an. Ich bin auf Jades Seite. Wir teilen uns die Kosten. Du solltest nicht für die Party bezahlen müssen, die wir für dich schmeißen wollen. Du hast schon das Meiste geplant; das reicht vollkommen." Sie zwinkerte Kat zu und nahm ein weiteres Stück Sashimi vom Teller.

Kat seufzte geschlagen. „Fein. Aber wenn euch was zu extravagant ist, zögert nicht, es mir zu sagen. Ich werde dafür bezahlen. Okay?"

„Okay", sagte ich und zeichnete ein X über mein Herz. „Da wir das Mittagessen verpasst haben, willst du zum Abendessen vorbeikommen? Und Lucien mitbringen?"

„Gerne." Ein zufriedenes Lächeln verwandelte ihren zuvor düsteren Ausdruck, und ihre haselnussbraunen Augen tanzten vor Begeisterung, als sie in die Hände klatschte. „Oh Gott. Ich bin so aufgeregt. Samstag wird so lustig. Ich kann es kaum erwarten!"

„Ich auch nicht", sagte ich mit gezwungener Begeisterung. Es war nicht so, dass ich mich nicht auf den Polterabend freute. Das tat ich definitiv. Es war so, dass ich plötzlich viel zu tun hatte, und mich bei fast vierzig Grad durch New Orleans zu schleppen war verdammt viel verlangt, während ich im siebten Monat schwanger war.

„Yay!" Kat strahlte förmlich, als sie ein paar Scheine auf den Tisch legte und ihre Tasche nahm. „Ich habe einen Termin im Laden. Irgendein Typ will ein Schmuckstück für seine Frau zum Jahrestag. Muss los. Bis heute Abend."

„Bis demnächst!", sagte Pyper und beäugte den Rest der Regenbogenrolle.

Ich winkte Kat zu und betrachtete dann das Essen vor uns. Überall roher Fisch. „Das kann ich nicht essen."

„Hier. Gebratener Reis. Sieht aus wie Hähnchen." Pyper reichte mir eine Schüssel.

Ich schob mir einen Bissen in den Mund und hob die Hand, um der Kellnerin ein Zeichen zu geben. Der Reis war kalt. „Kann ich das nochmal in warm bestellen und eine Tempura-Garnelenrolle dazu?"

„Natürlich." Die Kellnerin verschwand im hinteren Teil

des Restaurants, während ich mir die Liste ansah, die Kat uns dagelassen hatte.

„Willst du nach dem Mittagessen mit der Arbeit beginnen?", fragte ich Pyper.

„Klar, warum nicht? Was zuerst?"

„Die Bäckerei. Da steht, wir müssen die Designs freigeben und eine Anzahlung leisten. Was sind das für Designs? Hat sie uns das gesagt?" Ich drehte die Liste um und suchte nach einem Hinweis, fand aber nichts.

Pyper schüttelte den Kopf. „Nein. Ich denke, darum sollte es heute beim Mittagessen gehen."

Ich schickte Kat schnell eine SMS. Es dauerte nicht lange, bis mein Essen kam, doch Kat hatte immer noch nicht geantwortet, als wir fertig waren.

„Lucien, Gott sei Dank", sagte ich ins Handy, als er abnahm. Pyper und ich saßen in ihrem Auto, das vor der Bäckerei geparkt war, zu der Kat uns geschickt hatte. Doch wir waren nicht reingegangen, weil wir immer noch nicht wussten, was wir freigeben sollten. „Hör zu, Kat lässt uns ein paar Erledigungen für den Polterabend machen. Hast du eine Ahnung, was sie beim Bäcker bestellt hat? Oder was das Thema sein sollte?"

„Ähm, nein. Sollte ich?" Er klang abgelenkt.

„Lucien, konzentrier dich. Wir sind schon in Schwierigkeiten, nachdem wir das Mittagessen verpasst haben. Kat ist ein bisschen genervt, und wenn wir hier einen Fehler machen, dann –"

„Oh ich weiß. Die Sechziger. Das ist das Thema. Sie hat was von Gänseblümchen und Sonnenblumen und viel Pink, Orange und Gelb gesagt."

„Sechziger? Wirklich?" Es klang süß, aber Kat war in ihren Ideen normalerweise ein bisschen moderner als das.

„Ja. Sie hat gesagt, sie will Spaß damit haben."

„Also gut. Jetzt, wo wir das aus dem Weg haben, hab' ich was für dich. Kannst du einen Züchter namens Elijah im Bayou recherchieren? Er züchtet Seelentiere. Ich habe keinen Nachnamen, aber ich habe eine Adresse und eine Telefonnummer."

„Sicher. Hat das was mit dem feuerspeienden Hund zu tun?", fragte er.

„Ja und nein. Er scheint nur ziemlich viel über den Rat zu wissen, und ich wüsste gern, mit wem wir es zu tun haben. Ich denke, er könnte ein Verbündeter sein, aber wir können einfach nicht vorsichtig genug sein."

„Ich bin dran."

Ich ratterte die Informationen herunter und sagte: „Übrigens, du und Kat kommt heute Abend zum Abendessen. Ich hoffe, du hattest keine Pläne."

„Nein. Was auch immer Kat in den nächsten Wochen will, bekommt sie", lachte er.

„Ist sie immer noch Bridezilla?", fragte ich mit einer Grimasse.

„Nein. Gar nicht. Es ist eher so, als hätte sie Angst. Ich bin mir nicht sicher, ob es daran liegt, dass der Tag endlich fast da ist und sie sowas wie kalte Füße hat, oder ob ihr die ganze Planung zu schaffen macht. Sie konzentriert sich seit Monaten auf diese Hochzeit und kaum was anderes. Was auch immer es ist, wir haben es bis hierher geschafft. Ich bin sicher, dass wir die nächsten zwei Wochen auch noch hinter uns bringen werden."

„Verdammt", sagte ich leise. „Tut mir leid, Lucien. Ich hatte keine Ahnung. Sie wirkt jedes Mal vollkommen normal, wenn ich sie sehe. Beschäftigt und ein bisschen überlastet, aber ..." Ich hielt inne und dachte an den letzten Monat und die Zeit zurück, die ich mit Kat verbracht hatte. Es war nicht viel gewesen, wenn ich ehrlich war. Seit sie und Lucien sich verlobt hatten, hatte sie Pyper und mich durch die ganze Stadt zu jedem Brautmodengeschäft, jeder Bäckerei und jedem Partyladen geschleppt, den sie finden konnte. Während Pyper schnell Entscheidungen getroffen hatte, war Kat das Gegenteil gewesen, und die Anspannung ihrer Unentschlossenheit hatte mich zermürbt. Ich hatte in letzter Zeit die meisten derartigen Ausflüge abgesagt und meine Schwangerschaft als Ausrede benutzt. Jetzt begann ich mich zu fragen, ob sich meine Freundin im Stich gelassen fühlte. „Weißt du was? Es ist ein paar Wochen her, seit Kat und ich Zeit miteinander hatten. Ich werde heute Abend mit ihr reden und herausfinden, was los ist."

„Das musst du nicht, Jade", sagte er vorsichtig. „Sie ist meine Verlobte. Wenn es was zu klären gibt, werden wir es herausfinden."

„Natürlich wirst du das", sagte ich. „Ich wollte mich nur bei ihr erkundigen und sehen, wie es ihr geht. Mädelskram. Du weißt schon. Bis heute Abend!" Ich beendete das Gespräch, und Pyper und ich gingen in den Laden, wo wir die süßesten VW-Cupcakes und Gänseblümchen-Zuckerkekse für den Polterabend absegneten.

KAPITEL ZWÖLF

„Wir müssen uns einen Plan für morgen einfallen lassen", sagte ich zu Pyper, während ich den Salat wusch. Wir hatten uns durch die Hälfte einer von Kats Listen gearbeitet, bevor ich zu erschöpft gewesen war und Pyper darauf bestanden hatte, mich nach Hause zu fahren. Sie hatte mir gesagt, dass sie nicht zulassen werde, dass ich vor Überanstrengung ohnmächtig würde. Ich hatte meine Augen verdreht und ihr gesagt, dass sie dramatisch war, doch die Wahrheit war, dass mein Rücken schmerzte und meine Füße auch.

„Setz dich." Sie schob mich sanft aus dem Weg. „Ich kümmere mich um deinen Salat. Du trinkst deinen entkoffeinierten Tee und entspannst dich."

Ich zögerte nicht. Kane würde Steaks und Maiskolben grillen, sobald er nach Hause kam. Meine einzige Aufgabe war der Salat, da ich beim Bäcker schon einen Schokoladenkuchen zum Nachtisch gekauft hatte. „Okay.

Ich werde morgen eine Liste mit Orten schreiben, um Harper zu finden."

„Hörst du das?", fragte Pyper und neigte ihren Kopf zur Seite.

„Was?" Ich sah mich in der Küche um und versuchte zu verstehen, was sie meinte.

„Es kommt von draußen." Sie ging zur Hintertür und riss sie auf.

Eine kleine braune Hündin schoss herein. Ihre Zunge hing heraus, während sie keuchend direkt auf meine Füße zusteuerte.

„Flame? Was in aller Welt? Wo kommst du denn her?" Ich bückte mich und hob das kleine Seelentier auf. Ihr Fell war heiß, als hätte sie Stunden in der Sonne verbracht. Sie blinzelte zu mir auf, und ich überprüfte sofort ihr Zahnfleisch, um zu sehen, ob sie dehydriert war. Nein. Feucht und rosa. Gut. War es überhaupt möglich, dass feuerspeiende Seelentiere dehydriert waren? Ich hatte keine Ahnung, doch ich wollte kein Risiko eingehen. „Pyper, kannst du ihr ein bisschen Wasser bringen?"

„Natürlich." Sie machte sich daran, dem Welpen eine Schüssel Wasser zu bringen, während ich den Garten absuchte und das Tor kontrollierte. Niemand war da und alles wirkte normal.

Ich ging wieder hinein und schloss die Tür. Ohne ein Wort zu sagen, nahm ich mein Handy und rief Willa an.

Keine Antwort. Ich hinterließ eine Nachricht, um sie wissen zu lassen, dass ich Flame – ähm, Peanut – hatte, und sagte ihr, dass sie mich so bald wie möglich anrufen sollte, damit ich wusste, dass es ihr gutging.

„Das ist seltsam", sagte Pyper, während wir zusahen, wie der Hund trank.

Ich nickte. Warum kam Flame immer wieder zu mir nach Hause? Dann zuckte ich mit den Schultern. Es war nicht so, als hätte ich Willa oder Harper fragen können. „Vielleicht sollten wir Elijah fragen, warum sie das tut."

„Kann nicht schaden."

Ich kramte seine Karte aus der Tasche und wählte die Nummer. Dann runzelte ich die Stirn. Die Leitung war tot. Ich beendete das Gespräch und versuchte es nochmal. Gleiches Ergebnis. Ich verzog das Gesicht, warf seine Karte in den Müll und starrte auf Flame hinunter. „Wir können wohl nichts anderes tun, als auf sie aufzupassen, bis wir Harper finden, schätze ich."

„Denkst du, du kannst sie davon abhalten, dein Haus abzufackeln?"

„Das muss ich", sagte ich und setzte mich wieder an den Tisch. „Ich kann sie nicht draußen lassen, und scheinbar kommt sie immer wieder zu mir zurück. Da kann ich mich genauso gut auch eine Weile an sie gewöhnen."

Pyper beugte sich hinunter und tätschelte dem Seelentier den Kopf. „Wenigstens ist sie süß."

„Das ist schonmal was, denke ich." Ich trommelte mit den Fingernägeln auf den Tisch und sagte: „Also, worüber haben wir eben geredet?"

„Unseren Aktionsplan für morgen", sagte sie. „Harpers Wohnung scheint der offensichtliche Ort zu sein, um anzufangen."

„Richtig. Und der Rat. Wenn wir Crescent La Croix

finden können, hat sie vielleicht ein paar wertvolle Informationen über den Rat für uns."

„Sie ist diejenige, die dir geholfen hat, Delphinia vor ein paar Monaten bei deiner Anhörung zu entlarven, oder?"

Ich nickte. Delphinia hatte versucht, ihre Rolle bei der Entfesselung des Drachen, der Conor Wells besessen hatte, zu vertuschen. Während ich eingesperrt gewesen war, hatte Crescent meine Wissenslücken gefüllt, was direkt zu meiner Freilassung geführt hatte. „Wenn der Rat was verheimlicht, wette ich, dass sie weiß, was es ist."

„Gut." Pyper war dazu übergegangen, rote Paprika zu schneiden. „Was ist mit einem Findezauber? Du könntest den Zirkel anrufen und sehen, ob du Harper so finden kannst."

„Gute Idee." Ich hatte den Vorschlag schon aufgeschrieben. Findezauber kosteten mich in letzter Zeit eine Menge Energie. In manchen Dingen war ich stark, wie darin, das Wetter zu kontrollieren. Bei anderen, wie Findezaubern, war es, als würde ich meine Kraft kurzschließen, selbst wenn der Zirkel da war, um mich zu unterstützen. „Wenn das alles fehlschlägt ... könnten wir versuchen, Harpers Ahnin zu beschwören. Vielleicht kann sie die uralte Magie anzapfen, um sie wenigstens zu orten."

„Du meinst, einen Geist beschwören", sagte Pyper.

„Ja, nun, ich kenne da ein talentiertes Medium."

„Wie würden wir das anstellen?", fragte Pyper und holte Pilze aus dem Kühlschrank.

„Ich habe ein paar Ideen", sagte ich. „Aber ich wette, Bea könnte es uns sagen."

„Ruf sie an", sagte Pyper. „Die Hinweise, die wir im Moment haben, sind wirklich erbärmlich."

Das waren sie. Wir hatten kaum Ansatzpunkte, und das frustrierte mich. Da draußen war eine junge Frau, wahrscheinlich zu Tode verängstigt war, und Pyper und ich waren unterwegs gewesen, um Besorgungen für den Polterabend zu machen. Ich griff zum Handy und wählte Beas Nummer. Keine Antwort, deshalb hinterließ ich eine Nachricht. „Also müssen wir zu Harpers Wohnung gehen, mit Crescent beim Rat sprechen und einen Findezauber versuchen. Außerdem warten wir darauf, dass Bea zurückruft, um Harpers Vorfahren zu beschwören. Hab' ich was vergessen? Wir haben schon mit ihren Cousinen gesprochen."

„Hat Cami nicht gesagt, dass Harper einen Freund hat? Hauptfach Musik?", sagte Pyper.

„Richtig. Violine." Ich notierte das auf meiner Liste und bückte mich, um Flame hochzuheben, die an meinem Bein scharrte. Ich kuschelte den Hund und sagte: „Gut. Morgen machen wir uns an die Arbeit."

„Und schauen beim Blumenladen und beim Partyladen vorbei", fügte Pyper kichernd hinzu.

„Wer hätte gern Nachtisch?", fragte ich, streckte meine Hand aus und bat Kane im Stillen, mir vom Sofa aufzuhelfen. Kane, Lucien, Kat und ich hatten uns nach dem Abendessen im Wohnzimmer niedergelassen. Trotz meiner Einladung war Pyper nicht geblieben, sondern hatte darauf bestanden, dass sie nach Hause musste. Julius und Bo hatten Abendessendienst, und sie wollte das um nichts in der Welt verpassen.

„Oh, ich hole es." Kat sprang von ihrem Stuhl auf und machte sich auf den Weg in die Küche.

„Warte auf mich." Ich lächelte meinen Mann an, nachdem er mir auf die Beine geholfen hatte. Flame war an meiner Seite, wie sie es die ganze Nacht gewesen war, der perfekt erzogene Hund. „Schokoladenkuchen?"

„Du weißt, ich hätte ihn holen können, Jade", flüsterte er mir ins Ohr.

„Ich weiß." Ich küsste ihn auf die Wange. „Aber ich bin immer noch in der Lage, was selbst zu erledigen." Ich wandte mich an Lucien. „Kuchen?"

Seine Nase steckte in einem Buch, und er antwortete nicht.

Ich kicherte. Lucien saß auf der anderen Seite des Raums, sein blondes Haar stand in seltsamen Winkeln ab, weil er mit seinen Fingern hindurchgefahren war, während er ein Buch über Drachenkunde las. Ich räusperte mich. „Hey, Lucien."

Sein Kopf ruckte hoch. „Hm?"

„Möchtest du eine Pause machen und Nachtisch essen? Schokoladenkuchen?", fragte ich.

„Oh, sicher." Er klappte das Buch zu und stand vom Stuhl auf.

„Bleib da", sagte ich. „Wir bringen den Kuchen hierher. Kaffee?"

„Ja bitte." Er verschwand sofort wieder hinter dem Buch,

ganz, wie ich es erwartet hatte. Lucien war gut im Recherchieren.

Als Flame und ich Kat einholten, hatte sie schon den Kaffee aufgesetzt und zwei Kuchenstücke auf Teller geladen. „Hey. Du bist schnell."

Sie lächelte mich an, und nicht zum ersten Mal in dieser Nacht bemerkte ich ihre müden Augen und die Erschöpfung in ihren angespannten Schultern. „Ich schätze, ich sehne mich verzweifelt nach ein bisschen Schokolade."

„Gestresst?" Die nächsten zwei Kuchenstücke lud ich auf Teller.

Sie lehnte sich gegen die Theke und verschränkte die Arme vor der Brust. Sie trug ein rot-weißes Cupcake-Kleid, in dem sie hinreißend aussah und ich mich wie ein Blimp fühlte. „Ich denke, es ist nur der Countdown zur Hochzeit. Es ist viel, weißt du?"

Ich legte eine Hand auf meinen Bauch und nickte. „Wir beide haben viele Veränderungen vor uns."

Ihr Gesichtsausdruck wurde weicher, als sie mich ansah, und dann wurden ihre Augen glasig, als sie sagte: „Ich kann es kaum erwarten, dein süßes kleines Mädchen kennenzulernen."

Kats Emotionen überwältigten mich. Sie strahlte Liebe und Aufregung aus, gemischt mit einer Spur Angst.

Ich nahm ihre Hand sanft in meine und sagte: „Es wird großartig, das weißt du."

„Natürlich wird es das. Du warst immer dazu bestimmt, Mutter zu sein, auch wenn du überzeugt warst, dass es keine gute Idee war." Ihre Worte waren so aufrichtig, dass ich Tränen zurückblinzeln musste.

„Danke, Kat. Das bedeutet mir so viel. Aber ich meinte die Hochzeit. Dein Leben mit Lucien. Ihr zwei seid perfekt füreinander. All die Anspannung, all der Stress, nichts davon wird eine Rolle spielen, wenn du vor dem Altar stehst und den Mann ansiehst, den du liebst, während er dich anhimmelt, als wärst du der Grund, warum er atmet."

Stille Tränen rollten ihre Wangen hinunter, und sie drückte eine Hand auf ihr Herz. „Woher ..." Sie schniefte. „Woher wusstest du, dass ich das hören musste?"

„Du bist meine älteste und beste Freundin, Kat. Ich bin jetzt vielleicht ein bisschen egoistisch, aber ich passe immer noch auf. Es tut mir leid, wenn ich dir das Gefühl gegeben habe, unwichtig zu sein, indem ich dich die Planung habe übernehmen lassen und das Mittagessen verpasst habe. Das wollte ich nicht."

Sie schüttelte den Kopf und wischte sich die Tränen weg. „Ich habe mich nicht unwichtig gefühlt."

Ich hob skeptisch eine Augenbraue.

„Okay, vielleicht nur ein bisschen vergessen. Du hast das Baby, und Pypers Hochzeit steht auch bevor. Und ich weiß, dass ich euch beide ein bisschen verrückt gemacht habe mit meiner Unfähigkeit, Entscheidungen zu treffen. Ich habe nur ... ich weiß nicht. Ich glaube, ich hätte gerne meine Mutter für die Planung hier gehabt."

Ich sah sie neugierig an. „Sie wollte nicht kommen?"

Kat presste ihre Lippen zu einer dünnen Linie zusammen. „Sie fliegt nicht. Sie kommt nicht einmal zur Hochzeit."

„Was ist mit Fahren? Ich weiß, Idaho ist weit weg, aber ..."

„Moms Angststörung", sagte Kat und schüttelte den Kopf. „Im Auto hält sie sich auch nicht gut."

„Oh Süße. Warum hast du nichts gesagt?" Ich öffnete meine Arme weit, und sie schlang ihre Arme um mich.

„Es war nicht … ich weiß es nicht. Ich glaube, ich hatte gehofft, sie würde ihre Meinung ändern", sagte sie, und ihre Stimme stockte.

Sie hatte sich die ganze Zeit gestresst, weil ihre Mutter nicht zur Hochzeit kommen würde, und sie hatte es für sich behalten. „Was ist mit deinem Vater?"

„Er … lässt sie nicht allein."

Mein Herz brach für Kat. Und ich dachte, meine Eltern hätten Probleme. „Okay. Also gut. Wie wäre es damit? Kane wird dich zum Altar führen, und Bea kann als Mutter der Braut einspringen."

Kat lehnte sich zurück. „Glaubst du, Bea würde das tun?"

„Ich denke, sie wird sich geehrt fühlen. Und wegen Kane musst du dir keine Sorgen machen. Oder wenn du ihn nicht willst, werde ich es selbst tun." Ich lächelte. „Aber vielleicht musst du mit mir langsamer gehen. Ich bin nicht mehr so schnell wie früher."

Sie kicherte. „So sehr ich dich auch gerne als Begleiterin hätte, ich denke, ich bleibe bei Kane. Im Smoking sieht er besser aus."

Ich schnaubte und umarmte sie nochmal. Dann wurde ich ernst. „Ich weiß, dass das mit deinen Eltern wehtut, Kat", flüsterte ich. „Aber deine auserwählte Familie liebt dich, und was immer du brauchst, wir sind hier."

Sie unterdrückte ein weiteres Schluchzen und nickte nur, dann drückte sie mich fester an sich. Als sie sich wieder unter Kontrolle hatte, zog sie sich zurück. „Danke, Jade. Das habe ich gebraucht."

Ich nahm ihre Hand und drückte sie erneut. „Alles wird gut. Und wenn die Hochzeit vorbei ist und ihr eure Hochzeitsreise hattet, könnt du und Lucien vielleicht darüber nachdenken, sie in Idaho zu besuchen. Ich würde wetten, dass sich deine Mutter genauso schlecht fühlt wie du, weil sie nicht hier ist."

„Du hast wahrscheinlich recht. Es ist nicht deine Schuld, dass sie Flugangst hat."

Aber Ängste konnten überwunden werden. Ich nahm mir vor, meine eigene Mutter anzurufen. Es bestand eine echte Chance, dass sie vielleicht helfen konnte. „Komm", sagte ich. „Der Kaffee ist fertig. Es ist Zeit, dass wir uns mit Schokolade ins Nirwana essen."

KAPITEL DREIZEHN

*J*ch drehte mich auf die Seite und griff nach meinem Handy. Kane schlief tief und fest auf seiner Seite des Betts, und Flame lag zusammengerollt in einem kleinen Hundebett, das ich in einer Tierhandlung in der Nachbarschaft gekauft hatte, während ich stundenlang wach gelegen hatte. Oder zumindest kam es mir wie Stunden vor. Der Schokoladenkuchen war ein Fehler gewesen. Die Schokolade hielt mich nicht nur hellwach, sie hatte mir auch Sodbrennen beschert.

Die Uhrzeit auf meinem Handy zeigte 4:42 Uhr an. Ich seufzte, schlug die Decke zurück und gab auf. Mein Rücken schmerzte, und das Baby war unruhig. Es war klar, dass ich nicht schlafen würde. Ich wollte aus dem Bett aufstehen, hielt aber inne, als Kanes große Hand auf meinem Oberschenkel landete.

„Wo gehst du hin?", fragte er, seine Stimme benommen vom Schlaf.

„Aufs Sofa", sagte ich leise. „Ich will dich nicht mit meiner Unruhe aufwecken."

„Hast du nicht." Seine Stimme war klarer, und er setzte sich auf und rutschte näher zu mir. „Was tut dir weh? Rücken? Schultern? Beine?"

Ich lachte. „Ding-ding-ding, Volltreffer. Alles tut weh."

„Lass mich dir helfen." Er setzte sich hinter mich und lehnte sich gegen das Kopfteil, während er anfing, meine Schultern zu kneten.

„Kane", sagte ich. „Du musst nicht – Oh. Das ist wirklich gut."

„Entspann dich einfach, Shortcake. Ich mach' das schon", flüsterte er mir ins Ohr.

Ich lehnte mich an ihn und entspannte mich endlich, als seine Hände über mich glitten und die Anspannung meiner schmerzenden Muskeln lösten. Meine Lider wurden schwer, und ein leises, zufriedenes Stöhnen entfleuchte meinen geöffneten Lippen. Ehe ich mich versah, massierte er mich nicht mehr; sondern streichelte mich … überall. Meine Hüften, meine Seiten, meine Brüste.

Kanes warme Lippen strichen über meinen Hals, und er flüsterte leise: „Du bist so schön. Üppig. Herrlich. Und ich will dich mehr denn je."

„Okay", hauchte ich und ließ mich auf alles ein, was seine Hände versprachen.

~

„KLOPF, KLOPF!", rief eine helle, fröhliche Stimme und weckte mich aus meiner Glückseligkeit. „Aus den Federn, Schlafmütze. Wir müssen einen Drachen finden."

Ich öffnete ein Auge, sah Pyper und ihr selbstgefälliges Lächeln und stöhnte. „Es ist zu früh. Lass mich in Ruhe."

„Es ist nach neun. Zwing mich nicht, dich aus dem Bett zu ziehen." Sie öffnete den Rollladen am Fenster, und Sonnenlicht strömte herein. „Kane hat dir Frühstück gemacht."

Das erregte meine Aufmerksamkeit. Ich richtete mich in eine sitzende Position auf. „French Toast? Omelett? Pancakes?"

„Du musst nur aufstehen, um es herauszufinden." Sie verschwand im Bad, und eine Sekunde später ächzten die Rohre, als Wasser aus der Dusche schoss. Als sie wieder auftauchte, fragte sie: „Soll ich auch deine Klamotten rauslegen?"

Ich grinste sie an, als ich mich aus dem Bett stemmte. „Sicher. Leg mir nur nichts Schwarzes raus." Heute trug sie beige Leinen-Capris, Ballerinas und ein enganliegendes weißes Trägertop, das ihre Figur schön zur Geltung brachte. „Du siehst gut aus."

„Danke. Ich hoffe, einen Hitzschlag zu vermeiden." Sie zeigte auf das Badezimmer. „Beweg dich."

Zwanzig Minuten später kam ich frisch geduscht aus meinem Schlafzimmer und trug ein Sommerkleid. Es war weiß, mit wunderschönen roten Hibiskusblüten darauf.

„French Toast!", rief ich und ging schnurstracks zum Tisch. „Ohmeingott. Mein Mann ist unglaublich."

Pyper lachte und stellte einen Becher vor mich hin. „Koffeinfreier Chai."

Ich strahlte sie an. „Wenn ich nicht schon verheiratet wäre, würde ich dich Julius stehlen."

„Ich weiß." Sie setzte sich mit ihrem eigenen Teller French Toast mir gegenüber.

Flame trottete von dort, wo sie neben dem Hundenapf gestanden hatte, herüber und ließ sich zu meinen Füßen nieder. Ich beugte mich zu ihr hinunter und tätschelte ihren Kopf. „Hast du gefrühstückt und bist Gassi gegangen?"

„Kane sagt, er hat sich um sie gekümmert", sagte Pyper.

„Perfekt." Ich schob mir ein Stück French Toast in den Mund und war überrascht, dass es warm war. Pyper musste es für mich aufgewärmt haben, während ich unter der Dusche war. Ich war halb mit meinem Frühstück fertig, als mir klar wurde, dass Pyper nichts aß. Ich blickte zu ihr auf. „Was ist?"

Ihre Brauen waren zusammengezogen, und sie runzelte die Stirn. „Ich bin mir nicht sicher. Ich hatte letzte Nacht einen seltsamen Traum. Ich glaube …" Sie hielt inne und schüttelte den Kopf. „Nein, ich *weiß*, dass mich ein Geist in meinen Träumen besucht hat. Und ich denke, es war eine Warnung wegen Harper."

Ich legte meine Gabel auf den Tisch. „Wer war es? Was hat der Geist gesagt?"

Sie stieß einen frustrierten Seufzer aus. „Ich bin mir nicht sicher, wer sie war. Sie war … unkonzentriert. Hektisch vielleicht. Sie hat immer nur gesagt: „Man kann *ihm* nicht trauen." Aber ich habe keine Ahnung, wen sie meint. Und obwohl sie mir ihren Namen nicht gesagt hat, habe ich das starke Gefühl, dass sie Harpers Vorfahrin ist. Es war etwas mit den Augen."

„Whoa", sagte ich, mein ganzer Körper war in Alarmbereitschaft. Der Rat hatte gesagt, dass Pypers Gabe wichtig sei. Woher wussten sie, dass ein Geist sie besuchen würde? „Okay. Das ist merkwürdig. Was hältst du von der Warnung? Wer könnte dieser Typ sein?"

„Ich habe darüber nachgedacht, und der einzige Mann in ihrem Leben, von dem wir wissen, ist ihr Freund. Richtig? Der Geiger?"

„Ja. Was ist mit Mr. Elijah? Oder Vic in dem Laden, in dem sie gearbeitet hat?" Ich runzelte die Stirn und schüttelte den Kopf. „Abgesehen davon, dass sie ihr Seelentier von ihm hat, schien Mr. Elijah nicht in ihr Leben involviert zu sein."

„Und Vic schien sich mehr über die Unannehmlichkeit zu ärgern, dass Harper festgenommen wurde, als über alles andere", fügte sie hinzu.

„Richtig. Dann also der Freund. Sollen wir zuerst zu ihm gehen?", fragte ich, als ich ein weiteres Stück French Toast mit der Gabel aufspießte.

„Scheint mir der logische Ausgangspunkt zu sein." Sie nippte an ihrer Kaffeetasse, und ihre Gesichtszüge entspannten sich, als wäre sie erleichtert, mit mir über den beunruhigenden Traum gesprochen zu haben. Dann warf sie Flame einen Blick zu. „Was hast du heute mit ihr vor? Willst du sie mitnehmen, oder –"

„Kane hat gestern Abend eine Hundebox in der Zoohandlung besorgt. Lass sie uns da reinsperren, während wir unterwegs sind."

~

Es DAUERTE NICHT LANGE, die Musikabteilung auf dem Tulane-Campus zu finden. Das Orchester war hoch angesehen und spielte in der ganzen Stadt. Die herausragenden Studenten wurden gefeiert, und Liam Colman war da keine Ausnahme. Kaum hatte ich nach der ersten Geige gefragt, schwärmte eine Dozentin, wie brillant er sei, und schickte uns dann zur Dixon Concert Hall.

„Er arbeitet an seinem Showcase. Und ich muss sagen, es ist brillant", sagte die Frau mit einem Seufzer. Ihre grauen Haare reichten ihr bis über den Po. Mit ihrem langen Baumwollrock, einer formlosen weißen Bluse und Leder-Flip-Flops sah sie durch und durch wie ein Hippie aus. Sie hatte sogar einen silbernen Ring an ihrem Zeh. Das Einzige, was fehlte, war eine Gänseblümchenkrone auf dem Kopf. „Sind Sie hier, um ihn für eine Aufführung zu engagieren?"

Ich fing an, den Kopf zu schütteln, doch Pyper sagte: „Ja. Wir haben in ein paar Monaten eine Hochzeit und suchen ein paar klassisch ausgebildete Musiker für den Empfang."

„Oh, ist das nicht schön." Sie lächelte meinen Bauch an. „Ist es nicht süß, dass Sie beiden eine Familie gründen? Ich denke, das bedeutet, dass es an der Zeit ist, den Bund fürs Leben zu schließen, oder?" Die Frau zwinkerte mir zu. „Selbst die Besten von uns fallen hin und wieder auf Konventionen herein, oder?"

Pyper kicherte, nahm meine Hand und streichelte sie mit dem Daumen. „Ist es nicht schön, dass es jetzt legal ist?"

Die Frau legte eine Hand auf ihr Herz und seufzte so gefühlvoll, dass ich dachte, sie würde anfangen, zu weinen.

„Ja. Ja, so ist es. Seid ihr zwei nicht einfach reizend? Ich freue mich so für euch." Sie warf einen Blick auf die Wanduhr hinter uns. „Ach, seht euch das an. Ich muss weiter. Herzlichen Glückwunsch und alles Gute!" Sie winkte und verschwand den Flur hinunter.

Ich riss meine Hand aus Pypers und schüttelte den Kopf. „Du bist unmöglich, weißt du das?"

Sie warf den Kopf in den Nacken und lachte. „Es ist nicht meine Schuld, dass sie Annahmen gemacht hat. Ich dachte nur, es wäre leichter, sie glauben zu lassen, was sie wollte."

Ich rollte mit den Augen, drehte mich um und verließ das Gebäude. Als sie mir folgte, kitzelten ihre Beklommenheit und ihr Unbehagen plötzlich meine Haut. Ich blieb stehen und sah mich erschrocken um. „Was ist?"

„Hm?" Sie scannte die Umgebung. „Spürst du irgendwas?"

„Ja, aber es kommt von dir. Was beunruhigt dich?"

„Oh." Sie fing wieder an zu kichern, nur diesmal war es nervös. „Ich hatte Sorge, du würdest es mir übel nehmen, dass ich so getan habe, als wären wir verlobt."

Ich drehte mich um und starrte sie an, den Mund vor Überraschung offen. Dann runzelte ich die Stirn. „Warum sollte ich?"

„Ich weiß nicht." Sie zuckte mit den Schultern. „Du schienst nur … ein bisschen unbehaglich zu sein, schätze ich."

„Pyper, bitte." Ich begann wieder zu laufen, denn ich wollte schnell raus aus der Sonne. „Der einzige Grund, warum ich mich unwohl fühlen würde, ist, weil du wie eine

Schwester für mich bist. Ich bin nicht beleidigt oder sowas. Eigentlich war es ziemlich lustig. Ich war nur verwirrt darüber, warum du ihr nicht die Wahrheit gesagt hast."

„Oh, weil ich dachte, sie würde uns sagen, wir sollen ihn nicht stören. Sein Showcase ist eine *riesige* Sache." Wir näherten uns dem Gebäude, und Pyper griff nach der Tür und zog sie für mich auf. „Das ist die Veranstaltung, bei der die Studenten nach dem Abschluss für Orchester und andere Produktionen rekrutiert werden. Ich wollte nicht, dass sie uns sagt, wir dürften ihn nicht unterbrechen."

„Richtig." Das war sinnvoll. „Gut gedacht."

„Danke."

In dem Moment, als wir das Gebäude betraten, hüllte mich der eindringliche Klang einer Geige ein. Und ohne bewusst nachzudenken, fühlte ich mich davon angezogen, als würde die Musik zu meiner Seele sprechen. Der Klang erfüllte mich, ließ mein Blut summen, und ich fühlte mich einfach lebendig.

Meine Schritte waren leicht, während alle meine Schmerzen verschwanden. Alles, was zählte, war die Musik.

Ich schwebte in den Konzertsaal und entdeckte einen großen, gutaussehenden jungen Mann in der Mitte der Bühne, eine Geige am Kinn, während er mit Kraft und Entschlossenheit, die ihm ins Gesicht geschrieben standen, mit dem Bogen über die Saiten strich. Doch das war nicht alles. Zu beiden Seiten von ihm schwebten zwei Geigen in der Luft, ihre Bögen flogen unabhängig voneinander über die Saiten und trugen dazu bei, eine Symphonie von Geigenmagie zu erschaffen.

„Er ist unglaublich", sagte Pyper.

Ich antwortete ihr nicht, als ich weiterging, weil ich einfach näher bei der Musik sein musste.

„Jade?"

Ich hörte Pyper hinter mir, aber es war mir egal. Ich *musste* eins sein mit der Musik. Die Anziehungskraft hatte mich völlig verzehrt, und erst als ich in der ersten Reihe war, nahm ich langsam Platz und starrte voller Ehrfurcht zu dem jungen Mann und seinen Geigen auf.

Liam Colmans Zauber hatte mich so gefesselt, dass ich bereit war, ihn um mehr anzuflehen, als die letzten Töne seiner Darbietung durch den Saal hallten. Ich stand auf wackligen Beinen auf und zitterte am ganzen Körper, während ich meine Begeisterung herauspfiff, in die Hände klatschte und mir Tränen übers Gesicht liefen.

„Reiß dich zusammen, Jade!" Pyper schüttelte meinen Arm.

„Hm?" Ich blickte hinüber und sah, dass sie mir einen seltsamen Blick zuwarf.

„Wir müssen ihm folgen. Er geht."

Ich blinzelte und blickte zurück zur Bühne. Der junge Mann stand da und lächelte mich an, während die schwebenden Geigen um ihn herum tanzten. „Nein, tut er nicht. Er ist …" Die Geigen lösten sich plötzlich auf, und Liam verschwand im Äther. „Verdammt nochmal! Es war eine Illusion."

„Das wollte ich dir sagen." Sie zog mich am Arm. „Komm. Er ist hinten rausgelaufen."

Ich blickte auf meinen Bauch und schüttelte den Kopf. „Geh du. Schau, ob du ihn verfolgen kannst. Ich werde mich umsehen, für den Fall, dass er irgendwas zurückgelassen hat."

„Geht klar." Sie sprang auf die Bühne und rannte davon.

Ich fragte mich kurz, woher sie gewusst hatte, dass es eine Illusion war, obwohl ich es nicht hätte sagen können, doch ich ging nicht weiter darauf ein. Pyper war vielleicht nicht magisch, aber sie hatte andere Gaben, die ihr gute Dienste leisteten, wie ihre Fähigkeit, Geister zu sehen und mit ihnen zu kommunizieren. Vielleicht hatte einer von ihnen sie aufgeklärt.

Nachdem ich tief durchgeatmet hatte, um mich zu konzentrieren, sandte ich meine Magie aus und suchte nach Spuren emotionaler Energie. Wenn Liam noch im Gebäude war, konnte ich ihn vielleicht finden. Eine schwache Spur von Schuld strich über meine Haut. Ich ging durch die Sitzreihen und folgte dem prickelnden Gefühl. Es wurde stärker, als ich wieder im Foyer war, doch als ich auf den Ausgang zuging, begann es zu verblassen. Ich bog nach links ab und ging die Treppe hinauf, wieder auf der richtigen Spur.

Die emotionale Signatur wurde stärker, und bald fand ich mich auf dem Balkon mit Blick auf das Theater wieder. Jemand war da, ich konnte nur niemanden sehen.

„Hallo?", rief ich. Meine Stimme hallte durch den Raum. „Wer ist hier?"

Nichts.

„Ich suche nur nach Informationen. Ich bin nicht hier, um jemanden in Schwierigkeiten zu bringen."

Immer noch nichts. Doch dann erregte das schwache Geräusch leiser Schritte neben der Treppe auf der anderen

Seite des Balkons meine Aufmerksamkeit. Instinktiv schleuderte ich einen Zauberblitz und rief: „Appareas!"

Der Lichtstrahl knisterte in der Luft, traf sein Ziel und beleuchtete einen mittelgroßen, dunkelhäutigen jungen Mann mit einer violetten Baseballmütze. Sein Rücken war mir zugewandt, als er die Treppe hinunterlief, und sobald meine Magie verblasste, verschwand auch sein Bild.

„Ein Verhüllungszauber", sagte ich mir. In meinem derzeitigen Zustand würde ich niemandem hinterherlaufen. Es war jedoch klar, dass unser Trip zu Liam Colman ein Schritt in die richtige Richtung war. Er und seine Kumpane hatten definitiv etwas vor. Liam zu finden war gerade Priorität Nummer eins geworden.

Ich ging langsam zurück zur Vorderseite des Gebäudes und lehnte mich an die Backsteinmauer, während ich Pyper eine SMS schrieb, um sie wissen zu lassen, wo ich auf sie warten würde.

Ihre Antwort kam sofort. *Bin gleich da.*

Eine Minute später tauchte sie auf, ihr Gesicht schweißnass.

„Kein Glück?", fragte ich.

Pyper schüttelte den Kopf. „Nein. Nichts. Ich dachte, ich hätte ihn gesehen, als er in einen weißen Jeep Wrangler gestiegen ist, aber als ich näher gekommen bin, war es tatsächlich eine Frau mit kurzen Haaren und der gleichen Statur." Ihr Gesichtsausdruck wurde frustriert. „Ich hätte schwören können, dass er es war. Es ergibt keinen Sinn."

„Ich glaube, jemand hat mit Illusionszaubern gespielt", sagte ich, führte sie vom Gebäude weg und erzählte ihr, was ich erlebt hatte. „Ich weiß nicht warum, aber es scheint, dass

Liam Colman nicht mit uns sprechen will. Und er hat wahrscheinlich ein oder zwei Komplizen."

„Willst du damit sagen, dass ich von einem Illusionszauber getäuscht worden bin? Dass Liam gar nicht Liam war?"

Ich zuckte mit den Schultern. „Vielleicht. Oder es ist möglich, dass er es war und eine Illusion gewirkt hat, um dich von seiner Spur abzubringen. Ich weiß es nicht, aber ich bin mir sicher, dass es wichtiger denn je ist, ihn aufzuspüren."

Pyper zog ihr Handy heraus und tippte auf den Bildschirm. „Julius? Ja, du musst jemanden für uns suchen. Finde uns eine Privatadresse und eine Arbeitsadresse, falls er eine hat. Liam Colman, Student der Tulane University. Hauptfach Musik. Danke." Sie drückte auf eine andere Taste und beendete den Anruf. „Er wird uns die Informationen so schnell wie möglich per SMS schicken."

„Es ist gut, Verbindungen zu haben", sagte ich. „Gehen wir zu Harpers Wohnung, und lass uns versuchen, ob wir dort was finden können."

KAPITEL VIERZEHN

Das Apartment mit einem Schlafzimmer war nur ein paar Blocks entfernt, doch wegen der Hitze nahmen wir Pypers Auto. Willa rief mich schließlich zurück und ließ mich wissen, dass sie keine Ahnung hatte, wie Flame entkommen war, aber froh war, dass sie in Sicherheit war. Und nachdem ich ihr gesagt hatte, dass wir zu Harpers Wohnung unterwegs waren, sagte sie, sie würde uns dort treffen.

Als wir vor dem Gebäude anhielten, stöhnte ich. Fitch und Myers, der böse und der gute Cop vom Rat, standen davor und befragten Leute. „Sieht so aus, als wollte der Rat kein Risiko eingehen."

Pyper knirschte mit den Zähnen. „Arschlöcher."

Ich lachte und zog mich aus dem Auto.

„Ladys", sagte Fitch, und sein Ton ließ das Wort irgendwie wie eine Anmache klingen. „Habt ihr mich vermisst?"

Ich ging an ihm vorbei zum Eingang. Pyper zeigte ihm den Mittelfinger.

Myers, der gute Cop, lachte.

Wir ignorierten ihn auch und gingen direkt in das Gebäude, als ob es uns gehörte. Harpers Wohnung befand sich im obersten Stockwerk mit Blick auf die belebte Straße. Licht strömte durch das Fenster, ließ Staubkörner tanzen und fiel auf die Stapel persönlicher Gegenstände, die sich im ganzen Raum türmten.

„Heilige Scheiße … haben diese Ratsclowns das getan?", fragte Pyper.

„Ihr könnt hier nicht rein", sagte Fitch hinter uns. Ich hatte gewusst, dass er da war, hatte seine höhnische Energie bereits gespürt, als er uns die Treppe hinauf gefolgt war, doch ich hatte mich entschieden, ihn zu ignorieren. Jetzt ließ er mir keine Wahl.

„Verschwinde, Arschloch", sagte ich genervt und müde. „Falls du es noch nicht mitbekommen hast, wir wurden vom Rat beauftragt, Harper zu finden. Uns in ihrer Wohnung umzusehen, gehört dazu."

„Das haben wir erledigt", beharrte Fitch, während seine Hand in seine Tasche glitt. Der Stoff wölbte sich, und es hatte nichts mit seiner Männlichkeit zu tun. „Ihr werdet benachrichtigt, falls es etwas Interessantes gibt."

„Was ist das in Ihrer Tasche?", fragte ich.

Selbstzufriedenheit strömte in Wellen unangenehmen Körpergeruchs von ihm aus, der nach verfaulten Orangen stank, und ich entschied sofort, dass Fitchs Seele bis ins Mark verdorben war. Sollte er ein Verdächtiger sein? Ich nahm mir vor, ihn auf die Liste zu setzen. Ich hatte mich im

Laufe der Jahre mit einigen Hexen angelegt, die im Rat oder für den Rat tätig waren. Einige waren eigennützig, einige waren nur böse, und einige waren anständige Hexen, die versuchten, ihre Arbeit zu erledigen. Aber dieser Typ? Er war rachsüchtig, und Macht machte ihn offensichtlich an. Er schien der Typ zu sein, der Frauen entführte und sie in einer Hütte im Bayou einsperrte, um eine Drachenarmee aufzubauen.

Er grinste mich an, zog seine Augenbrauen hoch, trat dicht neben mich und rieb seinen Oberschenkel an meiner Hüfte. „Willst du es herausfinden?"

„Wenn Sie nicht auf der Stelle aufhören, mich zu berühren …"

„Wenn Sie nicht auf der Stelle aufhören, mich zu berühren", wiederholte er mit spöttischer Stimme. „Was willst du dagegen tun, weiße Hexe? Wirst du dich mit dem großen bösen Wolf anlegen? Und das, wo du einen Braten in der Röhre hast?" Er warf den Kopf in den Nacken und lachte. „Du spielst mit dem Feuer, kleines Mädchen."

„Reden Sie weiter, und Sie werden ganz schnell herausfinden, wozu ich fähig bin, Fitch", sagte ich mit einem Knurren, bereit, seine Eier mit meinen bloßen Händen zu zerquetschen.

Sein Gesicht wurde zu Stein, als er mich mit eisigem Blick anstarrte. „Du bist nichts als eine Schachfigur, Jade Calhoun. Glaub' nicht, dass der Rat sich einen Dreck um euch schert. Wenn jemand dafür den Kopf hinhalten muss, dann du. Merk dir meine Worte. Jetzt spiel mit oder geh mir verdammt nochmal aus dem Weg."

Ich hatte keinen Zweifel, dass er die Wahrheit sagte.

Wenn in New Orleans Drachen an die Macht kämen, müsste der Rat jemandem die Schuld geben. Plötzlich verstand ich, warum sie Pyper und mich gezwungen hatten, für sie zu arbeiten. Wir wären die Bauernopfer. Doch das würde ich nicht zulassen. Ich trat zwei Schritte zurück, brachte Abstand zwischen uns und begegnete seinem verächtlichen Blick mit einem meiner eigenen. „Und was genau soll ich tun, um mitzuspielen?"

„Ist das nicht offensichtlich?", fragte er und schüttelte ungläubig den Kopf. „Ihr arbeitet mit dem Rat, nicht gegen uns. Und das bedeutet, Informationen zu teilen."

„Sie zuerst." Ich verschränkte die Arme vor der Brust und warf kurz einen Blick auf die Ausbuchtung in seiner Tasche.

Seine Lippen verzogen sich wieder zu diesem widerlichen Grinsen. „Das zeige ich dir später. Doch erst einmal müsst du und deine durchgeknallte Freundin hier verschwinden. Ihr habt kein Recht, hier zu sein."

„Doch, das haben sie", sagte Willa und stürmte herein, ihre Augen funkelnd voller Verachtung. Sie blieb neben mir stehen und starrte Fitch an. „Ich bin Harpers Cousine und nächste lebende Verwandte. Sie müssen von mir die Erlaubnis einholen, wenn Sie ihre Wohnung durchsuchen wollen." Sie zeigte auf Fitch. „Sie sind derjenige, der Hausfriedensbruch begeht. Ich schlage vor, Sie gehen, bevor das NOPD hier eintrifft."

„Sie haben keine Autorität über den Rat", sagte Fitch, ohne sich zu bewegen.

„Haben Sie einen Durchsuchungsbefehl?", fragte ich ihn. „Oder die Erlaubnis von Harper, ihre Wohnung zu betreten?" Ich wusste, dass die Antwort in beiden Fällen Nein lautete. Der Rat kümmerte sich nicht um richterliche Anordnungen. Sie taten, was sie für recht und billig hielten. Das NOPD würde ihnen Rückendeckung geben, doch erst, wenn sie den Befehlsweg nach oben gingen. Wenn ein einfacher Streifenpolizist auftauchte, würden Fitch und Myers aufgefordert werden zu gehen.

„Wir sind hier sowieso fertig", sagte Myers, als er plötzlich im Raum auftauchte. „Komm, Fitch. Wir müssen zurück zum Rat."

„Nicht, solange Sie mir nicht gezeigt haben, was in dieser Tasche ist", sagte ich. „Was haben Sie mitgehen lassen, Fitch?"

„Geht dich verdammt nochmal nichts an." Er drehte sich um und machte sich auf den Weg in den Flur.

Was für ein Arschloch. Auf keinen Fall würde ich ihn mit dem, was er in seiner Tasche hatte, davonkommen lassen. Ohne eine Spur von Reue rief ich meine Magie. Doch anstatt einen Zauber auf ihn zu werfen, stellte ich mir vor, wie sich der Stoff in seiner Tasche auflöste und was auch immer er eingesteckt hatte, auf den Teppich im Flur fiel.

„Du lässt ihn einfach gehen?", fragte Willa ungläubig.

Ich nickte und flüsterte: „Warte."

Wir gingen zur offenen Tür und sahen zu, wie Myers und Fitch zum Treppenhaus gingen. Sie waren keine zwei Schritte weit gekommen, als eine prächtige blaue Geode lautlos zu Boden fiel. Fitch blickte nicht einmal zurück.

Ich grinste sie an, ging ruhig hinüber, hob die Geode auf und kehrte ins Zimmer zurück, in der Hoffnung, dass Fitch nicht bemerken würde, dass sie weg war, bis er und Myers wieder beim Rat waren.

Als ich die Haustür zuschlagen hörte, drehte ich mich zu Willa um. „Irgendeine Ahnung, was das ist und warum sie es wollten?"

Sie runzelte die Stirn und fing an, den Kopf zu schütteln, doch als sie es in die Hand nahm, blieb ihr der Mund offenstehen, und sie keuchte leise. „Jade", flüsterte sie. „Es ruft nach mir."

„Was?" Ich nahm es wieder in die Hand und versuchte zu verstehen, was sie erlebte. Doch alles, was ich fühlte, war ein kühles Stück Stein, das nicht einmal eine Energiesignatur hatte. Oder zumindest keine menschliche Energiesignatur. Ich legte es ihr wieder in die Hand, schloss ihre Finger darum, und bedeutete ihr zu schweigen, als sie etwas sagen wollte. „Gib mir einen Moment. Ich würde gern was ausprobieren."

Sie nickte, und ich rief meine Magie an die Oberfläche, schob sie zu ihr und las sie.

Ihre Energie überwältigte mich und durchdrang mich knochentief. Eine vertraute Welle von Staunen und Dringlichkeit erfasste mich, und es dauerte nicht lange, bis ich herausfand, dass Willa dasselbe Phänomen erlebte, das ich im Konzertsaal erlebt hatte. Als wäre sie gezwungen, jemanden oder etwas aufzusuchen.

Ich ließ ihre Hände los und fragte: „Wo willst du in diesem Moment unbedingt sein?"

„Was?" Sie blinzelte mich an, als wäre sie verwirrt, doch ich konnte immer noch ihre Energie spüren, und ihre

Reaktion auf mich war erzwungen, als ob sie instinktiv wüsste, dass sie ihre Gedanken für sich behalten sollte.

„Willa, es ist wichtig. Ich weiß, dass du dich gezwungen fühlst, irgendwohin zu gehen oder jemanden zu finden. Das ist die Magie in der Geode. Kannst du mir sagen wohin?"

Sie ließ die Geode fallen und presste ihre Hände zusammen, ihr ganzer Körper versteifte sich. „Ich ... es ist nicht die Geode." Kopfschüttelnd wischte sie eine Träne von ihrer Wange. „Ich wollte mich nicht in ihn verlieben. Es war ... Ich würde Harper sowas nie antun."

„*Liam Colman? Harpers Freund?*", fragte ich mit pochendem Herzen. „Willst du mit ihm zusammen sein?"

„Ich liebe meinen Freund!", weinte sie. „Das wollte ich nicht. Was passiert mit mir?" Sie vergrub ihr Gesicht in den Händen, und ihre Schultern zitterten vor lautlosem Schluchzen.

Aus dem Augenwinkel sah ich, wie Pyper die Geode aufhob und in ihre Tasche steckte. Dann signalisierte sie, dass sie draußen warten würde. Ich nickte ihr zu und richtete meine Aufmerksamkeit wieder auf die junge Frau vor mir.

„Willa", sagte ich sanft. „In diesem Stein ist Magie. Hast du ihn schonmal gesehen? Schonmal angefasst?"

„Ja. Vor ungefähr einem Monat, als Liam die Geode Harper geschenkt hat. Sie hat ein Faible für sowas." Willa wies mit der Hand auf die Sammlung auf dem Regal zu ihrer Rechten.

Ich betrachtete sie und nahm einen violetten Stein und dann einen rosafarbenen in die Hand. Beide schienen harmlos. „Bist du darauf gekommen, dass es nicht an dir liegt? Dass du mit einem Zauber belegt worden bist?"

Sie schüttelte den Kopf. „Das ist es nicht."

„Bist du dir sicher?" Ich streckte die Hand aus und nahm sanft eine ihrer Hände und legte die rosa Geode in ihre Handfläche. Staunen und Dringlichkeit waren verschwunden, und alles, was ich fühlte, waren Traurigkeit und Enttäuschung. Ich wiederholte den Vorgang mit dem Amethyst. Nichts änderte sich.

„Ich … ich kann einfach nicht aufhören, an ihn zu denken. Entweder kann ich es kaum erwarten, ihn wiederzusehen, oder ich bin deprimiert wegen der ganzen Sache. Ich will Liam nicht wollen. Ich will Lucas wollen."

„Ist Lucas dein Freund?", fragte ich.

„Ja." Sie hob ihr tränenüberströmtes Gesicht. „Er ist wunderbar. Einfühlsam, klug, lustig. Und er liebt mich. Liam …" Sie runzelte die Stirn. „Er ist launisch, egozentrisch und arrogant wegen seines Talents. Er hat seine Momente, in denen er freundlich und einfühlsam zu Harper ist, aber sie sind selten. Ich weiß nicht, warum ich ihn nicht aus meinem Kopf bekomme."

Ich wusste es. Egal, was sie glaubte, ich war mir sicher, dass Liam seine Magie benutzte, um andere zu verzaubern und sie seinem Willen zu unterwerfen. Seine Musik hatte sogar mich verzaubert, doch es war mehr als nur sein Spiel. Im Konzertsaal hatte Magie in der Luft gelegen, und ich war mir sicher, dass die Musik das Vehikel dafür gewesen war. Ich war mir nicht sicher, warum oder wie, doch die Magie von Liams Geige glich der Magie in der blauen Geode. Der

Stargeiger steckte mittendrin in dieser Sache, und ich musste herausfinden, warum.

„Wie lange geht das schon?", fragte ich sie.

„Zwei, drei Wochen, schätze ich." Sie ließ sich auf das ungemachte Bett sinken, auf dem Haufen durchwühlter Kleider lagen. „Eines Tages haben wir drei zusammen rumgehangen und Liam fing an, auf seiner Geige zu spielen. Ich war wie gebannt, verloren in seiner Musik. Es war betörend schön. Seitdem …" Sie seufzte und griff sich ans Herz. „Er hat mich berührt, weißt du? Und jetzt geht er mir nicht mehr aus dem Kopf."

Ich runzelte die Stirn. Die Musik. Seine Magie lag in seiner Musik.

„Willa, hör mir zu", sagte ich.

Sie sah mich an.

„Ich möchte, dass du dich vorerst von Liam fernhältst. Egal, was passiert, halte einfach Abstand, okay? Ich glaube, du bist verzaubert worden."

Willa öffnete ihren Mund, zweifellos, um mir zu widersprechen, doch ich schüttelte den Kopf.

„Selbst wenn dem nicht so ist, willst du deine Cousine offensichtlich nicht verletzen. Oder deinen Freund, von dem du mir gesagt hast, dass du ihn liebst, richtig?"

„Nein, das will ich nicht." Ihre Stimme war leise, voller Schuld und Verwirrung.

„Dann tu uns beiden einen Gefallen und halte einfach Abstand. Es ist besser für euch alle. Und es gibt mir Zeit, herauszufinden, was hier los ist." Ich stand auf und streckte ihr meine Hand entgegen. „Willst du mir jetzt helfen, das durchzugehen? Ich versuche, Hinweise darauf zu finden, wo Harper sein könnte."

Bei der Erwähnung des Namens ihrer Cousine schien sich Entschlossenheit in ihrem Blick niederzulassen, und sie nickte. „Ja. Ich werde mich von Liam fernhalten. Du hast recht. Es ist besser für alle." Sie sah sich im Zimmer um. „Also gut, wonach suchen wir?"

„Alles, was wie eine Adresse, ein Notizbuch oder irgendwas Ungewöhnliches oder Magisches aussieht", sagte ich.

„Okay. Schon dabei." Willa ging in den Kleiderschrank und griff nach den Schuhkartons auf dem obersten Regal.

Als sich herausstellte, dass die Kartons voller Schuhe waren, wandte ich mich dem Schreibtisch zu und machte mich dort an die Arbeit.

KAPITEL FÜNFZEHN

„Das war … interessant", sagte Pyper. Sie saß wieder am Steuer, und wir fuhren zum Blumenladen, um uns um Kats Anzahlung zu kümmern. „Hast du irgendwas gefunden, das dir helfen könnte, Harper zu finden?"

Ich schüttelte den Kopf. „Nichts. Ich wette, wenn es etwas gab, haben unsere Ratscops es mitgehen lassen. Aber wir haben die Geode, die sie wollten, also ist das schon etwas." Ich warf einen Blick auf den Stein, der im Getränkehalter in der Konsole zwischen uns lag. „Im Moment denke ich, dass wir uns weiter auf Liam konzentrieren müssen. Ich glaube, er steckt hinter dem Verschwinden der Frauen."

„Irgendwelche Beweise?"

„Nein. Nicht wirklich. Aber seine Magie ist beunruhigend, und die Tatsache, dass sie in der Geode ist, die Fitch mitnehmen wollte, macht mich misstrauisch.

Davon abgesehen – warum ist Liam heute Morgen weggelaufen, obwohl wir doch nur mit ihm reden wollten? Da ist was. Sobald Julius uns seine Adresse geschickt hat, werden wir uns seine Wohnung ansehen und mit seinen Kollegen unterhalten, falls er einen Job hat."

„Okay. Klingt nach einem Plan." Sie brachte den Wagen vor dem Bloomin' Idiot zum Stehen. „Kat hat ihre Blumen hier bestellt, oder?"

Ich warf einen Blick auf die Liste, die Kat mir gegeben hatte. „Ja."

„Gut. Wenn sie sie nicht bei Miss Maybelle bestellt hätte, würde ich ein ernstes Wort mit ihr reden wollen." Pypers Ton war neckend, doch ich vermutete, dass sie es so meinte. Wir hatten den Bloomin' Idiot vor ein paar Monaten gefunden, als wir Hochzeitsblumen für Pypers und Kats großen Tag aussuchen wollten, und Miss Maybelle hatte sich als unglaublich herausgestellt. Kane ging jetzt regelmäßig bei ihr vorbei, um mir Blumen zu kaufen, einfach so, um mich zu überraschen.

Wir schlenderten hinein, und der süße Duft von Jasmin wehte mir entgegen. Ich holte tief Luft und ließ die Blumen die Ereignisse des Tages vertreiben.

„Jade, Pyper." Miss Maybelle humpelte hinter der Theke hervor. Ihre langen weißen Haare waren zu einem Pferdeschwanz gebunden, und ihre Augen leuchteten vor Freude, als sie meine Hand nahm. „Sieh sich einer die werdende Mama an. Wie fühlst du dich, Kind? Bereit, dein süßes kleines Mädchen kennenzulernen?"

„Mehr als bereit", sagte ich mit einem Lächeln und kicherte dann. „Wenn es sich so anfühlt, im siebten Monat schwanger zu sein, will ich mir nicht vorstellen, wie es im neunten ist."

Sie lachte leise und tätschelte meine Hand. „Du wirst es überstehen."

„Hoffentlich." Ich wühlte in meiner Tasche herum und zog meinen Geldbeutel heraus. „Wir sind hier, um die Anzahlung für Kats Blumen für dieses Wochenende zu machen und die Lieferung zu arrangieren."

„Ah ja." Sie griff nach ihrem Bestellbuch und schlug es auf. „Der Polterabend für Katrina. Kronen und Tafelaufsätze aus Sonnenblumen und Gänseblümchen. Werden diesen Samstag bis spätestens elf Uhr geliefert. Ja?"

„Hört sich gut an", sagte ich mit einem Kichern. Sonnenblumen und Gänseblümchen passend zu Kats Sechzigerjahre-Motto.

Sie ratterte einen Betrag und meine Adresse herunter, da wir die Party ausrichteten. Nachdem wir bezahlt hatten, hob sie ihre Hand dicht an meinen Bauch und fragte: „Darf ich?"

„Natürlich." Normalerweise ließ ich niemanden meinen Bauch berühren, aber Miss Maybelle war eine Ausnahme. Sie war diejenige gewesen, die mir zuerst gesagt hatte, dass wir ein Mädchen bekommen würden.

Miss Maybelle legte ihre Hand an meinen Bauch und schloss die Augen. Sie machte ein leises, besorgtes Geräusch, und ihr Lächeln verschwand.

„Was ist?", fragte ich, plötzlich besorgt. „Was haben Sie gesehen?"

Sie nahm ihre Hand weg und begegnete meinem Blick. Miss Maybelles Stimme war leise und voller Dringlichkeit.

„Ich sehe Gefahr für dich und deine Tochter, Jade. Sie kommt, und sie kommt bald. Du musst Vorkehrungen treffen, denn etwas Böses lauert und wartet darauf, zuzuschlagen."

Angst kroch mir den Rücken empor, und zum ersten Mal, seit ich herausgefunden hatte, dass ich eine Hexe war, wollte ich in mein Haus zurückrennen, mich einschließen und die Welt sich selbst überlassen. Nichts war wichtiger als meine Tochter.

„Jade", sagte Miss Maybelle und legte beide Hände auf meine Schultern. „Es ist eine Vision, nicht Realität. Du kannst das Ergebnis ändern – das weißt du, oder?"

„Das tut sie", sagte Pyper mit etwas zittriger Stimme.

Ich sah zu meiner Freundin hinüber. Sie war kreidebleich geworden und sah angeschlagen aus, als hätte das Böse bereits sein Schlimmstes getan.

„Pyper, hör auf, mich so anzusehen." Mein Ton war stark und voller Tapferkeit, die ich nicht wirklich fühlte. Aber ich sollte verdammt sein, wenn ich mich der Angst ergeben würde. „Mir geht's gut und dem Baby auch. Und niemand, ich meine niemand, wird meinem Baby wehtun."

„So ist's gut, Kind", sagte Miss Maybelle. „Das ist die Art von Feuer, das euch beide beschützen wird."

„PYPER, KOMM", sagte ich zu meiner Freundin und versuchte, die Verzweiflung in meiner Stimme zu unterdrücken.

Nach unserem Besuch bei Miss Maybelle hatte Pyper

darauf bestanden, zum Mittagessen zu mir nach Hause zu gehen und über Miss Maybelles Warnung zu sprechen. Wir standen gerade in der Küche und starrten uns an. Flame lag zusammengerollt zu meinen Füßen, sichtlich froh, aus der Kiste heraus zu sein.

„Du kannst mich nicht in Watte packen. Ich habe zu tun. Wir haben Frauen zu retten."

„Das musst du nicht." Sie stemmte ihre Hände in die Hüften und warf mir einen strengen Blick zu. „Ich kann das. Julius kann das. Kane oder Lucien oder Bea auch. Verdammt, ich kann sogar Lailah oder Rosalee anrufen. Du musst nicht im Mittelpunkt stehen."

Sosehr ich es hasste, das zuzugeben, sie hatte recht. Ich war für diesen Kampf nicht von maßgeblicher Wichtigkeit. Sicher, ich fühlte mich verantwortlich, und der Rat hatte mir befohlen, Harper zu finden, aber das bedeutete nicht, dass ich mich deswegen dumm anstellen musste. Es war nichts Falsches daran, mich auf meine Freunde zu stützen, wenn es nötig war.

Ich stieß einen tiefen Seufzer aus. „Hast du eine Ahnung, wie schwer es ist, am Spielfeldrand zu sitzen und auf Neuigkeiten zu warten?"

„Ja. Das weiß ich." Ihr Gesichtsausdruck wurde weicher. „Denk an all die Gelegenheiten, bei denen ich diejenige war, die auf dich und Kane gewartet hat, ohne zu wissen, was los war oder ob ihr beide es sicher zu uns zurück schaffen würdet."

Das war öfter vorgekommen, als ich zählen konnte. Ich nickte und ließ mich auf einen Küchenstuhl sinken. „Was soll ich mit mir anfangen?"

„Du kannst Kat helfen, ihre Polterabendgeschenke fertigzumachen." Sie goss Limonade in zwei Gläser ein und setzte sich neben mich. „Schokoladensplitter-Frischkäse-Cupcakes backen?"

Mir lief das Wasser im Mund zusammen. „Das ist jetzt wirklich gemein. Du weißt, dass ich versuche, mich für das Baby gesund zu ernähren."

„Oh bitte! Du hast French Toast zum Frühstück verschlungen. Ein Cupcake kann nicht schlechter für dich sein."

„Ist es nicht. Zwölf schon." Ich stand auf und öffnete den Kühlschrank auf der Suche nach Essen. Plötzlich war ich am Verhungern. Ich fing an, Zutaten fürs Mittagessen zu suchen und war gerade dabei, uns ein paar Sandwiches zu machen, als Kane hereinplatzte.

„Jade!", rief er aus dem Wohnzimmer.

„Wir sind hier", rief ich zurück und fügte hinzu, „wie immer."

Seine Gefühle waren ein Sturm aus Angst, Frustration und Wut, als er auf mich zukam und sofort seine Arme um mich schlang. „Bist du okay?"

Ich drückte meine Handfläche auf seine Brust und schob ihn ein Stück zurück, sodass ich zu ihm aufblicken konnte. „Gibt es einen Grund, warum ich nicht okay sein sollte?"

„Pyper hat eine SMS geschickt. Sie hat gesagt, ich soll nach Hause kommen und dass du in Gefahr bist."

„Pyper!", schnaubte ich und funkelte sie an. „War das nötig?"

Sie verdrehte die Augen. „Das ist nicht das, was ich geschrieben habe. Ich habe ihm nur geschrieben, was Miss

Maybelle gesagt hat. Und ich wollte Unterstützung, weil ich dachte, dass du nicht mitspielen würdest, wenn ich dir sage, dass du dich aus diesem Fall zurückziehen musst."

Kane löste sich von mir und nahm sein Handy heraus. „Da steht ‚Triff uns bei euch zu Hause. Miss Maybelle sagt, dass Gefahr für Jade und das Baby lauert.' Meinst du, dass ich da ruhig bleiben sollte?"

„Noch ist nichts passiert, Kane", sagte ich geduldig und bückte mich, um Flame hochzuheben, da ich sie trösten musste, indem ich sie kuschelte. „Es war nur eine Warnung." Nachdem Miss Maybelle das Geschlecht unseres Babys vorhergesagt hatte, war mir klar geworden, dass sie eine begabte Seherin war. Wenn sie etwas sah, war es besser, es zu glauben. „Ich habe Pyper nicht widersprochen. Ich halte mich aus dem Getümmel heraus. Aber sie wird Verstärkung brauchen, wenn sie weiter nach Harper suchen will. Kannst du dir vielleicht freinehmen, um ihr zu helfen?"

Kane legte einen Arm fest um mich und drückte Flame und mich an sich, als wollte er nie wieder loslassen. „Ich denke, ich sollte bleiben und dich im Auge behalten."

„Oh nein, das tust du nicht." Ich schüttelte den Kopf. „Was soll mir schon passieren, wenn ich nur in meinem Haus sitze und mich um meine eigenen Angelegenheiten kümmere? Pyper braucht Hilfe. Frauen verschwinden. Sie sind diejenigen, um die wir uns Sorgen machen sollten. Nicht ich."

„Ich werde mir immer Sorgen um meine Familie machen, Jade", sagte er mit so ernster Miene, dass sich mein Herz zusammenzog.

Ich legte meine freie Hand an seine Wange und liebte

ihn mehr denn je, falls das überhaupt möglich war. „Wie wäre es damit? Ich bleibe zu Hause und kümmere mich um unser kleines Mädchen, während du gehst und auf Pyper aufpasst. Ich rufe sogar Kat an und frage, ob sie mich babysitten kann. Oder ich gehe zu ihr und helfe ihr in ihrem Laden."

„Ich würde mich besser fühlen, wenn du zu Bea in den Laden gehen würdest", sagte er.

„Also gut. Ich werde Bea besuchen", sagte ich. „Jetzt glücklich?"

„Nein." Er nahm mir Flame vorsichtig ab, legte dann seine Arme fester um mich und zog mich an sich, umarmte mich fest. „Ich werde mich freuen, wenn der Rat seinen Befehl nimmt und ihn sich in den Arsch schiebt."

Pyper lachte. „Ich mich auch."

„Wollen wir das nicht alle?" Ich lächelte meinen Mann an. „Ich liebe dich. Und unsere kleine Erdnuss. Jetzt lass uns zu Mittag essen, bevor du und Pyper nach Harpers Freund sucht." Ich sah zu Pyper hinüber. „Julius hat seine Adresse geschickt, oder?"

Pyper nickte. „Ja. Er hat es geschafft, sie zu finden, bevor er zu einem anderen Fall geschickt wurde."

„Gut. Während ihr weg seid, rufe ich Lucien an und frage, ob er noch mehr über Drachen in Erfahrung bringen konnte."

„Aber wenn du was erfährst, gibst du es an uns weiter, oder?", fragte Pyper.

„Du wirst nicht losrennen, um jemanden zu retten, oder?", fügte Kane hinzu.

Ich ballte meine Faust und versuchte, mich nicht von

meiner Verärgerung überwältigen zu lassen. „Ich bin nicht dumm, falls du das meinst."

Sie tauschten Blicke aus, die nicht unbemerkt blieben.

„Verdammt, ihr zwei." Ich hatte den Kampf verloren. Meine Frustration zeigte sich voll und ganz, als ich zum Kühlschrank ging und den Limonadenkrug herauszerrte. „Ihr wisst, dass ich nicht einfach *nichts* tun kann, wenn jemand in Gefahr ist."

Kane, der mehr Geduld hatte als ein Heiliger, nahm mir sanft den Krug aus der Hand und sagte: „Das wissen wir. Deshalb machen wir uns Sorgen. Bitte versprich mir nur, dass du nicht diejenige sein wirst, die mitten in eine Krise springt." Er legte seine Hand auf meinen Bauch und starrte mir in die Augen, seine Schokoladenaugen flehten mich still an. „Um des Babys willen."

„Das verspreche ich." Was sollte ich sonst sagen? Es war nicht so, als würde ich Miss Maybelles Warnung nicht ernst nehmen. Ich tat es absolut. Aber ihre Unfähigkeit zu verstehen, dass ich nicht dumm sein würde, machte mir zu schaffen. „Du kannst jetzt aufhören, dir Sorgen zu machen. Ihr beide. Ich bleibe die nächsten zwei Monate im Haus, esse Bonbons und schaue mir die Wiederholungen von *Witchin' Hills* an, bis ich jede Zeile auswendig kann. Hört sich das nicht gut an?"

„Als ob du das Drehbuch von *Witchin' Hills* nicht so oder so schon auswendig kennst", schnaubte Pyper.

Ich ignorierte sie, schnappte mir mein Sandwich und ließ die anderen beiden für sich selbst sorgen.

KAPITEL SECHZEHN

*A*us Langeweile füllte ich über hundert Beutel mit Kräutern und getrockneten Blütenblättern. Ich hatte mein Wort gehalten, und bevor Pyper und Kane losgegangen waren, um Liam Colman zu finden, hatten sie Flame und mich bei Beas Laden abgesetzt. Ich hatte Bea zuvor angerufen, um zu fragen, ob es ein guter Zeitpunkt wäre, vorbeizukommen, und sie war überglücklich gewesen. Sobald ich in ihrem Geschäft angekommen war, hatte sie mich damit beauftragt, die Gastgeschenke für Kats und Luciens großen Tag zu machen.

Beas Beitrag war ein sanfter Zauber, der Kats Gästen Liebe, Frieden und Wohlstand bringen sollte. Sie beschrieb den Zauber eher als Vorschlag. Wenn Kats Gäste für den Zauber aufgeschlossen waren, würde er dazu beitragen, den Weg für positive Ereignisse zu ebnen. Wenn nicht, würde nichts passieren.

Meine Augen begannen zu tränen, und ich wünschte mir verzweifelt ein Nickerchen. Oder einen Kaffee. Beides würde ich in naher Zukunft nicht bekommen, doch ein Cupcake wäre durchaus möglich. Ich füllte den letzten Beutel und nahm dann Flame an die Leine, bevor wir uns auf den Weg vom Hinterzimmer in den Laden machten.

Meine Mentorin stand hinter der Theke und lächelte eine junge Frau an, die eine Vielzahl von vorgefertigten Zaubersprüchen kaufte, die für Touristen bestimmt waren, nicht unbedingt für die magische Gemeinschaft. Ich winkte im Vorbeigehen und sagte: „Gehe zum Grind. Willst du irgendwas?"

„Einen geeisten Latte, bitte. Danke, Liebes", sagte Bea und wandte ihre Aufmerksamkeit wieder ihrer Kundin zu.

„Geht klar." Ich schlenderte aus dem angenehm klimatisierten Laden und wurde sofort von einer Welle von so feuchter Luft getroffen, dass sich meine Glieder anfühlten, als würde ich durch Wasser gehen. Gute Göttin, New Orleans war eine Dampfsauna im August. Trotzdem war ich bereit, der Hitze zu trotzen. Ich brauchte etwas, um mich von dem abzulenken, was Kane und Pyper taten. Liam schien eine mächtige Hexe zu sein, und wenn er derjenige war, der die Frauen entführt hatte, dann war er sehr gefährlich. Nicht, dass Kane nicht selbst beeindruckende Fähigkeiten besaß. Schließlich war er ein Dämonenjäger. Ich war es einfach nicht gewohnt, aus einem Kampf ausgeschlossen zu sein.

The Grind war nur eine Handvoll Blocks entfernt, doch als ich dort ankam, war ich erschöpft. Flame schien jedoch quietschfidel zu sein. Sie hüpfte in den Laden, glücklich wie immer, und ohne Anstalten zu machen, Feuer speien zu wollen. Ich dagegen … mein unterer Rücken, meine Schultern und meine Füße schmerzten wieder. Wenn ich Bea nicht schon angeboten hätte, eine Latte zu holen, wäre ich einfach nach Hause und ins Bett gegangen. Stattdessen bestellte ich zwei Cupcakes, einen Scone, einen Keks und eine Flasche Wasser zusammen mit Beas geeistem Latte bei Bo, der sich weigerte, mich bezahlen zu lassen.

„Danke", sagte ich und steckte einen Zwanziger in das Trinkgeldglas.

„Du weißt, dass du das nicht musst", sagte er und deutete auf das Trinkgeldglas. „Pyper würde mich umbringen, wenn sie herausfindet, dass ich dich oder Kane für irgendwas bezahlen lasse."

„Ich weiß." Ich lächelte ihn an. „Aber der Service ist großartig – ich mache einfach das, was ich normalerweise auch tun würde."

„Bitte sehr, Jade", sagte Reagan und reichte mir Beas geeisten Latte und mein Wasser. „Versuch, heute cool zu bleiben, hm? Ich habe gehört, wir sollen eine Rekordhitze bekommen."

„Ach nein, wirklich?" Ich rief die Wetter-App auf meinem Handy auf. 43 Grad. Autsch! Ich hatte mich im letzten Monat so unwohl gefühlt, dass ich die Veränderung nicht einmal wirklich bemerkt hatte. Ich verzog das Gesicht. „Du hast recht. Gut, dass ich zurück zu Bea gehe. Sie hat eine sehr gute Klimaanlage."

Ich winkte, und Flame und ich machten uns auf den Weg durch die dampfenden Straßen des French Quarter zurück zu Beas Laden. Es war später Nachmittag, und in der

Bourbon Street roch es trotz der geschrumpften spätsommerlichen Besucherzahlen nach vergammeltem Müll. Ich hielt den Atem an und eilte die Straße entlang, wobei ich versuchte, meine Übelkeit zu unterdrücken.

Ich hielt meinen Kopf gesenkt und mein Gesicht aus der Sonne und bog nach links ab, um die Bourbon Street zu verlassen und auf eine der ruhigeren Straßen zu gehen, während Flame direkt vor mir her trottete. Der Gestank verflog fast sofort und ich begann, meine Schultern zu entspannen.

Doch dann blieb ich stehen, als ich spürte, wie Angst und Unbehagen meinen Rücken hinaufkrochen. Flame knurrte und ... war das Rauch, der aus ihren Nasenlöchern kam? Ich bewegte mich auf das Gebäude zu und sah mich um. Niemand war da. Nicht hinter mir oder auf der anderen Straßenseite. Auf der Bourbon Street tummelten sich immer noch Touristen, und ich sah einige, die die Royal Street einen Block weiter überquerten, doch die Seitenstraße, in der ich mich befand, war leer.

Nur, dass sie das nicht war. Ich konnte die unheilvolle Energie spüren, und sie kam direkt auf mich zu.

Es ist eine Illusion, dachte ich zum zweiten Mal an diesem Tag. Es musste so sein. Magie schoss in meine Handflächen. Ohne nachzudenken ließ ich meine Einkäufe los. Sie schwebten neben mir in der Luft, als ich zum Schutz meine Handflächen vor mir ausstreckte und rief: „Appareas!"

Meine Magie floss aus meinen Händen und traf nichts als schwere, feuchte Luft. Ich wirbelte herum, schleuderte meine Magie in die andere Richtung und landete einen Volltreffer.

Eine kleine Rothaarige tauchte auf, ihr Gesicht verzog sich zu einem selbstgefälligen Lächeln. „Jade. Genau die Frau, die ich gesucht habe."

Flame zerrte an ihrer Leine, knurrte und stürzte auf Harper zu.

„Flame, hör auf! Es ist Harper!" Der Hund setzte sich sofort wieder hin, knurrte aber leise weiter. Ich richtete meine Aufmerksamkeit auf die Frau vor mir. „Was ist los? Wo bist du gewesen?", fragte ich und suchte sie nach offensichtlichen Verletzungen ab. Es gab keine. Tatsächlich sah sie vollkommen unversehrt aus. Ich runzelte die Stirn. „Wir haben dich überall gesucht. Geht's dir gut?"

„Jetzt, wo ich dich gefunden habe, geht's mir ausgezeichnet." Ihr Lächeln verwandelte sich in pure Selbstzufriedenheit, und dann rieselte Magie über meine Haut und ließ mich bis auf die Knochen frieren, etwas, das in der Sommerhitze unmöglich hätte sein sollen.

Es war ein Zauber oder ein Fluch, und ich war in Schwierigkeiten. Meine Magie erwachte zum Leben, doch bevor ich etwas tun konnte, um mich zu verteidigen, verschwand Harper wieder, und ohne weitere Vorwarnung wurde ich von einem Blitz elektrischer Magie betäubt, der mich gegen die Backsteinmauer hinter mir schleuderte. Der Kaffee, das Wasser und die Tüte mit dem Gebäck fielen zu Boden, und die Flüssigkeit spritzte über meine Füße. Mein Kopf schlug hart auf, und meine Sicht verschwamm, als ich zu Boden sackte und mich kaum auf allen Vieren halten konnte. Mein Magen drehte sich, und Schweiß trat auf meine Stirn, während ich mich bemühte, mich nicht zu übergeben.

Etwas stieß ein Wimmern aus. Es dauerte einen Moment, bis ich merkte, dass das Geräusch von mir kam. Dann wimmerte Flame und presste ihren kleinen Körper gegen mein Bein. Jemand bewegte sich über uns, und Flame sprang auf, bellte und knurrte, während Rauch aus ihrer Nase quoll.

„Halt die Klappe!", befahl Harper und legte mit einer weiteren Explosion kalter Magie nach. Sie traf mich direkt in die Brust, und das Letzte, woran ich mich erinnerte, bevor ich ohnmächtig wurde, war, dass Flame einen Feuerstrom auf ihr Frauchen spie.

ICH WACHTE in einem pechschwarzen Raum auf, in dem die Hitze so erdrückend war, dass mein Kleid an meinen Beinen klebte. Mein Kopf schmerzte, und mein Mund war so trocken, dass meine Zunge sich wie Watte anfühlte. Ich blinzelte durch die Dunkelheit, stützte mich von dem glatten Holzboden hoch und keuchte laut auf, als Schmerz die Seite meines Unterleibs hinaufschoss.

„Wer ist da?", rief eine Frauenstimme aus der Dunkelheit.

Ich presste die Hände auf meinen Bauch und wollte, dass der Schmerz verschwand. Stille Flüche schossen mir durch den Kopf, und ich drückte meine Handfläche auf die Seite, wo der Schmerz pulsierte.

Ich sehe Gefahr für dich und deine Tochter.

Miss Maybelles Worte fielen mir wieder ein, und Tränen füllten meine Augen. Genau das hatte sie gemeint. Und alles, was ich getan hatte, war, Cupcakes und Kaffee zu holen. Das Bild des Eiskaffees, der auf dem Boden aufschlug, kurz bevor ich angegriffen worden war, fiel mir wieder ein. Es war wie ein Zeitlupenvideo, das immer und immer wieder in meinem Kopf ablief.

„Hallo?", rief die Stimme wieder.

„Willa?"

„Willa?", wiederholte ich. „Ist sie auch hier?"

„Nein. Ich weiß nicht … Du bist nicht Willa?"

Ich fuhr mir mit der Hand über den Hinterkopf und zuckte zusammen. Da war definitiv eine böse Beule. „Nein. Ich habe sie aber vorhin gesehen. Ihr ging es gut. Wer bist du?"

„Ruhe!", rief eine barsche Stimme über einen Lautsprecher. Dann hallte das Knarren einer Tür durch den Raum, gefolgt von dem unverkennbaren Geräusch einer Ohrfeige.

Die andere Frau keuchte und stöhnte dann leise.

„Hör auf!", rief ich. „Wer ist da? Was wollen Sie von uns?"

Keine Antwort, nur ein Rascheln, als ich mir vorstellte, wie die andere Frau aus dem Zimmer gezerrt wurde.

Die Tür wurde zugeschlagen und ließ mich in der unheimlichen Dunkelheit zurück. Ich hatte das schreckliche Gefühl, gerade von meinem einzigen menschlichen Kontakt abgeschnitten worden zu sein.

„Irgendjemand da?" Ich musste es versuchen. Nichts. Ich war nicht überrascht; ich hatte nicht erwartet, dass jemand antwortete. Während mir immer noch schwindelig war, zwang ich meine Magie an die Oberfläche, erleichtert zu spüren, wie sich meine mächtige Magie in meinen Handflächen konzentrierte. Aber anstatt zu versuchen, mich aus dem Raum zu sprengen, schickte ich zuerst meine Magie aus und vergewisserte mich, dass niemand sonst da war.

Nur, dass ich es nicht freisetzen konnte. Sie war da, direkt an der Oberfläche meiner Hände, doch als ich versuchte, sie in die Welt zu schicken, klebte sie an mir, als wäre sie in meiner eigenen Haut gefangen. Frustriert versuchte ich es erneut.

Wieder nichts.

Dann knurrte ich und schleuderte einen Blitz roher Magie in den Bereich, von dem ich dachte, dass ich dort die Tür zuschlagen gehört hatte. Diesmal flog meine Magie durch die Luft, aber kurz vor dem Aufprall schoss sie zurück auf mich, hallte durch meinen Körper und erschütterte mich bis ins Innerste.

Ein neuerlicher stechender Schmerz schoss an der Seite meines Unterleibs empor, und meine Knie gaben nach. Ich sackte auf ein Knie und hielt mich mit einer Hand immer noch an der Wand fest.

„Heilige Scheiße. Das hat verdammt wehgetan", keuchte ich, versuchte zu Atem zu kommen und hoffte, dass ich mir nicht die Kniescheibe zertrümmert hatte.

Nachdem ich mich wieder aufgerappelt hatte, stützte ich meine Hände an die Wand und tastete mich daran entlang. Es schien nichts zu geben als glatte Wände, einen etwas unebenen Holzboden und zwei schwere Holztüren, beide verschlossen und unbeweglich. Als ich versuchte, meine

Magie zu benutzen, um die Türen zu öffnen, prallte meine Kraft auf mich zurück, genau wie zuvor.

Daran bestand kein Zweifel. Ich war in einer Art Gefängnis, das so verzaubert war, dass es Magie in Schach hielt. Es blieb nichts anderes übrig, als abzuwarten.

KAPITEL SIEBZEHN

*D*ie Zeit hörte auf zu existieren. Der nachtschwarze Raum blieb still, während mein Herz in meiner Kehle zu pochen schien. Der Schmerz in meiner Seite hielt an, wurde stärker und schmerzte nicht nur, wenn ich mich bewegte, sondern auch, wenn ich atmete. Gefährliche Situationen waren mir nicht fremd. Ich hatte gegen Dämonen, schwarze Magie, böse Hexen und rachsüchtige Geister gekämpft. Ein Raum ohne Licht war kaum ein Vergleich dazu.

Doch ich hatte auch nie ein Kind gehabt, das ich beschützen musste. Und jetzt verlor ich fast den Verstand vor Angst. Ich hatte keine Ahnung, ob ich ernsthaft verletzt war oder ob ich mir nur einen Muskel gezerrt hatte. Oder wann ich Essen oder Wasser bekommen würde. Würde jemand kommen? Oder steckte ich für immer in diesem magischen Gefängnis fest?

Meine Magie pulsierte durch mich, aufgeladen und in

höchster Alarmbereitschaft, bereit, jeden Moment anzugreifen. Es machte mich fertig. Wenn ich mich nicht in den Griff bekam, würde mich die Erschöpfung überwältigen. Aber ich konnte nicht. Meine Nervosität beherrschte mich, und es war praktisch unmöglich, mich zu beruhigen.

Meine Frustration und Angst tobten in mir, bis ich das Gefühl hatte, meinen eigenen Tornado produziert zu haben, und schließlich entlud ich in einem Wutanfall all meine aufgestaute Magie direkt auf die Tür vor mir.

Meine Magie schlug mit einem Krachen ein und ließ die Mauern erzittern. Die Tür leuchtete auf und erhellte die vier Meter hohen Decken des Raums, einen kunstvoll verzierten Kristallkronleuchter, eine blutrote Wand und die tiefe Mahagonifarbe der Tür und den Stuck. Der Boden war neu lackiert, und alles an diesem Zimmer deutete auf ein prachtvolles Haus im viktorianischen Stil hin, bis auf den Eimer in der Ecke. Mein moderner Nachttopf, vermutete ich.

Wo zum Teufel war ich?

Meine Magie grollte weiter durch den Raum, schüttelte den Kronleuchter und erlosch dann einfach so, als wäre sie von unsichtbarer Energie absorbiert worden. Der Raum wurde wieder pechschwarz, und plötzlich tauchte meine Magie wieder auf und krachte zurück in mich.

Ich stieß einen Schrei aus und sackte zu Boden, meine Kraft war am Ende und der Schmerz war jetzt ein anhaltender dumpfer Schmerz in meiner Seite. Ich umklammerte meinen Bauch, beugte mich vor und schluchzte besiegt und hasste mich dafür, dass ich nicht stärker für mein kleines Mädchen war.

MEINE REALITÄT WURDE VERSCHWOMMEN, als ich immer wieder eindöste und erwachte. In meinen klaren Momenten betete ich, dass ich in einen tiefen Schlaf fallen und Kane mich dort in meinen Träumen finden würde. Wenn ich einschlief, wirbelten meine Gedanken von gezackten, zerbrochenen Träumen. Frauen mit flammenden Händen hatten Wölfe an ihrer Seite, mit gefletschten Zähnen, knurrend und kampfbereit, als sie in der Finsternis der Nacht durch den Bayou schlichen. Der Blutmond stand am Himmel, und Unheil und Gefahr lagen in der Luft.

Vorfreude überzog mich wie ein Schweißfilm, während ich wartete … worauf wusste ich nicht. Doch er war da draußen, regierte den Bayou, machte seine Pläne und setzte alles in Gang.

Jade? Seine Stimme war leise, doch sie drang durch das Chaos und beruhigte meine Seele.

Kane? Bist du das?

Wo bist du? Geht's dir gut? Was ist passiert? Seine Stimme war jetzt aufgeregt, seine Angst kroch in seinen Ton.

Tränen drohten mich zu ersticken, doch ich schluckte meine Emotionen herunter und sagte: *Ich weiß nicht, wo ich bin. Harper hat mich mit einem Taser oder sowas erwischt, und ich habe das Bewusstsein verloren. Jetzt bin ich in einem Raum eingesperrt. Ich denke, es ist ein gepflegtes viktorianisches Gebäude, aber ich habe keine Ahnung, wo.*

Harper? Wirklich?

Ja. Sie hat uns alle getäuscht. Der Rat hatte recht, sie zu verhaften, sagte ich.

Diese kleine Schlampe.

Das konnte er laut sagen. Ich stand immer noch im Bayou, nur die Frauen und Wölfe waren weg, und alles, was ich sah, waren das stille Wasser und das Wiegen des Louisianamooses, das von den Zypressen herabhing. *Wo bist du? Warum kann ich dich nicht sehen?*

Ich kann dich nicht finden. Sein Ton war voller Frustration. Dann wurde er weicher, als er fragte: *Geht es dir und dem Baby gut?*

Die Tränen waren wieder da, aber ich wollte verdammt sein, wenn ich ihn sie hören ließ oder ihm noch mehr Sorgen machte. Irgendwie gelang es mir, meine Stimme ruhig zu halten, als ich sagte: *Uns geht's gut. Wir wollen nach Hause, aber sonst sind wir okay.*

Den Göttern sei Dank, sagte er und stieß einen Seufzer der Erleichterung aus. *Bea wird heute Abend einen Findezauber mit dem Zirkel wirken, Jade. Wir kommen.*

Ich weiß nicht, ob es funktionieren wird, sagte ich und konnte das Zittern nicht verbergen, als ich die Angst, die ich mir nicht eingestehen wollte, in Worte fasste. *Meine Magie funktioniert in diesem Raum nicht. Ich denke, er ist versiegelt. Vielleicht wird sie mich nicht orten können.*

Er schwieg einen Moment. So lange, dass ich dachte, ich hätte ihn verloren.

Kane?

Ich habe dich in unseren Träumen gefunden, Jade. Auf die

eine oder andere Weise werden Bea und ich das Haus finden. Vertrau mir.

Hoffnung schwoll in meinem Herzen an, und diesmal flossen die Tränen in Strömen, als ich antwortete: *Beeilt euch.*

DIE TÜR FLOG KRACHEND AUF, und ein Lichtschimmer fiel in mein kahles Zimmer. Ich riss meinen Kopf hoch und blinzelte, während ich darauf wartete, dass sich meine Augen an das Licht gewöhnten. Eine Frau, die ich nicht kannte, kam in einem weißen Gewand herein. Sie ließ ein Tablett auf den Boden fallen. Eine Wasserflasche kippte um und rollte gegen die Wand.

„Essen Sie", sagte die Frau. Ihre Stimme war unfreundlich, und ihre Augen waren fast schwarz in ihrem blassen Gesicht. Sie hatte langes, glattes graues Haar, und ihre Hände waren mit Falten und Leberflecken übersät, doch sie bewegte sich mit einer Leichtigkeit, die nicht zu ihrem gealterten Aussehen passte.

„Wo bin ich?", presste ich heraus.

„Wo Sie sein müssen."

Die Tür schlug zu, doch die Lichter des Kronleuchters erwachten flackernd zum Leben. Das Licht war zu hell, was dazu führte, dass meine Augen tränten. Ich hatte jedes Zeitgefühl verloren und wusste nicht, wie lange ich in diesem Raum war. Stunden? Tage? Ich konnte es nicht sagen. Ich wusste, dass ich dehydriert war, und die Wasserflasche sah himmlisch aus. Ich stürzte mich

DEANNA CHASE

praktisch darauf und knirschte mit den Zähnen, als wieder
Schmerz durch meine Seite schoss.

Die Flasche lag kühl in meiner Hand, und ich weinte fast
vor Freude, die sich schnell in Frustration verwandelte, als
ich mich abmühte, den Deckel zu öffnen. Ich war schwach
von der Hitze und dem Mangel an Nahrung und Wasser.
Wenigstens wusste ich, dass das Wasser sauber war. An die
Wand gelehnt holte ich tief Luft und drehte mich um.
Endlich bewegte sich der Deckel.

„Den Göttern sei Dank", flüsterte ich und zwang mich,
das Wasser langsam zu trinken. Wenn ich es zu schnell
trinken würde, würde mir wahrscheinlich nur übel werden.
Nachdem ich etwa die Hälfte getrunken hatte, betrachtete
ich das Tablett mit dem Essen. Es war kein Festmahl, doch
es war besser als das, was ich erwartet hatte. Sie hatten mir
ein Croissant mit gegrilltem Hähnchen, eine Tüte Brezeln
und einen abgepackten Brownie gebracht. Ich hatte keinen
Appetit mehr, seit ich mich in meinem viktorianischen
Gefängnis befand, doch trotzdem zwang ich mich um des
Babys willen, wenigstens das Sandwich zu essen.

Als ich das Sandwich vertilgt hatte, aß ich auch die
Brezeln und den Brownie, ohne einen Krümel
übrigzulassen.

Die Tür öffnete sich erneut, und die grauhaarige Frau
kam wieder herein. „Gut, Sie sind fertig. Stehen Sie auf. Es
ist an der Zeit, dass Sie erfahren, warum Sie hier sind."

Wenn es eine Sache gab, die ich genauso dringend
wollte, wie aus meinem Gefängnis rauszukommen, dann
war es zu erfahren, warum sie mich wollten. Ich rappelte
mich auf. Meine Magie klimperte direkt unter meiner Haut,

und ich folgte der Frau aus dem Zimmer. In dem Moment, als wir den Flur betraten, stieß ich meine Magie aus und versuchte, sie zu lesen. Doch genau wie zuvor lief ich gegen eine Wand und erfuhr nichts.

Sie kicherte. „Du hast Mut. Das mag ich an dir. Aber deine Magie nutzt dir in diesem Haus nicht. Du wärst besser beraten, deine Energie zu sparen."

Verdammt. Das hatte ich befürchtet, doch ich musste es versuchen. Ich zuckte mit einer Schulter, sagte aber nichts, als ich ihr die Treppe hinunter und in einen beeindruckenden Ballsaal folgte. Das Haus erinnerte mich an das viktorianische Anwesen südlich von New Orleans, das mir gehörte. Der Grundriss schien derselbe zu sein, obwohl die Details in dem Haus, das Kane mir geschenkt hatte, aufwendiger waren. Ganz zu schweigen davon, dass unser Haus mit vielen wunderschönen Antiquitäten und Kunstwerken dekoriert war.

Wir gingen durch den Ballsaal in einen Salon. Ein breitschultriger Mann in einem teuren Anzug saß neben Harper auf einem reich verzierten Zweiersofa. Sie trug ein elegantes weißes Etuikleid und High Heels und hatte ihr rotes Haar zu einer schicken Hochsteckfrisur gesteckt. Diamanten tropften von ihren Handgelenken und Ohrläppchen.

„Miss Calhoun", sagte der Mann träge. „Bitte nehmen Sie Platz." Er winkte zu dem passenden Dreisitzer, der dem Zweiersofa gegenüberstand.

Da meine Seite wieder schmerzte, biss ich die Zähne zusammen, ließ mich vorsichtig auf die Kissen sinken und funkelte Harper böse an. Sie wandte den Blick ab und zog den Kopf ein. Gut so. Sie *sollte* sich unwohl fühlen, und wenn wir hier fertig waren, würde sie sich hundertmal schlechter fühlen.

„Was soll ich hier?"

„Ich denke, Sie wissen es", sagte der Mann und trank einen Schluck von der bernsteinfarbenen Flüssigkeit.

„Hat es etwas damit zu tun, die Drachen zu führen?", fragte ich.

Der Mann sah Harper an. Sie starrte weiter ins Nichts. Er zog ihre Hand in seinen Schoß und streichelte übertrieben ihre Haut. „Ja. Sie sind der Schlüssel, um ihr volles Potenzial zu entfesseln. Besonders jetzt, wo Sie mit Mutterschaft gesegnet sind."

Ich legte instinktiv meine Hände auf meinen Babybauch und starrte ihn finster an. „Ihre Freundin da drüben hat mir weiß Gott wie viele Volt durch den mit Mutterschaft gesegneten Körper gejagt. Glauben Sie nicht, dass ich Ihnen bei irgendwas helfen werde."

Harpers Kopf peitschte in meine Richtung, und sie keuchte: „Was? Ich habe nicht …"

Der Mann drückte ihre Hand so fest, dass sie zusammenzuckte. Das pure Böse rollte von ihm ab, und zum ersten Mal, seit ich den Raum betreten hatte, begann ich zu denken, dass Harper vielleicht nicht ganz bei dem an Bord war, was auch immer in diesem Haus vor sich ging. Doch sie war diejenige gewesen, die mich getasert hatte, und das würde ich so schnell nicht vergessen.

Der Mann lächelte mich kalt an und sagte: „Sie werden tun, was ich Ihnen sage, es sei denn, Sie wollen den Rest Ihrer Schwangerschaft als mein Gast verbringen."

Kalte Angst breitete sich in mir aus. Nicht wegen seiner Drohung, dass er mich gefangen halten wollte, sondern weil er sich ausdrücklich zu meiner Schwangerschaft geäußert hatte. „Warum bis dahin?"

„Wenn Sie nicht mit uns arbeiten wollen, wird es Ihr Kind tun."

Ich wäre fast vom Sofa aufgesprungen, als pure Wut meine Reaktion anheizte. „Sie werden mein Kind nicht bekommen", zischte ich leise und voller Wut. „Wenn Sie sie jemals anfassen, bringe ich Sie persönlich um."

„Gut. Dann habe ich jetzt ja Ihre Aufmerksamkeit." Er stand auf, kam zu mir herüber und streckte seine Hand aus. „Ich bin Zeph Winsor, der Mann, der Sie zur mächtigsten Frau in New Orleans machen wird."

Ich starrte ihn trotzig an und weigerte mich, seine Hand zu nehmen. „Ich bin schon mächtig genug."

Er zog die Hand zurück und verschränkte die Arme vor der Brust, offensichtlich irritiert, dass ich sein Spiel nicht mitspielte. „Sie sind in Gefahr. Ihre *Tochter* ist in Gefahr."

„Der einzige Grund, warum wir in Gefahr sind, ist, dass Sie mich in ihrem Gruselkabinett gefangen halten, für … ich weiß nicht einmal wofür." Ich begegnete Harpers Blick und starrte sie an. „Wie konntest du das tun? Sind deine vermissten Cousinen auch hier?"

Sie öffnete den Mund, um zu antworten, doch Zeph warf ihr einen Blick zu, und sie schloss ihn sofort und wandte wieder den Blick ab.

„Was geht hier vor?", fragte ich und blickte zwischen ihnen hin und her. Es war klar, dass Zeph sie kontrollierte, doch ich hatte keine Ahnung, ob sie als willige Teilnehmerin angefangen hatte oder ob sie zu diesem Arrangement gezwungen worden war.

Zeph drehte sich zu mir um und sagte: „Ein Krieg kommt. Einer zwischen den Drachen und dem Rat. Und Sie, Jade Calhoun – weiße Hexe von New Orleans – sind der Schlüssel."

KAPITEL ACHTZEHN

*W*ieder? Das war der einzige Gedanke, der mir durch den Kopf ging. Ich war das Bindeglied zwischen Conor Wells und der Drachenseele gewesen, die ihn besessen hatte. War ich eine Art Drachenmagnet oder sowas? Wahrscheinlich.

„Und wie soll das funktionieren?", fragte ich.

„Sie haben die Macht, den Drachen wiedererstehen zu lassen." Er setzte sich wieder und nahm sein Getränk. „Und diejenige, die sie entfesselt, wird ihre Anführerin. Ich biete Ihnen die Welt auf einem Silbertablett an. Ich hätte gedacht, Sie wären dankbarer."

„Vielleicht wäre ich es, wenn ich nicht gegen meinen Willen hierher gebracht und Gott weiß wie lange in einem unerträglichen, leeren Zimmer mit nur einem Eimer als Nachttopf eingesperrt worden wäre. Nicht gerade der gastfreundlichste Empfang, Zeph." Als ob ich jemals einem Mann dankbar sein würde, der so offensichtlich seine

Macht missbrauchte. Wenn nicht die Tatsache gewesen wäre, dass das Haus meine Magie erstickte, hätte ich seinen Arsch in den nächsten Raum gesprengt.

„Sie sind … mutig", sagte er mit einem kleinen, zufriedenen Lächeln.

Verdammt, dieser Blick. Das Einzige, was er bewirkte, war, mich noch mehr zu ärgern. „Halten Sie Harpers Verwandte fest? Sind sie freiwillig hier? Wie lange, bis Sie Willa und die anderen entführen?"

Er sagte nichts, doch die Emotionen, die auf Harpers Gesicht aufblitzten, sagten mir alles, was ich wissen musste. Er hatte ihre Cousinen, und es war unwahrscheinlich, dass sie freiwillig hier waren. Und die Vorstellung, dass Willa die nächste sein könnte, ließ Harpers Körper vor offensichtlicher Wut erzittern.

„Was haben Sie davon?", fragte ich ihn.

„Ist das nicht offensichtlich?" Er warf Harper einen Blick zu und nahm ihre Hand in seine. „Ich bekomme diese schöne Lady und einen Platz an ihrer Seite."

„Er will meine Macht", spie Harper und riss ihre Hand zurück.

Er warf einen Ball aus magischem Feuer auf sie, doch sie war bereits von ihrem Platz aufgestanden und kam zu mir herüber. Der Feuerball erlosch und brannte stattdessen in seinen Augen. Tatsächlich flackerten dort Flammen, während seine helle Haut plötzlich blau, silbern und wieder zurück blitzte.

„Sie sind … oh. Mein. Gott." Ich starrte ihn an. „Sie sind schon ein Drache."

Harper stieß ein bellendes Lachen aus, als sie sich neben

mich setzte, und ihre eigene Haut für einen Moment rot aufblitzte. „Er hat einige der Eigenschaften, genau wie ich. Doch er kann nicht wandeln, und das ist sein eigentliches Ziel." Sie drehte sich zu mir um, Ekel in ihren strahlend blauen Augen. „Er will seine Flügel."

„Wer ist zu wem gekommen?", fragte er. Sie starrten einander an, eine stille Kommunikation lief zwischen ihnen ab, bevor sie den Blick abwandte, Tränen in ihren Augen.

Sie war also eine bereitwillige Teilnehmerin. Oder zumindest war sie eine gewesen, als alles angefangen hatte. Mist auf Toast. Die Lage zu lesen erwies sich als extrem schwierig.

„Warum brauchen Sie mich?", fragte ich.

„Das sollte klar sein", sagte Zeph. „Conor Wells. Sie haben die Gabe."

Nur, weil die Drachenseele sich von meiner Magie ernährt hatte. Ich schüttelte den Kopf und weigerte mich, auch nur einen Zentimeter nachzugeben. „Nein. Habe ich nicht."

Seine dunklen Augen funkelten. „Oh doch, die haben Sie." Zeph beugte sich vor und packte mein Handgelenk. Seine Berührung brannte, und die Hitze kroch meinen Arm hinauf. Ranken seiner Energie schienen in meine Haut einzusickern, und mir wurde übel davon. Dann griff er fester zu, und meine Magie floss aus mir heraus und in ihn hinein. Die Welt drehte sich, und Entsetzen erfüllte mich bei dem, was er tat.

Er verletzte alle Grenzen. Meine Magie wurde gegen meinen Willen genommen, und es schwächte mich.

„Hör auf!", schrie Harper ihn an. „Damit bringst du sie um."

Ich war mir sicher, dass sie recht hatte. Meine Magie strömte so schnell aus mir heraus, dass es mir schwerfiel, zu atmen und klar zu denken. Bilder von Kane tauchten in meinem Kopf auf. Eines zeigte uns, wie wir unser kleines Mädchen hielten, und dann eine, wie Kane sie hielt, während sie in der Nähe eines Grabes standen und Tränen über das Gesicht meines Mannes liefen. Der Tag war grau, unheilvoll und still, als eine Krähe an ihm vorbeiflog und auf meiner letzten Ruhestätte landete.

„Nein!", rief ich und unterdrückte innerlich meine Magie, obwohl es nichts half. Er war zu stark. In Panik und ratlos, was ich sonst tun sollte, konzentrierte ich mich auf ihn, konzentrierte meine verbleibende Kraft und feuerte sie in seine Hand, mit der er mich immer noch hielt. Ein knisterndes Geräusch erfüllte den Raum, als die intensivierte Magie in ihn einschlug und er rückwärts geschleudert wurde und gegen die nahe Wand krachte.

„Lauf!", schrie Harper. „Ich werde ihn aufhalten."

Ich zögerte nicht. Ich hatte die Wahl zu bleiben und zu kämpfen, was ich anscheinend nur tun konnte, wenn er mich berührte, oder zu versuchen, aus dem Haus zu kommen und Hilfe zu suchen. Ich entschied mich fürs Laufen.

Gerade als ich nach dem Türknauf griff, ertönte von oben eine vertraute, eindringliche Musik. Die Töne schienen um mich herumzuwirbeln, hielten mich wie gebannt fest, und ehe ich mich versah, trugen mich meine

Füße zur Treppe, zu der magischen Musik, die mich schon einmal verzaubert hatte.

Liam Colmans Musik war das Einzige, was zählte. Sie füllte mich aus, stärkte mich und zog mich die Treppe hinauf und den Flur hinunter, bis ich ihn mitten in einem leeren Raum auf einem Klappstuhl sitzend fand, wo er sein Herz in seine Geige goss.

„Ich wusste, dass du gehen würdest", flüsterte Zeph in mein Ohr.

Ich zuckte nicht einmal zusammen, obwohl ich im Hinterkopf wusste, dass ich es hätte tun sollen. Ich hatte nicht bemerkt, dass er mir die Treppe hinauf gefolgt war, hatte ihn weder gespürt noch gehört. Stattdessen war ich von Liam Colman und seiner magischen Geige vollkommen fasziniert.

„Verstehst du nicht, Jade?", sagte Zeph. „Du bist der Schlüssel, um uns alle zu befreien. Mich, Harper, ihre Familie und sogar Liam. Wenn du uns nicht hilfst, sind wir alle an die Ketten des Rates gebunden."

Ich sah ihn über meine Schulter an. Sein Gesichtsausdruck war so ernst, so hoffnungsvoll – es war ein beunruhigender Kontrast zu dem Mann, den ich unten erlebt hatte, der versucht hatte, meine Magie für sich zu nutzen.

„Was erwartest du von mir?", fragte ich.

„Hilf uns einfach, unsere Freiheit zurückzugewinnen. Lass uns sein, wer wir sein sollten. Drachenwandler, die weder den Engeln noch den Ratshexen verpflichtet sind, damit wir so auf dieser Erde wandeln dürfen, wie es das Universum vorgesehen hat."

Die Musik wurde intensiver, und ich wandte mich wieder Liam zu und beobachtete, wie der junge Mann immer schneller spielte, seine Musik eine Mischung aus Wut, Verzweiflung und Sehnsucht. Die Gefühle übermannten mich, hüllten mich ein, und alles, was ich auf der Welt wollte, war, ihn in meine Arme zu schließen und ihn vor seinem Schmerz zu bewahren.

„Sag, dass du es tun wirst, Jade. Sag, dass du uns hilfst", flüsterte Zeph. „Sag, dass du Liam hilfst."

Meine Reaktion kam sofort. „Ja. Ich werde Liam helfen."

Der junge Mann vor mir hörte auf zu spielen und sackte auf seinem Stuhl zusammen. Als Schweigen den Raum ausfüllte, bemerkte ich, dass seine Füße und seine Taille an den Stuhl gekettet waren. Erschöpfung stand in seine Augen geschrieben, als er zusammenbrach, schwach und blass, als hätte er seit Monaten die Sonne nicht gesehen.

„Liam?", sagte ich und wollte auf ihn zu gehen, doch Harper stieß einen Schrei aus und rannte an mir vorbei und schlang ihre Arme um ihn.

„Jetzt wird alles gut", sagte sie unter Tränen und küsste seine Wangen, seine Augen und seine Lippen. „Sie hat zugestimmt, zu helfen. Du bist bald frei."

Zeph warf nur seinen Kopf zurück und lachte. „Frei? Keiner von euch wird frei sein. Jetzt dient ihr mir." Er schnippte mit den Fingern. Magie brach heraus und ließ mich stramm stehen.

Neue Wut erwachte in mir, und ich grunzte, dann schnappte ich nach Luft, als der Schmerz in meiner Seite stärker wurde. Mein Instinkt war, mich vornüberzubeugen, doch ich konnte nicht. Seine Magie hielt mich aufrecht.

Genau wie Liams ... oder war es Zephs Magie gewesen, die mich nach oben gezwungen hatte? Ich konnte es nicht sagen. Alles, was ich wusste, war, dass ich von jemandes Macht manipuliert wurde und meine im Leerlauf steckte. Oder nicht? Ich war in der Lage gewesen, Zeph unten zu bekämpfen, als er meine Macht gestohlen hatte.

Es gab nur einen Weg, das herauszufinden. Die Magie, die in meinen Adern brodelte, brach aus meinen Handflächen und schoss direkt auf Zeph zu. Sie war stark genug, dass sie ihn hätte auslöschen sollen. Stattdessen drehte er sich mit ausgestreckten Händen zu mir um und saugte sie mit geschlossenen Augen ein, als hätte meine Magie ihn in pure Ekstase versetzt.

„Du verdammter Hurensohn!", schrie ich und rannte auf ihn zu, bereit, ihn notfalls mit meinen Fäusten zu verprügeln.

Doch er streckte seine Hand aus und meine Füße blieben wie von selbst stehen und ließen mich an Ort und Stelle festgefroren zurück, ohne Fähigkeit zu kämpfen, magisch oder physisch.

„Wie machst du das?", fragte ich. „Wie kannst du meine Magie einfach aufsaugen, als wäre es nichts?"

„Komm, Jade", befahl er. „Ich zeige dir deine neuen Gemächer, dann reden wir."

Meine Füße gehorchten ihm ohne mein Zutun, und bald ging ich Seite an Seite mit meinem Entführer, seine Hand auf meinem unteren Rücken. Er summte leise und zufrieden vor sich hin, als hielte er nicht Liam und mich und möglicherweise auch Harper gefangen.

„Wir werden ein ziemliches Powerpaar sein, Jade", sagte

Zeph und öffnete die Tür zu einem üppig dekorierten Schlafzimmer, das leicht viermal so groß war wie das Zimmer, in dem ich vorher eingeschlossen gewesen war. Es gab ein Himmelbett mit einer weißen Seidenbettdecke und mehr Kissen darauf, als Kane und ich in unserem ganzen Haus hatten. Das Bett sah aus, als schliefe man darin wie auf einer Wolke. Neben dem Fenster standen eine Samtchaiselongue und zwei dazu passende antike Sessel, und am Fußende des Bettes stand eine prächtige Holztruhe. Alles im Raum war opulent und fürstlich.

„Unser Badezimmer ist da drüben." Er deutete auf eine offene Tür und dirigierte mich in den marmorgefliesten Raum. Ich betrachtete den Waschtisch mit zwei Waschbecken, eine große Dusche, die leicht Platz für zwei bot, und eine freistehende, extra-tiefe Badewanne mit Bronzearmaturen. Es war schön. Und extrem furchteinflößend.

„Unser?", fragte ich schließlich. „Du glaubst du und ich werden jemals ein *wir* sein?"

„Ja." Er nickte. „Gemeinsam werden wir mächtiger sein als der Rat. Mein Volk wird wieder auf Erden wandeln, und diesmal werden wir nicht die Diener der Engel sein." Er schenkte mir ein sanftes Lächeln. „Jetzt geh dich frischmachen." Er schnupperte und rümpfte die Nase. „Du hast viel zu lange nicht geduscht."

„Wessen Schuld ist das wohl?", fragte ich hitzig und hasste den Psychopathen vor mir.

Er schnaubte und deutete und zwang meinen Körper wieder einmal, seinem Willen zu gehorchen. Sobald ich in dem riesigen Badezimmer war, knallte ich die Tür zu und schloss sie ab.

Sein amüsiertes Lachen drang herein, und ich fing sofort an, die Schränke nach etwas Scharfem zu durchsuchen. Zu meiner großen Enttäuschung gab es nichts Schärferes als einen ungeöffneten Eyeliner. Ich legte ihn auf den Tresen und ging davon aus, dass er sowieso verwendet werden würde. Ein gut platzierter Stich in seine Kehle könnte machbar sein.

„Dusche!", rief er durch die Tür. „Jetzt. Dann haben wir zu tun."

„Kannst mich mal!", rief ich zurück und knallte die Schublade zu, in der ich den Kajalstift gefunden hatte.

„Vielleicht später."

Mein ganzer Körper versteifte sich, und wenn er nicht sicher auf der anderen Seite der Tür gewesen wäre, hätte er einen langsamen und schmerzhaften Tod erlitten, durch einen Schminkstift direkt durch seinen Augapfel. Ich tat so, als hätte ich ihn nicht gehört, drehte das Wasser auf und verschwand in der Dusche, wo ich meinen Tränen freien Lauf ließ und meine Frustration und Angst herausließ. Als ich fertig war, trat ich aus der Dusche, bereit, mit allem zu kämpfen, was ich hatte, um meine Tochter und mich zu retten und uns beide verdammt noch mal hier rauszubringen.

KAPITEL NEUNZEHN

$\mathcal{A}$ ls ich aus dem Badezimmer kam, fand ich Harper nervös auf der Kante des weißen Bettes sitzend vor. Sie trug jetzt ein blaues Baumwollkleid und spielte mit dem Saum.

Ich sagte nichts, als ich den dicken Bademantel fester umklammerte und zu dem großen Schrank auf der anderen Seite ging und betete, dass dort etwas, irgendetwas, war, das sauber war und mir passen würde. Nachdem ich eine Weile herumgewühlt hatte, fand ich ein T-Shirt und eine Jogginghose und kehrte ins Badezimmer zurück, um mich anzuziehen. Als ich wieder ins Schlafzimmer kam, hatte Harper sich immer noch nicht bewegt.

„Jade", flüsterte sie, stand vom Bett auf und kam auf mich zu.

Ich hob meine Hand und starrte sie an. „Komm nicht näher. Ich weiß nicht genau, was mit dir los ist, aber du hast mich mit einem Taser angegriffen, und du bist der Grund, warum ich hier bin. Also nimm's mir nicht übel, wenn ich dir nicht vertraue."

Tränen füllten ihre großen, blauen Augen, und sie schüttelte den Kopf. „Ich war das nicht. Ich schwöre es. Wirklich nicht. Ich hätte nie …" Ihr Blick fiel auf meinen Bauch und war entsetzt. „Er hat verdammt noch mal einen Taser gegen dich benutzt … obwohl du schwanger bist?"

„Er? Was willst du –?"

„Ich war es nicht", sagte sie mit plötzlich ernster Stimme. „Es war Zeph. Verstehst du nicht? Er ist eine Hexe. Eine Hexe mit Drachenblut. Er steckt hinter allem. Er ist derjenige, der mich aus dem Kerker des Rates geholt hat. Er hat dich entführt. Er – *uff*!"

Sie flog zurück und landete flach auf ihrem Rücken, als Zeph in den Raum trat, seine Augen lodernd wie Feuer.

„Du lernst es nie, oder?", zischte er und hob seinen Arm, als würde er sie mit seiner bloßen Faust am Hals hochheben. Harper erhob sich in die Luft, ihre Hände krallten sich in ihren Hals, während ihre Augen hervortraten. „Ich habe dir gesagt, du sollst deine verdammte Klappe halten. Und was tust du? Du versuchst, meine weiße Hexe gegen mich aufzubringen." Er bewegte die Hand und schüttelte sie mit solcher Kraft, dass sie wie eine Stoffpuppe hin und her schwang.

„Hör auf!" Ich rannte auf ihn zu, den Kajalstift in einer Hand und zielte direkt auf seine Kehle. Es war ein schlecht ausgeführter, verzweifelter Versuch, der eine Meile danebenging, aber als er aus dem Weg tauchte, fiel Harper zu Boden und schnappte nach Luft.

Zeph drehte sich zu mir um und packte mein

Handgelenk, bog es zurück, bis ich wimmerte und der Stift harmlos zu Boden fiel. Er warf einen Blick darauf, dann auf mich und schüttelte angewidert den Kopf. „Was Besseres ist dir nicht eingefallen?"

„Nein." Ich trat aus, traf seine Kniekehle und brachte ihn zu Boden, und dann schlug ich ihm direkt in die Hoden.

Er stöhnte, rollte auf die Seite und presste die Hände in seinen Schritt.

„Lass uns gehen!" Harper war wieder auf den Beinen und zerrte mich hoch.

Ich richtete mich schwerfällig auf, warf einen Blick auf den Mann, der sich am Boden wand, und rannte aus dem Zimmer.

Harper wies mich zur Treppe. „Geh! Ich komme gleich nach."

„Was?" Sie schoss den Flur hinunter und verschwand in dem Raum, in dem ich Liam zuletzt gesehen hatte.

„Du verdammtes Miststück!", brüllte Zeph aus dem Zimmer am Ende des Flurs. Ich ging schneller, eilte die Treppe hinunter und ignorierte immer noch den Schmerz in meiner Seite. Alles, was ich tun musste, war, nach draußen zu gehen, aus diesem Haus des Schreckens herauszukommen, und meine Magie würde da sein und auf mich warten.

Ich hörte Zephs schwere Schritte und dann Harpers Schrei, während ein Krachen den Boden erzittern ließ. Aber ich blickte nicht zurück. Die Tür war vor mir, und ich stürzte darauf zu. Der Knauf ließ sich nicht drehen, die Schlösser ebenso wenig. Ich stieß einen frustrierten Schrei aus, war aber nicht allzu überrascht. Zeph hatte es geschafft, mich mit Magie in einem Raum einzuschließen; es gab keinen Grund, warum er uns nicht alle im Haus einschließen konnte. Es erschien sinnvoll, wenn man bedachte, dass er uns die Freiheit gegeben hatte, herumzulaufen.

Jetzt gab es kein Zurück mehr. Und obwohl meine Magie zuvor nicht funktioniert hatte, konnte ich nicht aufgeben, nicht wenn das meine einzige Chance auf Freiheit sein könnte.

„Weg von der Tür", befahl Zeph von der Treppe aus. Seine Stimme war tief und finster und kristallklar.

Ich goss meine Magie in den Türknauf, ignorierte ihn und betete, dass ich mich nicht wieder am heißen Ende eines Tasers wiederfinden würde. Der Knauf klapperte unter meinem Griff, bewegte sich aber nicht. Schweiß lief mir in die Augen, und mein Körper vibrierte vor Anstrengung, doch die Tür rumpelte unter meiner Magie und wenn ich nur –

„Pass auf!", ertönte Harpers Stimme über mir.

Aus purem Instinkt ließ ich mich auf den Boden fallen. Ein magischer Blitz streifte meinen Arm und versengte ihn, bevor er gegen die Tür knallte. Ein lautes Knacken ertönte, und die Tür gab unter dem Druck nach.

Als ich zurückblickte, sah ich Zeph die Treppe hinunterrennen und Harper hinter ihm her jagen. Blut lief über ihre Wange, doch ihr Gesichtsausdruck war entschlossen, und sie sah wild aus, als sie einen animalischen Laut ausstieß und sich auf Zephs Rücken stürzte. Sie rollten die letzten fünf oder sechs Stufen hinunter, während Harper an seinen Haaren zog und sein Gesicht zerkratzte.

Wenn ich hier raus wollte, war jetzt Zeit dafür. Während meine Magie immer noch an meinen Fingerspitzen funkelte, wandte ich mich der Tür zu und entdeckte einen Spalt im Holz. Meine Chance. Der Spalt war neu, zweifellos verursacht durch die Explosion, die für mich bestimmt war. Ich entfesselte meine Magie und fand die Schwachstelle. Mit einem Schlag gelang es mir, ein Loch nach außen zu schaffen und das magische Siegel zu durchbrechen.

Warme Luft strömte herein, und ich verschwendete keine Zeit, durch das Loch zu greifen und das Schloss von außen zu sprengen. Die Tür flog auf, und ich stürmte hinaus.

Der Blutmond stand am Himmel und schien auf den Bayou, das Wasser glitzerte rechts von mir. Natürlich waren wir weit draußen im Sumpf, weit weg von der Zivilisation, dachte ich bitter. Meine Träume waren real gewesen und hatten mir genug gezeigt, um zu wissen, dass ich in nächster Zeit nicht in die Stadt gehen oder rennen würde. Ich sah mich um und suchte nach einem Fahrzeug. Nichts.

Verdammt.

Ein weiterer Schrei kam aus dem Haus.

Nein. Kein Schrei. *Schreie.* Sie kamen vom Dachboden. Schreie um Hilfe.

Harpers Cousinen? Ich war mir nicht sicher. Doch die Verzweiflung in der Luft war unverkennbar. Sie brauchten Hilfe. Ich stand wie gelähmt vor dem Gebäude, hin- und hergerissen, mitten in der Nacht da raus und in den unbekannten Bayou zu gehen oder zurück ins Haus zu rennen und dabei zu helfen, die eingesperrten Frauen zu befreien.

Nachdem das magische Siegel im Haus zerbrochen war, waren meine Kräfte vollständig wiederhergestellt. Ich könnte es tun. Ich könnte Zeph schlagen. Oder zumindest dachte ich, dass ich es könnte. Doch wenn er mich so überraschte, wie Harper es im French Quarter getan hatte … Ich schüttelte den Kopf. Das würde diesmal nicht passieren. Ich war vorbereitet.

Ich holte tief Luft, rannte zurück ins Haus und fand Harper und Liam beide auf den Knien, während Zeph eine Waffe an Liams Kopf hielt. Sein Blick flackerte zu mir, und ein langsames, selbstzufriedenes Lächeln breitete sich auf seinem gemeißelten Gesicht aus.

„Ich wusste, dass du zurückkommen würdest." Er schnippte mit den Fingern, und die Schreie von oben verschwanden.

„Es ist eine Falle, Jade!", rief Harper.

Er holte aus und schickte sie mit einem Schlag zu Boden.

Liam wollte zu ihr, doch Zeph drückte ihm die Waffe an die Schläfe.

„Bewege dich noch einen Zentimeter weiter und du hast keinen Schädel mehr", sagte Zeph. „Du hast deinen Zweck schon erfüllt."

Liam erstarrte. Harper hob einen Arm, um ihre Finger brannten Feuer, doch Zeph trat auf ihre Hand und knurrte: „Mach das noch einmal, und es gibt keine Warnung mehr, bevor ich deinem Freund eine Kugel in den Kopf jage."

Sie wurde vollkommen still, ihre Augen weit aufgerissen vor Angst.

Ein Sturm erhob sich in mir, und mit nur einem Gedanken grollte Donner über mir und erschütterte das alte Gebäude so heftig, dass die Fenster klirrten.

„Nimm die Waffe runter, Zeph", sagte ich. „Lass uns einen fairen Kampf daraus machen."

„Netter Versuch, Calhoun." Er schnaubte ein humorloses Lachen, und ohne Vorwarnung ging die Waffe los. Liam fiel leblos zu Boden, Blut floss über den Holzboden.

Harper schrie und stürzte sich auf Liam, drückte ihre Hände auf seine Brust und versuchte, die Blutung zu stoppen.

Zeph schüttelte den Kopf und lachte.

Ich verlor jede Zurückhaltung und ließ meiner Magie freien Lauf. Da war kein Gedanke, kein Plan, kein Zauber. Es war nur rohe Kraft, die um mich herum knisterte. Blitze zuckten, der Himmel öffnete sich und Regen prasselte, Wind heulte durch die offene Tür.

Zeph hob den Kopf, schien in die Luft zu schnuppern und knurrte dann, als er auf mich zukam. Magie wirbelte um mich herum wie ein Strudel, ich kuschelte mich hinein, als wäre ich sicher in meinem Kokon. Seine Magie prallte von meiner ab, als würde er Kiesel und nicht Feuerblitze auf mich abfeuern. Anstatt mich zu versengen, erlosch das Feuer jedes Mal, wenn seine Magie meine traf, und hinterließ nur Rauchschwaden an seiner Stelle.

Er brüllte, und eine Ader trat an seinem Hals hervor, als er weiter auf mich zu stapfte.

Ich stand breitbeinig da, meine Kraft durchströmte

mich, unaufhaltsam und voller Wut. Niemand tat meinem kleinen Mädchen weh und kam damit davon.

Etwas glitzerte in der Dunkelheit, und dann hörte ich es. Der zweite Schuss aus der Waffe, die direkt auf mich gerichtet war.

Feigling, dachte ich giftig, als die Kugel mich in die Schulter traf und mich in die Dunkelheit stürzen ließ.

KAPITEL ZWANZIG

*I*ch wachte mit brennenden Schmerzen auf, die in meiner Schulter pulsierten, und etwas, das wie Weinen klang. Ich blinzelte, versuchte die Unschärfe des Schlafs zu vertreiben, und fragte mich kurz, ob ich diejenige war, die weinte. War ich nicht angeschossen worden? Ich hob eine Hand und tastete vorsichtig meine Schulter ab. Sie war mit einer Art provisorischem Verband umwickelt, und obwohl ich es nicht sehen konnte, konnte ich spüren, dass er trocken war. Wenigstens blutete ich nicht. Die Wunde konnte nicht so schlimm sein, oder?

Ein Hämmern von unten erregte meine Aufmerksamkeit, und ich versuchte, mich aufzusetzen. Rotglühendes Feuer brannte durch meinen Arm, und ich schrie auf und sank zurück auf die weiche Oberfläche.

„Jade?", fragte eine mitleidige Stimme.

„Wer ist da?", flüsterte ich, tastete mit meinem unverletzten Arm herum und bemerkte, dass ich auf einem

Bett lag. Die Matratze war schmal. Auf keinen Fall war ich in dem großen Schlafzimmer, das ich mit Zeph „teilen" sollte. Wenigstens war ich diesem Horror entkommen.

„Willa", schluchzte sie. „Wo ist Harper? Ist sie hier?"

„Ich glaube schon." Doch die Wahrheit war, dass ich keine Ahnung hatte. Was hatte Zeph mit ihr und Liam gemacht, nachdem er auf mich geschossen hatte? Hatte er sie getötet? War Liam an der Schusswunde gestorben, die er erlitten hatte? War er wieder an einen Stuhl gekettet?

„Was bedeutet das?", fragte sie, die Stimme von Tränen so belegt, dass ich sie kaum verstehen konnte.

Ich seufzte und schaffte es schließlich, mich hochzustemmen, doch als ich meine Beine bewegte, hörte und spürte ich die Fesseln.

Scheiße!

Zeph ging kein Risiko ein, dass ich wieder entkommen könnte. Ich war mir sicher, dass das Hämmern, das ich von unten hörte, bedeutete, dass er die Haustür reparierte. Ich hatte meine Chance gehabt zu entkommen, und ich hatte sie vertan. Seufzend schloss ich die Augen und zwang mich, zu Hause aufzuwachen. Wollte, dass das alles ein Traum war.

„Jade?", fragte Willa erneut.

„Ja?" Ich war todmüde, geistig und körperlich. Der Schmerz in meiner Seite pochte im Takt mit meiner Schulterwunde. Doch als ich meine unverletzte Hand auf meinen Bauch legte, spürte ich, wie sich mein kleines Mädchen bewegte, und ich seufzte erleichtert aus. Ihr ging es gut. Es musste ihr gutgehen.

„Wo sind wir?", fragte sie.

„Im Bayou", sagte ich mit erschöpfter Stimme. „Wie lange bist du schon hier?"

„Ich weiß nicht", sagte sie. „Ein paar Stunden vielleicht? Ich kann nicht glauben, dass ich jemals in dieses Arschloch verliebt war. Kannst du glauben, dass er mich mit einem Taser angegriffen hat? Dann bin ich hier aufgewacht, mit Handschellen an die Wand gefesselt."

Mein Herz zog sich zusammen. Verdammte Taser. Hat er uns alle so hierher gebracht? Dann traf es mich. Sie hatte „er" gesagt. Harper hatte mich erwischt. Wen hatte er auf sie gehetzt?

„Wer hat einen Taser gegen dich benutzt? Zeph?"

„Wer ist Zeph?", fragte sie und klang verwirrt. „Nein. Liam. Er ist in meiner Wohnung aufgetaucht und hat gesagt, er müsse mit mir reden. Dann hat er mich angegriffen, und ich bin hier aufgewacht."

„Vor ein paar Stunden?", fragte ich kopfschüttelnd. Das war unmöglich. Er war angeschossen worden. Ich wusste nicht einmal, ob er noch lebte.

„Ja. Hat er Harper auch wehgetan?"

Ich blinzelte durch die Dunkelheit und konnte nur die Umrisse ihres Körpers erkennen, der gegen die Wand gelehnt war. „Willa, es war nicht Liam. Ich bin mir sicher."

„Doch, er war es. Er hat gesagt, er hätte Neuigkeiten über Harper, und dann –" Sie verstummte.

„Dann hat er was?", fragte ich.

„Er hat gefragt, was ich höre, was ich wirklich seltsam fand, da es seine Musik war. Eine Aufnahme des Stücks, an dem er seit Monaten arbeitet."

„Es war nicht Liam", sagte ich erneut. „Jemand hat einen

Illusionszauber benutzt." Ich war mir sicher. Harper hatte versucht, mir zu sagen, dass sie nicht diejenige gewesen war, die mich angegriffen hatte. Und ich wusste, dass es unmöglich war, dass Liam hinter Willa her war. Wenn er noch lebte, war er in ziemlich schlechter Verfassung. Zeph steckte hinter allem. Er war ein mächtiger Hexenmeister ohne Gewissen und mit dem Wunsch nach unbegrenzter Macht. Das war die schlimmste vorstellbare Kombination.

„Wer dann?"

„Ich." Das Licht flackerte mit dem Klang von Zephs Stimme auf. „Und du, Willa, bist mein Druckmittel. Nicht wahr, Jade? Du willst nicht, dass jemand anderem etwas zustößt, oder?"

Ich kniff die Augen zusammen und funkelte ihn an. Er trug kein Hemd, seine Brust war mit getrocknetem Blut verschmiert, und seine Augen hatte einen wilden Ausdruck. Wahnsinn war das Wort, das mir dazu einfiel.

„Was willst du von mir?", fragte ich, Eis tropfte von meinem Ton.

„Du weißt, was ich will. Alles, was du tun musst, ist, die Drachen in uns zu erwecken, und du kannst gehen."

Harper rannte an ihm vorbei und klammerte sich an Willa. Beide weinten.

Ich starrte ihn an und sagte in sachlichem Ton: „Du lügst."

Er zuckte mit den Schultern. „Vielleicht. Aber du wirst es trotzdem tun, sonst gesellt sich die arme Willa da drüben zu ihren Cousinen in den Gräbern hinter dem Haus."

Willa keuchte laut auf, und Harper versuchte, sie zu beruhigen, indem sie leise auf sie einredete.

Geister. Das hatte ich auf dem Dachboden gehört, als ich draußen gewesen war. Sie hatten um Hilfe gerufen, und ich war zu spät gekommen. „Warum hast du sie getötet, Zeph? Um ihre Macht abzuschöpfen?"

Er zuckte mit der Schulter und bestätigte meinen Verdacht.

„So wie du es mit mir machen wirst, wenn du bekommst, was du willst?"

Seine Augen glitzerten vor Vorfreude, und ich war mir sicher, dass ich wieder richtig geraten hatte. Doch dann sagte er: „Wir haben noch zwei Monate."

Meine Hand schoss zu meinem Bauch. Mein Kind. Er wollte sie. „Das kannst du vergessen, du schleimiges Stück …"

„Na, na, Jade. Kein Grund, mit unflätigen Ausdrücken um sich zu werfen." Er sah Willa und Harper an und dann wieder mich. „Du wirst tun, was ich sage, oder du wirst der Ehrengast bei meiner privaten Show mit Harpers Lieblingscousine sein."

„Du bist ein widerliches Stück Dreck, weißt du das?", fragte ich ihn.

„Das habe ich schon ein- oder zweimal gehört." Er ging hinüber und zog Harper an ihrem Hals hoch. „Zeit, deinen Freund zu behandeln. Ich will nicht, dass er stirbt, solange er noch nützlich ist." Er schleuderte sie durch den Raum, und sie landete mit einem dumpfen Schlag auf ihren Knien.

Er starrte auf ihren Po, und Lust blitzte in seinem normalerweise kalten Blick auf. In diesem Moment wollte ich nichts mehr, als seinen Schwanz an Ort und Stelle zu verbrennen. Harper rappelte sich auf und verließ erhobenen Hauptes den Raum. Zeph lachte und folgte ihr.

„Jade? Oh Göttin. Wie kommen wir hier raus?", fragte Willa mit einem Zittern in ihrer Stimme.

Ich antwortete nicht. Ich hatte keine Antwort auf ihre Frage.

DRAUSSEN TOBTE DER STURM, Regen prasselte gegen die Fenster, trommelte auf das Dach und strömte über die Seiten der Dachrinnen. Es war so laut, dass ich Zephs Forderungen fast nicht hören konnte.

Doch noch immer drang seine Stimme durch den grollenden Donner und das Scharren von Ästen gegen das Haus. „Hör auf damit, Jade. Schick' deine Magie zu mir."

Wir waren zurück in den Ballsaal gebracht worden. Meine Füße waren immer noch aneinander gefesselt und meine Arme mit Kabelbindern an einen Samtstuhl mit hoher Lehne gebunden. Willa und Harper saßen auf zwei identischen Stühlen, und wir drei bildeten ein großes Dreieck mit Zeph genau in der Mitte. Willa war um die Mitte gefesselt, während Harper sich nach Belieben bewegen konnte, obwohl er drohte, Liams Leben endgültig zu beenden, wenn sie nicht gehorchte.

Der Musiker lag zu Zephs Füßen am Boden, sein Hemd war auf Höhe seiner Brust blutgetränkt. Er war kaum bei Bewusstsein, sein Atem war flach und seine Haut so blass, dass er aussah, als hätte ihn der Tod bereits geholt.

„Je eher du mir gibst, was ich will, desto eher wird dieser

Alptraum für uns alle enden. Willst du nicht ein liebenswürdiger Gast sein, Jade?", sagte er im Plauderton, als ob ich hereingekommen wäre und um diese Scheiße gebeten hätte.

Was er wollte, war meine Magie. Er wollte sie stehlen, seine Macht aufbauen, und dann vermutete ich, dass er auch Harpers und Willas stehlen würde, sobald ihre Drachenkräfte entfesselt waren. Wir würden aufgebraucht und weggeworfen werden, während er Chaos und Zerstörung in New Orleans verbreitete. Ich wusste, was er wollte, doch ich verstand seine Beweggründe nicht.

„Warum?", fragte ich ihn, ohne mir die Mühe zu machen, meinen Trotz zu verbergen. „Was ist mit dir passiert, dass du so entschlossen bist, unsere Macht zu stehlen?"

Seine Augen blitzten vor Feuer, die Flammen leckten an seinen Pupillen. „Das geht dich nichts an."

„Oh, ich glaube schon", spie ich aus. „Du willst, dass ich dir bereitwillig meine Macht übergebe. Habe ich da nicht wenigstens das Recht zu erfahren, warum du sie so dringend willst?"

„Ich könnte sie dir einfach abnehmen", sagte er.

„Das könntest du. Aber da du es nicht tust, nehme ich an, es gibt einen Grund. Ich vermute, dass ich dir meine Magie aus freiem Willen geben muss, weil, was immer du auch vorhast, sonst nicht funktioniert. Ich werde es nicht tun, solange du mir nicht die Wahrheit sagst." Meine Worte waren voller Tapferkeit, die ich eigentlich nicht besaß. Ich wusste, dass ich am Ende, wenn es bedeutete, meine Tochter und mich selbst zu retten, tun würde, was ich tun musste, um sie zu beschützen, selbst wenn es bedeutete, seinen barbarischen Forderungen nachzugeben. Doch ich musste es versuchen.

Er lachte. „Netter Versuch, Calhoun. Wir wissen beide, dass du hier nicht rauskommst." Er warf einen Blick auf Liam, dann auf Willa und Harper. „Ich vermute, du willst deine Freunde nicht leiden sehen." Ohne weitere Vorwarnung stampfte er auf Liams Schulter, und der Geiger wäre fast vom Boden hochgeschossen, als er vor Schmerz schrie.

Ich wandte den Blick ab, während Harper eine Reihe von Obszönitäten auf Zeph abfeuerte. Sie waren nicht direkt meine Freunde, doch das bedeutete nicht, dass ich ertragen konnte, sie leiden zu sehen.

„Was ist mit dir passiert?", versuchte ich erneut. „Bist du mit einer schwarzen Seele zur Welt gekommen?"

Er starrte mich ausdruckslos an.

„Hast du keine Mutter, die dich liebt? Einen gewalttätigen Vater?"

Es herrschte immer noch Stille, abgesehen von dem Sturm, der draußen tobte.

„Was ist, Zeph? Hat dir deine erste Freundin das Herz rausgerissen und zerfetzt, und jetzt musst du der Welt beweisen, wie wichtig du bist?"

„Halt die Klappe", sagte er. „Es reicht."

„Ah, das ist es also. Eine Frau. Was hat sie dir angetan? Ist sie fremdgegangen? Hat sie dich abserviert für jemanden, der mächtiger ist?"

„Delphinia hat mich nicht abserviert für –"

„Delphinia!", rief ich. „Sie war deine Freundin?"

Sein Gesicht wurde so rot, dass es an einen Granatapfel

erinnerte. „Gib mir deine Magie!"

Delphinia war die Hexe, die im Zentrum des Versuchs gestanden hatte, die Drachenseele zu entfesseln, die Conor Wells vor zwei Monaten infiziert hatte. Wenn Zeph sie liebte, ergab seine Besessenheit von Drachen plötzlich allen Sinn der Welt. „Also dachtest du, wenn du ein Drache wirst, bekommst du Delphinia zurück, ist es das? Du weißt, dass sie wegen ihrer Verbrechen eingesperrt ist, oder?"

„Natürlich weiß ich das", spie er. „Aber wenn ich deine Macht und die des Drachen besitze, wird mich niemand aufhalten können. Delphinia und ich werden allen zeigen, was diese Welt wirklich sein kann. Wir werden ihren Vorfahren gemeinsam entfesseln und über die Hexen und die Engel herrschen und die Dämonen vernichten. Denk' darüber nach, wie diese Welt sein könnte. Keine Kriege zwischen Engeln und Dämonen mehr. Keine schwarze Magie mehr. Mit den Drachen als Beschützer wird die Welt wieder sicher sein, frei von Übel und Schmerz."

Er war ein Verrückter. Offensichtlich hatte er Wahnvorstellungen. „Du meinst frei von Leuten wie dir?", fragte ich mit einem humorlosen Lachen. „Du wirst nie alles Böse ausrotten. Vor allem, wenn es eindeutig in dir lebt."

„Ich bin ein Produkt der Welt, in der ich lebe. Jetzt gib mir deine Magie!" Er stürzte sich auf mich. Ich unterdrückte meine Magie und schirmte sie ab, genau wie ich es mit meiner Empathengabe tat, wenn ich nicht wollte, dass mich die Gefühle anderer überwältigten. Mein imaginäres Glas-Silo richtete sich um mich herum auf, und ich verbarrikadierte mich darin, unwillig, ihm zu geben, was er wollte.

Seine Hand legte sich um meinen Hals, und er kam mir so nah, dass ich den Whiskey in seinem Atem riechen konnte. „Du wirst mir bereitwillig deine Macht geben, oder ich werde das Leben aus dir herauswürgen, dein Kind retten und es als mein eigenes großziehen. Wenn sie mir vertraut, wird sie mir ihre Macht freiwillig geben, und ich kann Delphinia befreien. Wir beide werden mit deiner Tochter als unser Kind regieren."

Pure, kaum gezügelte Wut stieg in mir auf, und ich wollte nichts mehr, als ihn mit meiner Magie zu vernichten, doch ich wusste instinktiv, was er vorhatte. Wenn ich jetzt meine Magie auf ihn anwenden würde, würde er sie nur nehmen, mich zermürben und dann erneut versuchen, mich zu zwingen.

Es war eine ausweglose Situation, die mir kein Ventil für meine magische Wut ließ. Ich konnte nur meinen Mund öffnen und schreien.

Die Lichter flackerten an und aus. Zeph kniete vor mir und grinste zufrieden, ohne zu wissen, was hinter ihm geschah. Liam war langsam aufgestanden. Sein blasses Gesicht war von Hass gezeichnet, als er sich auf ihn stürzte und Zeph packte. Die beiden gingen in einem Gewirr aus Armen und Beinen zu Boden, und bevor irgendjemand verstehen konnte, was genau passierte, ging eine Waffe los und Zeph blieb regungslos liegen, während sein Blut in die Dielen sickerte.

Die Lichter gingen an. Liam verdrehte die Augen und sackte neben seinem Peiniger bewusstlos zu Boden. Harper, Willa und ich saßen nur einen Moment lang geschockt da, bevor die Tür aufsprang und die Kavallerie eintraf.

KAPITEL EINUNDZWANZIG

Kane stürmte ins Haus, Lucien und Bea direkt hinter ihm. „Jade!", rief er und schwang seinen Dolch, bereit zum Kampf.

„Ich bin hier", sagte ich schwach und ließ mich gegen die Rückenlehne sinken.

Er schnitt sofort die Kabelbinder durch, doch als er versuchte, meine Fußfesseln zu lösen, fluchte er. „Verdammt nochmal. Bea?"

Meine Mentorin stand über Liam gebeugt, und ihre Magie glühte, als sie an seinen Verletzungen arbeitete. „Ich bin ein bisschen beschäftigt, Kane", sagte sie außer Atem.

„Ich mach' das schon." Lucien kam herein und legte seine Hände auf die Fesseln. Schweiß rann über sein Gesicht, als er sich auf magische Weise bemühte, mich davon zu befreien. „Jade, kannst du mir helfen?"

Ich legte meine Handfläche auf seinen Arm und schickte einen Blitz meiner aufgestauten Magie direkt durch ihn hindurch. Seine Hände leuchteten auf wie ein Feuerwerk, und einfach so verschwanden die Fesseln.

„Heiliges! Das war mehr, als ich erwartet hatte." Er blickte zu mir auf. „Oh mein Gott, Jade. Was ist mit deiner Schulter passiert?"

„Ich wurde angeschossen."

„Dieser verdammte Bastard hat auf dich geschossen?" Kaum gezügelte Wut strömte aus Kane heraus. Er vibrierte förmlich davon.

„Es ist nur eine Fleischwunde", sagte ich schwach und zitterte plötzlich. *Wirklich nur eine Fleischwunde?* War ich sicher? Es musste so sein, sonst wäre ich schon verblutet.

Kane rollte mit den Schultern und versuchte sichtlich, sich zu beruhigen. „Jetzt wird alles gut, Liebes. Ich kümmere mich um dich, okay?"

Ich nickte, doch Tränen liefen mir über die Wangen, all meine Angst überwältigte mich schließlich. Im nächsten Moment war ich in Kanes Armen, und er hielt mich fest, während ich zitterte und schluchzte.

„Alles wird gut, Liebes. Du bist in Sicherheit. Du und unser Baby. Alles wird gut."

„Ich habe ... meine Seite ... sie tut weh", würgte ich hervor. „Ich muss zu Hanna. Ich brauche die Heilerin."

„Ein Krankenwagen ist unterwegs, Liebes." Er warf Lucien einen wilden Blick zu. „Nicht wahr?"

Mein Stellvertreter nickte. „Ja. Sobald wir wussten, dass das hier das Haus ist, habe ich angerufen. Sie werden bald hier sein." Lucien ging schnell zu Willa hinüber und machte sich daran, sie aus ihren Fesseln zu befreien.

„Du hast meine Energie gespürt?", fragte ich Kane.

Er nickte. „Bea hat einen Suchzauber gewirkt. Wir wussten, dass du irgendwo in dieser Gegend bist. Der Sturm hat deine Energiesignatur. Doch der Regen ist so stark und der Sturm so gewaltig, dass wir eine Weile gebraucht haben, um dieses Haus zu finden. Wir versuchen seit über einer Stunde, in das Haus reinzukommen." Er warf einen Blick auf Zeph, der immer noch regungslos auf dem Boden lag. „Wer hat ihn erschossen?"

„Liam."

Bea und Harper arbeiteten fieberhaft daran, den jungen Mann zu retten, und in meinem Hals wuchs ein Kloß.

„Ich hatte geglaubt, dass er hinter all dem steckt, doch am Ende war er derjenige, der uns alle gerettet hat."

Es dauerte nicht lange, bis Sirenengeheul hereindrang. Die Sanitäter eilten ins Haus und brachten Liam weg. Harper wich nicht von seiner Seite. Lucien blieb bei Willa und redete mit ihr, damit sie keinen Zusammenbruch erlitt. Kane trug mich hinaus, während die Sanitäter ihren Job machten und nach Zeph sahen.

Es gab nur einen Krankenwagen und Liam hatte Priorität. Kane fluchte und machte sich auf den Weg zu seinem Auto, das hinter Luciens Jeep geparkt war. Doch dann kam ein magischer Blitz aus dem Nichts und traf ihn in den Rücken, und er stolperte nach vorn und ließ mich fast in den sumpfigen Schlamm fallen.

Bea stieß einen Schrei aus, ebenfalls von einem Feuerblitz überrascht, der sie direkt in die Brust traf. Die Flammen schlugen höher, als sie schnell einen Zauber wirkte, um die Magie zu bekämpfen.

Kane setzte mich ab und drehte sich zu unserem Angreifer um.

Es war Zeph. Er stand auf der Veranda, Feuer leckte von seinen Händen empor. „Du bringst sie nirgendwohin!", brüllte er und sprang beeindruckend hoch durch die Luft. Er landete direkt vor Kane und versetzte ihm einen kraftvollen Schlag, der ihn zwei Schritte zurück gegen das Auto schleuderte, hart genug, um den Lexus zu verbeulen.

„Kane!", rief eine Stimme, und Pyper erschien. Sie hatte im Lexus auf uns gewartet.

Ich streckte meinen unversehrten Arm aus, und rohe Kraft strömte aus mir heraus, doch anstatt, dass Zeph zurückgestoßen wurde, breitete er seine Arme weit aus und saugte meine Kraft auf, wie er es schon zuvor getan hatte. Verdammt. Ich hatte gehofft, dass seine Verbindung zu meiner Magie gebrochen war, als wir das Haus verlassen hatten. Dem war nicht so. Schnell ließ ich von ihm ab und konzentrierte mich auf einen heruntergefallenen Ast. Meine Magie war so aufgeladen, dass nur eine Bewegung meines Handgelenks nötig war, und der Ast raste auf ihn zu.

Er duckte sich und lachte, als er einen Schritt auf mich zu machte.

„Weg von ihr, Arschloch", spie Pyper und sprang vor mich.

„Pyper, nein!", heulte ich auf.

Zephs Feuermagie schoss direkt auf uns zu.

Ich packte sie und zog sie herunter. Wir rutschten beide in den Schlamm und waren von Kopf bis Fuß verschmiert, als das Auto hinter uns in Flammen aufging.

Die Szene war ein komplettes Chaos, als Kane mit

seinem Dolch in der Hand wieder auf die Beine kam. Zusammen mit Bea und Lucien umkreiste er Zeph und näherte sich ihm, während der Feuerbombe um Feuerbombe auf sie abfeuerte. Überall um ihn herum entzündeten sich kleine Freudenfeuer, die es Kane, Bea oder Lucien unmöglich machten, ihm zu nahe zu kommen. Das Feuer wuchs und breitete sich aus, und Feuerranken zielten direkt auf jeden einzelnen von ihnen. Egal, wohin sie sich bewegten oder was sie taten, das Feuer kam immer wieder.

Bea tat alles, um Wasser aus dem Bayou zu leiten und das Feuer zu löschen, doch es funktionierte nicht. Es war magisch. Nichts konnte es ersticken.

Schließlich fiel Bea auf die Knie, hob die Hände gen Himmel und begann zu singen. Lucien folgte ihrem Beispiel, und obwohl ich keine Ahnung hatte, was oder wen sie rief, tat ich dasselbe, während Kane das Juwel in seinem Dolch benutzte, um das Feuer langsam zurückzudrängen, damit sie drei unversehrt blieben. Doch es war ein verlorener Kampf. In dem Moment, in dem er eine Ranke zurückdrängte, kamen weitere auf sie zu. Er konnte sie nicht ewig zurückhalten.

Ich behielt sie im Auge, während ich einen mir unbekannten lateinischen Satz sang.

Pyper schrie etwas, doch ich konnte es nicht verstehen.

Dann packte sie meine Hand und schüttelte sie, wobei sie nach rechts zeigte.

Meine Augen weiteten sich, als ich den vierzehn Fuß großen Alligator entdeckte, den wir bei Elijah getroffen hatten. Der Alligator bewegte sich schnell. Sein muskulöser

Schwanz wedelte hin und her, als er geradewegs auf Zeph zu ging. Das Feuer loderte höher, doch es hielt den Alligator nicht auf. Stattdessen bewegte er sich schneller und sprang direkt ins Feuer hinein.

Ein lauter Schrei hallte durch den Sturm, als das Feuer aufstieg, sich blau verfärbte und dann erlosch, um den Alligator inmitten eines verbrannten Kreises zurückzulassen, Zeph leblos neben ihm.

Der Sturm, der bis dahin gewütet hatte, hörte auf, und Elijah tauchte zwischen den Bäumen hervor auf, gefolgt von zwei kleinen Hunden. Er ging direkt zu seinem Alligator, tätschelte den Kopf des Reptils und sagte: „Gut gemacht, Trevor."

Der Alligator schloss die Augen, genoss eindeutig die Aufmerksamkeit und legte seinen Kopf auf Zeph, als würde er mit seinem Fang angeben.

„Ist er diesmal wirklich tot?", fragte Kane, der immer noch seinen Dolch hielt, bereit für jede plötzliche Bewegung.

„Das würde ich sagen." Elijah ging in die Hocke und betrachtete den Leichnam. „Sieht aus, als hätte Trevor seine Halsschlagader durchtrennt." Er drückte zwei Finger auf die andere Seite von Zephs Hals. „Definitiv tot."

Bea stand über der Leiche und nickte. Dann hob sie die Arme, schloss die Augen und rief: „Göttin der Toten, nimm die dunkle Seele dieses Mannes! Entferne sie, zerstöre sie, reinige den Geist und lass ihn niemals aus der Asche auferstehen!"

Der Wind frischte auf, fegte an ihr vorbei und ließ ihr kastanienbraunes Haar wehen. Sie strahlte in der dunklen

Nacht, ein Glühen um ihre Hände, als sie sie auf den Leichnam legte.

Ein schwaches Licht in Form einer schattenhaften Gestalt tauchte auf und legte ihre Hände auf Beas Hände. Das Licht sickerte in Zeph, ließ ihn strahlen wie einen Weihnachtsstern und schoss dann in die Göttin. Sie tauchte aus der Dunkelheit auf, herrlich mit ihrem langen weißen Haar, strahlenden bernsteinfarbenen Augen und goldener, von der Sonne geküsster Haut. Sie lächelte Bea an, dankte ihr für das Geschenk und verschwand in der Nacht, wobei sie nur einen Haufen Asche zurückließ, wo Zeph zuvor gewesen war.

Wir standen alle schweigend daneben und warteten darauf, dass irgendetwas Schreckliches passieren würde. Als nichts geschah, kam Kane zu mir herüber und schlang seine Arme um mich, seine Erleichterung und Liebe hüllten mich in einen Kokon seiner Gefühle.

„Geht's dir gut, Liebes?", flüsterte er mir ins Ohr.

Ich klammerte mich an ihn. „Ich glaube schon. Dir?"

„Jetzt, wo du wieder in meinen Armen bist, ist alles gut." Er drückte mich fester an sich, und obwohl ich von Kopf bis Fuß mit Schlamm verschmiert war, glaubte ich, er würde mich nie wieder loslassen wollen.

„Jade?", fragte Pyper und legte ihre Hand an meinen Rücken.

Ich zog mich von Kane zurück, ließ aber nicht los. „Ja?"

Sie runzelte die Stirn, als sie zu dem großen viktorianischen Gebäude aufblickte. „Ist noch jemand im Haus?"

Ich sah mich um und entdeckte Willa mit Lucien und

Harper, die in den Krankenwagen stiegen, in den sie Liam gebracht hatten. „Ich glaube nicht. Warum?"

Ihre Stirn runzelte sich. „Ich höre was."

Kanes Schultern wurden starr, als sie auf das Haus zuging. „Pyper, nein! Geh' da nicht rein! Erst, nachdem es durchsucht worden ist."

„Ich muss", sagte sie, und ihre Stimme klang ätherisch. „Sie rufen nach mir."

Bea ging zu ihr hinüber, nahm sie am Arm und sagte: „Ich gehe mit ihr."

„Ich auch", sagte Kane, doch als die Worte seine Lippen verließen, sah er mich an und rang eindeutig damit, mich alleinzulassen.

„Nein", sagte ich leise. „Ich glaube nicht, dass sie dich brauchen." Ich neigte den Kopf und betrachtete das Fenster im Dachgeschoss. „Pyper hat alles im Griff."

Er runzelte die Stirn, und dann dämmerte Erkenntnis in seinem Blick. „Geister?"

„Ich glaube schon. Seine Opfer."

„Verdammt", murmelte er und schüttelte den Kopf.

„Wir konnten nichts für sie tun. Ich glaube, sie waren schon tot, bevor ich überhaupt hergekommen bin." Erschöpfung übermannte mich, und mir wurde schwindelig. Ich klammerte mich an ihn und sagte: „Ich glaube, ich muss mich setzen."

„Natürlich." Er brachte mich auf den Rücksitz des Lexus und drehte sich dann um, um Elijah die Hand zu schütteln.

Der Mann klopfte Kane auf den Rücken. „Du warst beeindruckend, Junge. Wenn du jemals wieder Verstärkung brauchst, weißt du, wo du mich finden kannst."

Kane warf einen Blick auf den Alligator, der neben Elijah saß. „Das ist ein verdammt gutes Seelentier, das du da hast."

Elijah lachte. „Ja, das ist er." Der Mann kniete nieder, sagte etwas zu den beiden kleinen Hunden, die ihm gefolgt waren, und deutete dann auf Willa und den Krankenwagen. Die beiden Schnauzer sprangen davon, einer in den Krankenwagen, und der andere warf sich auf Willa.

„Elijah!", jubelte ich und beobachtete, wie Willas kleiner Hund Küsse über das Gesicht des Mädchens verteilte.

„Ja, Jade?"

„Haben Sie eine Ahnung, warum Flame – äh, Peanut – immer wieder zu mir nach Hause gekommen ist, als Harper weg war?", fragte ich. „Warum ist sie nicht einfach zu Ihnen zurückgegangen oder bei Willa geblieben?"

Er lächelte mich geduldig an. „Das ist leicht erklärt, meine Liebe. Seelentiere gehorchen ihrem Herren. Wenn Peanut immer wieder zu Ihnen zurückgekommen ist, dann deshalb, weil Harper es ihr befohlen hat. Ich vermute, Harper hat Sie für ihre beste Chance gehalten, diesen Alptraum zu überleben. Mit ihrem Seelentier in der Nähe war sie sicher, dass Sie sie wahrscheinlich nicht aufgeben würden."

„Hätte ich sowieso nicht", sagte ich und wusste, dass es die Wahrheit war. Ich konnte nicht einfach gehen, wenn jemand in Schwierigkeiten war. Das würde sich offensichtlich nie ändern.

Er griff durch das Fenster des Autos und drückte meine Hand. „Dann sind Sie eine Seltenheit, Miss Calhoun, und

Harper war schlau, weil sie ihr Vertrauen in sie gesetzt hat. Geben Sie sie auch jetzt nicht auf."

„Was meinen Sie?", fragte ich und neigte den Kopf zur Seite.

Er warf Willa und dem Krankenwagen, der gerade losfuhr, einen Blick zu. „Sie wird Ihren Einfluss im Rat brauchen. Ich fürchte, sie ist aus einem Alptraum entkommen, nur um mitten in einem anderen zu landen."

Mist auf Toast. Er hatte recht. Der Rat würde niemals Drachen frei herumlaufen lassen. Die Tatsache, dass Harper und ihre Cousinen alle Drachengaben besaßen, brachte sie in Gefahr, ausgerottet zu werden. Würde der Rat auch ihre Seelen einsperren? Die Vorstellung war so beunruhigend, dass sich mir der Magen umdrehte.

Ich starrte ihm in die Augen und sagte: „Ich werde tun, was ich kann. Das verspreche ich."

Er tat, als würde er seinen Hut lüften, schüttelte Kane die Hand und verschwand dann mit Trevor an seiner Seite wieder im Bayou.

„Wie hast du Kontakt zu ihm aufgenommen?", fragte ich Kane.

Er öffnete die Tür und setzte sich neben mich, während wir auf Pyper und Bea warteten. „Wir haben ihn gefunden, als wir nach dir gesucht haben. Als er gehört hat, dass du irgendwo im Bayou bist, hat er angeboten, als Führer zu fungieren. Hat uns direkt hierher gebracht, als ich beschrieben habe, was du mir erzählt hast. Seltsamer Typ mit einem Alligator als Seelentier. Schon interessant, dass die beiden Seelentiere der Drachen mit ihm zurückgekommen sind, als du und Willa beide verschwunden wart."

„Ja, interessant", stimmte ich zu. Doch als ich zu den Bäumen blickte, zwischen denen Elijah verschwunden war, hatte ich das Gefühl, dass Elijah meinen Suchtrupp gefunden hatte, nicht umgekehrt. Ich hatte den starken Verdacht, dass Elijah ein Seher war und fast alles wusste, was im Bayou vor sich ging. Wenn das der Fall war, dann hatte er wahrscheinlich auf jemanden gewartet, der mächtig genug war, um ihm zu helfen, Zeph zu Fall zu bringen. Gut. Es schadet nie, Freunde an unerwarteten Orten zu haben.

Die Haustür des viktorianischen Gebäudes schwang auf. Bea und Pyper kamen heraus. Bea hielt Pyper fest und stützte sie. Das Gesicht meiner Freundin war farblos, und sie sah aus, als müsste sie sich übergeben.

„Pyper?", rief ich, bereit, aus dem Auto zu steigen. „Was ist?" Ich begegnete Beas Blick. „Geht's ihr gut? Was ist passiert?"

„Ich …" Tränen liefen über Pypers Wangen, als sie den Kopf schüttelte. „Er ist ein Monster."

„Sie sind jetzt frei", sagte Bea sanft und zog sie näher an sich. „Du hast sie befreit. Sie werden diesen Alptraum nie wieder durchleben müssen."

„Seine Opfer", flüsterte ich. „Sie waren auf dem Dachboden eingeschlossen."

„Und mussten ihren Tod immer und immer wieder erleben!", keuchte Pyper, Wut strömte von ihr aus. „Wenn er nicht schon Asche wäre, würde ich ihn verbrennen."

„Das würde ich auch, Liebes", sagte Bea giftig. „Doch wir

haben seine Existenz bereits ausgelöscht. Er wird niemanden mehr verletzen."

Pyper stapfte durch den Schlamm, und ohne ein weiteres Wort zu sagen, kletterte sie auf den Beifahrersitz.

Ich griff zwischen die Sitze und drückte ihre Schulter. „Du hast etwas Gutes getan, Pyper."

Sie senkte den Kopf und weinte leise vor sich hin.

Ich lehnte mich zurück, drückte eine Hand auf meinen Bauch und sagte: „Kane. Bring mich zu Hanna."

Er sah mich an, Sorge in seinem dunklen Blick. „Du bist nicht okay, oder?"

„Ich bin ... ich weiß nicht. Ich hatte Schmerzen in meiner Seite. Ich denke, dem Baby geht es gut, aber ..."

Kane sprang auf den Fahrersitz, ließ den Motor an und winkte Bea und Lucien zu, als er losfuhr und mit seinen Hinterreifen Schlamm aufspritzte.

KAPITEL ZWEIUNDZWANZIG

*D*as stetige *Piep, Piep, Piep* des Monitors war ein vertrautes Geräusch. Seit ich nach New Orleans gezogen war, schienen Krankenhausaufenthalte zu alltäglich geworden zu sein. Doch ich war dankbar für das Geräusch, erleichtert, dass es unserer Tochter gutging. Zeph hatte es nicht geschafft, sie zu verletzen. Doch nach all dem Stress und Trauma, das ich erlitten hatte, hatten die Wehen vorzeitig eingesetzt. Darum hatte ich ein Rezept für spezielle Kräuter und Bettruhe bekommen. Der Schmerz in meiner Seite war tatsächlich nur eine Muskelzerrung gewesen. Und ich hatte recht gehabt; die Kugel hatte nichts Lebenswichtiges getroffen. Dank der Heilerin Hanna, die sagte, ich könnte mich verdammt glücklich schätzen, war meine Wunde schon versiegelt.

Ich musste ihr zustimmen.

Die Tür schwang auf, und Kane kam herein. „Guten Morgen, meine Schöne."

Ich lächelte ihn an und klopfte auf die Bettkante. „Ich habe dich vermisst."

Er kicherte und stellte einen Becher aus dem Grind auf meinen Beistelltisch. „Ich war nur eine Dreiviertelstunde weg."

„Ich weiß, aber es ist einsam hier." Ich zog einen übertriebenen Schmollmund. Ich war schon seit drei Tagen im Krankenhaus und wurde vor Langeweile wahnsinnig. „Bitte sag mir, dass du mich heute nach Hause bringst."

Er setzte sich neben mich und reichte mir eine Tasche. „Das werde ich, wenn Hanna ihr Okay gibt."

Ich öffnete die Tüte und inhalierte den Vanille-Zimt-Duft. „Oh Mann. Sag Pyper, dass sie die Beste ist und ich sie für immer lieben werde."

„Niemals. Du gehörst mir." Er beugte sich herunter und strich mit seinen Lippen über meine Stirn. Ich wusste, dass er die Worte unbeschwert und verspielt meinte, doch sie klangen schroff, mit einem Hauch von Höhlenmensch. Er schloss seine Finger um meine und drückte zu. „Weißt du, wie schwer es war, dich zu verlassen, nur um Frühstück zu holen?"

Natürlich wusste ich das. Kane hatte sich kaum drei Meter von mir entfernt, seit er mich vor drei Tagen ins Krankenhaus getragen hatte. Er hatte neben mir geschlafen, mich ins Badezimmer getragen, mir beim Duschen geholfen und sich um alles gekümmert, was ich brauchte. „Kane?"

„Ja, Shortcake?" Er hob meine Hand und drückte seine Lippen auf meine Fingerknöchel.

„Dir ist klar, dass ich dich vielleicht mit einem Zauber

belegen muss, wenn du vorhast, das zwei Monate lang durchzuziehen, oder?" Ich schenkte ihm ein süßes Lächeln.

Er hob eine Augenbraue und nahm meine Kritik zur Kenntnis. „Willst du damit sagen, dass du mein Glucken satthast?"

„Nicht ganz. Aber sobald ich hier rauskomme, bin ich mir ziemlich sicher, dass ich genug davon haben werde. Es ist nicht so, dass ich es nicht zu schätzen weiß. Das tue ich. Es ist nur –"

„Ich weiß." Er legte eine Hand auf meinen Bauch und starrte mich an, seine dunklen Augen weich und verletzlich. „Du hast keine Ahnung, wie es für mich war, als du verschwunden warst. Als wir die Stelle gefunden haben, wo du Beas Latte und die Tüte mit Gebäck fallen gelassen hast, konnte ich spüren, wie sich deine Angst dort konzentriert hat. Und ich dachte …"

Ich drückte seine Hand.

Er seufzte und schüttelte den Kopf. „Es ist egal, was ich dachte. Doch Panik hat sich in mir festgesetzt, und obwohl wir dich gefunden haben und du hier bei mir bist, kann ich dieses Gefühl immer noch nicht loswerden. Es hat mich von innen heraus gepackt, und, Jade? Ich bin immer noch durch den Wind davon. Von dir getrennt zu sein, tut körperlich weh. Also verzeih mir, wenn ich ein bisschen zu sehr glucke. Okay?"

„Kein Grund, dich zu entschuldigen." Ich streckte die Hand aus und strich ihm eine Haarsträhne aus den Augen. „Bring mich einfach nach Hause. Ich möchte es mit dir und unserer Kleinen genießen und mich auf das nächste Kapitel vorbereiten."

Seine Augen glitzerten vor Tränen, doch dann blinzelte er, und sie waren weg. „Sollst du haben, Liebes. Alles, was du willst."

„Ich will nur dich."

Er lächelte auf mich herab, und wir teilten einen stillen Moment voller Liebe, die für jeden von uns zu groß war. Schließlich senkte er seine Lippen auf meine und küsste mich sanft. Dann reichte er mir den Becher aus dem Grind und sagte: „Koffeinfreier Chai Latte von Pyper."

Ich richtete mich auf und trank einen langen Schluck. „Okay, ich glaube, ich liebe sie fast so sehr wie dich."

Er lachte und setzte sich so neben mich, dass er einen Arm um meine Schultern legen konnte. „Gut, dass es mir genauso geht, sonst wäre ich vielleicht neidisch."

„Nein. Ich würde einfach das tun, was dir so gefällt, und du würdest sie ganz vergessen."

Seine Augen funkelten schelmisch. „Bitte neck mich jetzt nicht, Jade. Ich bin mir ziemlich sicher, dass das Bild, das mir gerade durch den Kopf geschossen ist, für ein paar Monate tabu ist."

Ich seufzte und streichelte meinen Bauch. „Ja, wahrscheinlich."

„Sie ist es wert", flüsterte er.

„Ich liebe dich."

Er drückte seine Lippen an meine Schläfe und sagte: „Dito."

❧

AM VORMITTAG ENTLIEß mich die Heilerin und vereinbarte einen Termin in zwei Wochen. Meine Tasche war gepackt, und ich war zum ersten Mal seit Tagen angezogen und mehr als ein bisschen ungeduldig, zu gehen.

„Ich bin bereit", sagte ich und hielt meine Reisetasche fest.

Kane reichte der Entlassungsschwester das Klemmbrett und wandte sich wieder mir zu. „Okay. Auf geht's."

„Endlich." Ich lehnte mich in dem Rollstuhl zurück, und obwohl ich darauf brannte, auf eigenen Beinen hinauszugehen, versuchte ich, mich zu entspannen, als er den Rollstuhl durch den weißen Flur schob. Aber anstatt zum Ausgang zu gehen, fuhr Kane mich in die entgegengesetzte Richtung und brachte mich zur Intensivstation, damit wir endlich Liam sehen konnten.

Harper wartete vor seiner Tür auf uns. Ihre Augen füllten sich mit Tränen, als sie mich sah, und bevor einer von uns ein Wort sagte, schlang sie ihre Arme um mich und umarmte mich. Als sie mich losließ, fragte sie: „Wie geht's dir?"

„Besser." Ich nahm ihre Hand und drückte sie sanft. „Meine Heilerin will nur, dass ich mich ausruhe und es ruhig angehen lasse, bis das Baby hier ist."

„Es tut mir so leid, Jade", sagte sie und versuchte, die Tränen zurückzuhalten. „Ich hätte dich nie da reinziehen sollen."

Ich setzte mich aufrechter hin. „Was meinst du damit, mich hineinzuziehen? War es nicht reiner Zufall, dass Pyper und ich im Laden waren, als du vom Rat weggeschleppt worden bist?"

„Doch, aber ..." Sie kniff die Augen zusammen und sah gequält aus. „Ich war es, die dem Rat gesagt hat, dass du der Schlüssel bist, um die Situation in den Griff zu bekommen. Wenn ich Peanut nicht bei dir gelassen oder ihnen was gesagt hätte, hätten sie dir wahrscheinlich nicht befohlen, mich zu finden."

Ich schüttelte den Kopf. „Ich bezweifle das. Pyper und ich hätten schon versucht herauszufinden, was passiert war. Es war wegen der Drachensache. Wahrscheinlich wäre ich sowieso mittendrin gelandet."

Kane schnaubte, behielt seine Bemerkung jedoch für sich.

„Lass uns nicht das Schuldzuweisungsspiel spielen, okay? Es ist nicht deine Schuld, dass Zeph ein verrückter Benutzer schwarzer Magie war, der bereit war, alles zu tun, um zu bekommen, was er wollte."

Sie senkte den Blick und nickte. „Danke."

„Wie geht's Liam?", fragte ich.

„Er ist ... okay. Es geht aufwärts." Stirnrunzelnd blickte sie zurück zu seinem Zimmer. „Willst du ihn sehen?"

„Wenn es okay für ihn ist." Ich wollte ihm dafür danken, dass er so mutig gewesen war und uns alle gerettet hatte. Wer konnte wissen, was passiert wäre, wenn er nicht auf Zeph geschossen hätte?

„Lass mich ihn fragen." Sie verschwand für einen Moment im Zimmer, und als sie zurückkam, winkte sie uns, ihr zu folgen.

Liam lag an ein paar Kissen gelehnt, sein Arm in einer Schlinge. Er hatte ein verblassendes blaues Auge und eine Schiene am linken Knie, und wer weiß, welche anderen

Verletzungen er erlitten hatte, die wir nicht sehen konnten. Er hatte eine Menge durchgemacht.

„Hallo", sagte ich und streckte ihm meine Hand entgegen. „Ich bin Jade Calhoun."

Er hob seinen unversehrten Arm und schüttelte meine Hand, sein Griff war überraschend stark, wenn man seinen momentanen Zustand bedachte. „Hi."

„Das ist mein Mann, Kane Rouquette."

Kane nickte dem jungen Mann zu und sagte: „Danke, Liam. Ich glaube, ich schulde dir meinen tiefsten Dank. Ohne dich wäre es uns viel schwerer gefallen, euch allen zu helfen."

Liam blinzelte uns nur an. Dann schüttelte er den Kopf. „Ich erinnere mich an nichts."

„Du hast auf Zeph geschossen, Li", sagte Harper sanft. „Er hat versucht, Jade zu zwingen, ihm ihre Magie zu geben, damit er –"

„Ich weiß", sagte er und unterbrach sie. „Du hast es mir gesagt. Aber ich kann mich immer noch nicht daran erinnern."

Ich warf einen Blick auf Harper und dann auf Kane. „Habt ihr was dagegen, mir einen Moment allein mit Liam zu geben?"

„Natürlich nicht, Baby." Kane küsste mich auf den Kopf und zog sich zur Tür zurück.

Harper zögerte.

„Schon gut, Harper", sagte Liam. „Geh. Mir wird schon nichts passieren."

Sie bewegte sich immer noch nicht, doch als Liam seufzte, stand sie auf und folgte Kane zur Tür hinaus.

Ich rollte meinen Stuhl näher an die Seite seines Bettes, sagte aber nichts. Ich ließ einfach die Stille zwischen uns hängen.

Nach einer gefühlten Ewigkeit seufzte Liam und fragte: „Worüber wolltest du mit mir reden?"

„Alles, was du willst." Ich schenkte ihm ein zaghaftes Lächeln. „Oder gar nichts. Deine Entscheidung."

„Ich bin es so leid, dass mich die Leute fragen, wie es mir geht."

Ich sah zu ihm hinüber, überrascht, dass das seine erste Antwort war. Doch dann lachte ich. „Ja. Ich auch."

Er betrachtete meinen Bauch und fragte: „Geht's dir gut?"

„Ja. Der Rollstuhl ist nur Krankenhausvorschrift. Und um zu vermeiden, dass die Wehen wieder anfangen. Und dir, geht's dir gut?"

„Nein." Tiefer Groll lag in seinem Ton. „Ich meine, ich werd's überleben, wenn du das meinst. Aber ich weiß nicht, ob ich je wieder spielen werde." Er senkte seinen Blick auf seinen bewegungsunfähigen Arm. „Knochen zerschmettert. Ich weiß nicht, inwieweit meine Bewegungsfähigkeit wieder hergestellt werden kann, bis er geheilt ist."

„Verdammt", sagte ich leise. „Das tut mir wirklich leid."

„Mir auch."

„Weißt du, wer Bea Kelton ist?", fragte ich.

Er runzelte die Stirn. „War sie nicht eine von denen, die reingekommen sind, nachdem ich auf diesen Bastard geschossen habe?"

„Ja. Sie ist auch die ehemalige Anführerin des Hexenzirkels von New Orleans. Sie ist eine toughe Frau."

„Oh. Wow."

„Und sie ist diejenige, die die Göttin beschworen hat, die Zeph in Asche verwandelt hat", sagte ich. „Ich weiß, das ist kein Trost dafür, etwas so Kostbares zu verlieren, aber ich dachte, du solltest wissen, wer diesem Bastard den Garaus gemacht hat."

Er starrte die Wand an und sagte dann leise: „Danke."

„Ich habe dich spielen gehört …" Ich räusperte mich. „Weißt du, ich wollte sagen, dass ich dich spielen gehört habe, und es war faszinierend, aber jetzt bin ich mir nicht mehr so sicher. Warst du letzte Woche an dem Tag im Konzertsaal oder war das jemand anderes?"

„Ich war seit dem Frühjahr nicht mehr da." Er runzelte die Stirn, als er mich musterte. „Du dachtest, du hättest mich spielen sehen?"

Ich nickte und erklärte, dass ich seine Musik gehört und dann die drei Geigen auf der Bühne spielen gesehen hatte. „War das eine Illusion?"

„Ja. Zeph hat mich für ihn spielen lassen, mir dann gesagt, niemand würde mich jemals vermissen. Das muss der Grund gewesen sein."

„Verdammt." Der Typ war ein böses Genie gewesen. Ich hatte Illusionszauber vermutet, doch ich hatte geglaubt, Liam hätte sie gewirkt. „Das tut mir leid, Liam."

„Ja, mir auch." Er atmete tief durch. „Könntest du mir einen Gefallen tun?"

„Sicher." Ich beugte mich vor, wartete ab, was er zu sagen hatte, und fügte hinzu: „Wenn ich kann."

„Kannst du bitte alles tun, um Harper zu beschützen? Ich weiß, dass der Rat immer noch hinter ihr her ist. Sie haben

255

ihr gesagt, dass sie sich bis morgen früh stellen muss. Das mit dem Drachen …" Er schluckte. „Es ist nicht ihre Schuld, weißt du. Sie kann nichts dafür, was sie ist."

„Das haben sie getan?" Ich sprang fast aus meinem Stuhl und wollte sofort das Ratsgebäude stürmen. „Diese Bastarde."

Seine Augen glitzerten mit einer Entschlossenheit, die ich da noch nicht gesehen hatte. „Du wirst es also tun? Du lässt nicht zu, dass sie sie wieder einsperren? Du wirst sie beschützen?"

„Ich werde mein Bestes geben", sagte ich. Dann wurde meine Stimme weicher, als ich fragte: „Du liebst sie, nicht wahr?"

Er blickte abrupt auf und starrte mich an. „Natürlich. Ich würde alles für sie geben." Dann lächelte er traurig. „Das habe ich schon."

Ich erkannte die Liebe, die durch seinen Schmerz schien, und stand vorsichtig auf. Ich nahm seine Hand, beugte mich hinunter und gab ihm einen sanften Kuss auf seine Wange. „Halte an dieser Liebe fest, Liam. Was du für sie empfindest, ist selten und wichtig. Wichtiger als dein Talent. Wichtiger als all der Mist, der dir in den Weg geworfen wird. Hör' auf dein Herz, priorisiert einander, und ihr werdet alles überstehen. Und glaub mir, mit deiner Magie und Harpers Drachenblut wirst du es brauchen."

„Glaubst du, wir können noch mehr überstehen?", fragte er und starrte mir in die Augen.

„Ihr könnt und ihr werdet", sagte ich und setzte mich wieder hin. „Ärger findet die Starken, mein Freund. Und du und Harper, ihr beide habt besondere Gaben, die diejenigen anziehen werden, die versuchen, Macht zu manipulieren. Doch hier ist die gute Nachricht: Zusammen seid ihr stärker. Halte daran fest und nimm das Leben, wie es kommt."

Er musterte mich und blickte dann zur Tür. „Dein Mann … Kane?"

„Ja?"

„Besitzt er Magie?"

„Ja, das tut er", sagte ich. „Er ist ein Dämonenjäger. Wir haben zusammen … viel erlebt."

Er stieß einen leisen Pfiff aus.

„Aber wir haben auch vielen Menschen geholfen. Es ist nicht immer so dramatisch." Ich hätte fast gelacht. Nein, es war nicht immer so schlimm, aber es war schlimm genug. Dennoch besaß das junge Paar Macht, die andere kontrollieren wollen würden. Es war besser, dass er auf das vorbereitet war, was kommen würde.

„Ja. Das hoffe ich." Er streckte seine Hand wieder aus, und ich legte meine in seine. „Danke, Jade. Dein Besuch hat mir wirklich geholfen." Seine Worte erwärmten mein Herz.

„Gern geschehen. Jetzt kümmere ich mich um Harper, während du dich darauf konzentrierst, gesund zu werden."

„Sorg nur dafür, dass sie diejenige ist, die darauf wartet, mich nach Hause zu bringen."

Ich grinste ihn an. „Deal."

KAPITEL DREIUNDZWANZIG

„Ich muss gehen", beharrte ich, als ich mich anzog.

Kane saß auf der Bettkante und sah mich finster an. „Jade, du sollst Bettruhe halten."

Schuldgefühle ließen mich die Schultern hochziehen, und ich drückte eine Hand auf meinen Bauch. Er hatte recht. Aber ich musste zum Rat und dafür sorgen, dass sie nichts Dummes taten, wie Harper ihre Seele zu entziehen. „Kane, was soll ich sonst tun? Du weißt, dass ich mir nie wieder selbst in die Augen sehen könnte, wenn ich mich nicht für Harper einsetze. Du weißt, wie der Rat ist."

Er seufzte und schloss die Augen. „Deshalb haben wir nie einen Moment Ruhe."

Ich setzte mich neben ihn und legte meine Hand in seine. „Dann komm mit mir!"

„Ja, okay. Aber wenn du zu irgendeinem Zeitpunkt eine Wehe oder irgendwelche Schmerzen oder auch nur leichte

Übelkeit verspürst, bringe ich dich direkt nach Hause. Verstanden?"

„Verstanden." Ich lächelte ihn an.

„Tu das nicht." Er warf mir einen strengen Blick zu. „Versprich mir, dass du kein Risiko eingehst."

Ich malte mit meinem Finger ein Kreuz über mein Herz und sagte: „Versprochen."

„Kommt Pyper mit?", fragte er und fuhr sich mit der Hand durch sein dichtes dunkles Haar.

„Ja, sie –"

„Ich bin hier!", rief Pyper aus dem anderen Raum. „Bereit?"

Kane hob eine Augenbraue. „Denkst du, sie hat Kaffee mitgebracht?"

„Natürlich habe ich das." Pyper betrat mit zwei Bechern das Zimmer. Sie gab einen mir und einen Kane. „Gebäck ist im Auto. Lasst uns gehen."

Kane nahm mir den Becher ab und gab ihr beides zurück. Dann, bevor einer von uns ein Wort sagen konnte, hob er mich in seine Arme, trug mich zum Auto hinaus und setzte mich auf den Rücksitz.

Ich lachte. „Damit du es weißt, ich hätte leicht zum Auto gehen können."

„Vielleicht. Aber einer von uns muss vorsichtig sein." Er rannte auf die andere Seite und setzte sich auf den Beifahrersitz. Dann beugte er sich vor und warf einen Blick auf Pyper, die auf dem Gehsteig stand. „Komm. Lass uns fahren."

Kopfschüttelnd stieg sie ins Auto, reichte uns unsere Becher und chauffierte uns dann zum Rat.

„SIE DÜRFEN NICHT HIER SEIN", sagte die Empfangsdame. „Madam Tempest hat mich gebeten, Ihnen zu sagen, dass Sie einen Termin vereinbaren sollen."

„Wir gehen nicht weg", sagte ich. „Madam Tempest hat mir die Aufgabe übertragen, Harper zu finden. Das habe ich. Jetzt muss ich ihr Bericht erstatten. Ich sollte Bettruhe einhalten, also wenn hier in Ihrem Foyer meine Wehen einsetzen, weil Sie mich haben warten lassen, haben Sie eine massive Klage am Hals."

Die arme Empfangsdame schluckte und stammelte: „Ich … ähm, ich bin gleich wieder da."

Pyper kicherte und lehnte sich an den Empfangstresen. „Nett."

Kane saß auf einem der Wartestühle und wippte ungeduldig mit dem Fuß.

Ein paar Minuten vergingen, bevor Madam Tempest erschien. Sie runzelte die Stirn. „Bettruhe?"

„Auf Befehl der Heilerin. Wenn Sie meinen Bericht hören wollen, dann hören Sie ihn jetzt."

Sie starrte mich ausdruckslos an.

Ich zuckte mit den Schultern.

„Also gut, dann kommen Sie", sagte sie sichtlich genervt.

Ich schenkte ihr ein zufriedenes Lächeln und bedeutete Pyper, mir zu folgen. Kane bewegte sich nicht. Er wusste, Madam Tempest würde ihn nicht tolerieren.

Wir folgten ihr in denselben Raum, in dem sie uns zu Anfang der Geschichte befohlen hatte, Harper aufzuspüren.

„Nehmen Sie Platz", sagte sie.

Pyper und ich sahen einander an und setzten uns.

„Wir werden Harper und ihre Cousine jeden Moment herbringen, doch ich möchte zuerst von Ihnen hören", sagte Tempest.

„Also gut." Ich lehnte mich im Stuhl zurück. „Harper ist für niemanden eine Gefahr. Sie hat nicht versucht, irgendwelche Drachen zu entfesseln. Das war Zeph. Und wissen Sie, warum?"

Madam Tempest sagte kein Wort. Sie starrte mich nur an und wartete darauf, dass ich fortfuhr.

Ich seufzte. Der Rat würde sich nie ändern. „Er war mit Delphinia zusammen. Er war davon überzeugt, dass er, wenn er meine Magie stehlen könnte, genug Macht hätte, um die Drachenseelen der Mädchen zu stehlen und sich selbst in einen zu verwandeln. Er wollte Delphinia befreien und an ihrer Seite herrschen. Was auch immer das heißt."

„Ja. Das haben wir gehört." Sie winkte ab, und einen Moment später betrat Kinsley den Raum. „War das wahr?", fragte sie die junge Frau.

Kinsley nickte. „Es ist ihre Wahrheit, wie sie sie sieht."

„Es ist, was Zeph gesagt hat", beharrte ich. „Ich habe keinen Grund zu der Annahme, dass es nicht die Wahrheit ist."

„Ich verstehe." Tempest stand auf und verließ den Raum.

Pyper und ich sahen einander und dann Kinsley an. „Was geht hier vor?", fragte ich die Wahrheitssucherin.

„Sie wird Harper aussagen lassen." Kinsley setzte sich ans Kopfende des Tisches und holte einen gelben Notizblock hervor. Aus dem Nichts tauchte ein Stift auf, und sie begann zu schreiben.

Die Tür öffnete sich, und Tempest kam wieder herein. Harper folgte ihr, die Hände mit Kabelbindern gefesselt.

Ich starrte Tempest finster an. „Soll das ein Witz sein? Sie ist keine Kriminelle. Warum halten Sie sie so fest?"

„Das ist ein Standardverfahren, Miss Calhoun", fauchte Tempest. „Ich schlage vor, Sie beruhigen sich, sonst sind wir gezwungen, auch bei Ihnen Vorsichtsmaßnahmen zu ergreifen."

„Heilige Scheiße", murmelte Pyper. „Sind hier alle durchgeknallt, oder kommt mir das nur so vor?"

„Schon gut", sagte Harper und hielt den Kopf hocherhoben. „Wenn ich das tun muss, um zu beweisen, dass ich keine Bedrohung bin, dann werde ich das tun." Sie begegnete Kinsleys Blick und sagte: „Sagen Sie ihr ruhig, wenn etwas, das ich sage, nicht hundertprozentig ehrlich ist."

„Das werde ich", sagte Kinsley mit einem Nicken.

„Fangen wir mit dem Tag an, an dem wir Sie hierher gebracht haben, um sie zu befragen", sagte Tempest.

Befragen? Sollte das ein Witz sein? Sie hatten sie verschleppt und vorgehabt, sie anzuklagen und vor ihr Scheingericht zu stellen. Doch ich sagte nichts und wartete darauf, zu hören, was genau an diesem Tag passiert war.

„Nun, ich war bei der Arbeit", sagte Harper. „Ich habe noch nicht lange dort gearbeitet. Zeph, der Manager, hat mich in dem Feinkostgeschäft besucht, in dem ich gearbeitet habe. Hat mir den Job angeboten, bessere Bezahlung, bessere Arbeitszeiten. Ich habe das Angebot angenommen, ohne zu wissen, dass er mich nur im Auge behalten wollte. Wie auch immer, an dem Tag, als der Rat mich hierher gebracht hat, hat Zeph sofort davon erfahren, und er ist derjenige, der mich hier rausgeholt hat."

„Wie?", fragte Tempest mit zusammengekniffenen Augen.

„Er ist wirklich gut in Illusionszaubern", sagte Harper.

„War gut", warf ich ein.

„Richtig", nickte sie. „War. Wie auch immer, er hat einen Zauber benutzt, um wie eine der Wachen auszusehen, und als er mich gefunden hat, hat er einen Zauber benutzt, mich wie eine andere Wache aussehen zu lassen, und wir sind beide einfach hier rausspaziert, ohne dass jemand ein Wort gesagt hat."

Tempest warf Kinsley einen Blick zu. Sie nickte. Die Ratshexe beugte sich vor. „Und Sie sind bereitwillig mit ihm gegangen? Haben Sie nicht gedacht, dass Sie vielleicht in viel größere Schwierigkeiten geraten würden, wenn wir Sie wiederfinden?"

Harper stieß ein humorloses Lachen aus. „Sie gehen davon aus, dass ich eine Wahl hatte, Madam Tempest. Zeph hat mich nicht gefragt, ob ich mitkommen will. Er hat den Zauber gewirkt und mir dann befohlen zu gehen. Ich hätte nicht bleiben können, selbst wenn ich es gewollt hätte."

„Ich verstehe." Tempest runzelte die Stirn. „Dann sind unserer Sicherheitsmaßnahmen nicht annähernd so wirkungsvoll, wie wir glauben."

Kinsley machte weiter Notizen, während Harper jedes blutige Detail ihrer Gefangenschaft in Zephs viktorianischer Villa durchging. Als sie zu dem Teil kam, in dem Zeph einen Illusionszauber benutzt hatte, der ihn wie sie hatte aussehen lassen, um mich anzugreifen, achtete ich besonders auf Kinsleys Reaktion. Und als sie mit einem Nicken bestätigte, dass Harper immer noch die ganze Wahrheit sagte, entspannte ich mich. Die Studentin hatte sich mir gegenüber zu keinem Zeitpunkt falsch verhalten. Meiner Meinung nach hatte sie eine Medaille verdient, weil sie geholfen hatte, Zeph zur Strecke zu bringen.

Als sie fertig war, liefen Tränen über ihr Gesicht, doch ihre Stimme war fest, als sie sich Tempest zuwandte und sagte: „Ich weiß, dass Sie tun werden, was Sie tun müssen. Aber ich hoffe, Sie ziehen mein Angebot in Betracht."

„Und was ist das für ein Angebot?", fragte Tempest und beobachtete die Frau interessiert. Ich war mir nicht sicher, ob es nur meine Einbildung war, aber ich hätte schwören können, dass die Ratshexe von Harpers Rückgrat aus Stahl beeindruckt war. Ich war es auf jeden Fall.

Harper holte tief Luft. „Anstatt meine Familie und mich auszurotten, nur weil wir von Drachen abstammen, lassen Sie uns für den Rat arbeiten."

„Für uns arbeiten?", fragte Tempest und hob neugierig eine Augenbraue. „Warum?"

Harpers Miene wurde grimmig, als sie ihre Fäuste ballte und sagte: „Weil das Einzige, was ich mit meinem Leben tun möchte, ist, andere vor kranken Wichsern wie Zeph zu schützen. Ich habe nicht um diese Drachenkräfte gebeten, aber da ich sie habe, möchte ich sie sinnvoll einsetzen. Stellen Sie uns als Ermittler oder Gesetzeshüter oder Beschützer ein. Was auch immer Sie denken, wie wir dem Rat am besten dienen können. Aber lassen Sie uns für Sie arbeiten, um diejenigen zu erledigen, die versuchen, ihre Kräfte für das Böse einzusetzen."

„Whoa", sagte ich leise. Damit hatte ich nicht gerechnet, und dem Ausdruck auf Tempests Gesicht nach zu urteilen, sie auch nicht.

„Das ist nicht die ganze Wahrheit", sagte Kinsley und starrte Harper an. „Es gibt noch einen weiteren Grund, warum Sie für den Rat arbeiten wollen, nicht wahr?"

Misstrauen ging von Tempest aus, als sie Harper ansah. „Was wollen Sie von uns?"

Harper lachte schallend. „Ist das nicht offensichtlich?"

Für mich war es das. Und anscheinend auch für Pyper, da sie mit den Augen rollte.

„Sie müssen mich aufklären, Miss Spelling", sagte Tempest.

„Ich möchte nicht eingesperrt sein oder dass mir meine Seele genommen wird oder irgendwelche anderen Dinge, die der Rat für meine Cousinen und mich geplant haben könnte. Wir würden lieber für Sie arbeiten und Gutes tun, als gegen Sie zu kämpfen." Sie warf Tempest einen gereizten Blick zu. „Ist das so schwer zu verstehen?"

Tempest lehnte sich in ihrem Stuhl zurück und musterte Harper interessiert. Dann lachte sie leise. „Nein. Ich denke, das ist es nicht." Sie richtete ihren Blick auf Kinsley.

Die Wahrheitssucherin nickte ihr kurz zu.

„Gut." Tempest nickte. „Geben Sie ihr den Vertrag."

Wir beugten uns alle vor und warteten, um zu sehen, was der Vertrag beinhaltete.

Harper nahm ihn und überflog die Seite. Als sie am Ende ankam, weiteten sich ihre Augen überrascht. Dann blickte sie auf und sah Tempest stirnrunzelnd an. „Sie hatten den

Vertrag schon vorbereitet? Das heißt, sie wollten uns sowieso Jobs anbieten? Warum?"

Tempest zuckte mit den Schultern, die menschlichste Geste, die ich je bei ihr gesehen hatte. „Sagen wir einfach, der Rat ist sich des Wertes von Drachen in unserem Angestelltenkreis bewusst. Ich war mir nicht sicher, ob ich Ihnen das Angebot machen würde, doch nachdem wir hier gesprochen haben, denke ich, dass wir vielleicht einen Probelauf versuchen sollten. Haben Sie die Befugnis, für Ihre Cousinen zu sprechen? Diejenigen, die Drachenmagie besitzen?"

„Ja", sagte Harper. Sie zog ein notariell beglaubigtes Dokument heraus. Es war von ihren Cousinen unterzeichnet worden, die alle zugestimmt hatten, Harper in ihrem Namen verhandeln zu lassen.

„Ausgezeichnet. Dann funktioniert unser Vertrag so, wie er ist. Und jeder in Ihrer Familie, der Drachenmagie entwickelt, muss sich als Angestellter registrieren und sich beim Rat melden. Wenn er oder sie es nicht tut, werden dem- oder derjenigen Disziplinarmaßnahmen auferlegt. Drachen sind gefährlich. Das ist eine Tatsache. Doch wir erkennen an, dass Sie sich Ihre Abstammung nicht aussuchen können, und Sie für Ereignisse zu bestrafen, die sich Ihrer Kontrolle entziehen, ist nicht das Vorgehen einer Organisation, die wir sein möchten." Sie nickte zum Vertrag. „Unterschreiben Sie, und wir sind hier fertig."

Harper starrte sie mit offenem Mund an. Doch als Kinsley ihr den Stift reichte, zögerte Harper nicht. Sie unterschrieb den Vertrag schwungvoll und lächelte, als sie ihn Tempest zurückgab.

Die Ratshexe betrachtete den Vertrag, übergab ihn Kinsley und wandte sich dann mir zu. „Zufrieden, Miss Calhoun?"

Ich grinste sie an. „Sehr. Und angenehm überrascht."

Tempest erhob sich von ihrem Platz. „Versuchen Sie, das nicht zu vergessen", sagte sie zu mir. „Wir sind nicht mehr dieselbe Organisation wie zu Beatrice Keltons Tagen als Anführerin des Zirkels." Sie streckte mir ihre Hand entgegen. „Das ist nicht das erste Mal, dass wir miteinander zu tun hatten. Doch ich hoffe, dass unsere Interaktionen in Zukunft weniger … strittig sein werden."

Ich betrachtete ihre Hand, nahm sie aber nicht. „Wissen Sie, das wäre leichter zu glauben, wenn Sie keine Agenten schicken würden, um unschuldige Menschen zu verhaften und sie dann dazu zu nötigen, Ihre Befehle auszuführen."

Sie nickte mir kurz zu. „Sie haben vollkommen recht. Ich entschuldige mich dafür. Es wird nicht wieder vorkommen."

Ich warf Pyper einen Blick zu. Sie zuckte mit den Schultern.

„Sie meint es ehrlich", sagte Kinsley leise.

Tempest sah sie finster an, doch ich lachte nur.

„Also gut." Ich schüttelte Madam Tempest die Hand. „Auf eine kooperative Zukunft."

„Ich freue mich auf die Zusammenarbeit mit Ihnen, Miss Calhoun", sagte sie steif. „Viel Glück mit Ihrer Schwangerschaft." Sie ließ meine Hand los, nickte Harper zu und eilte dann aus dem Raum, den Kopf hocherhoben, Kinsley direkt hinter ihr.

Harper blickte von der Tür zu mir und fragte: „Ist das wirklich gerade passiert?"

„Scheint so." Ich stand auf und umarmte sie. Als sie sich zurückzog, sagte ich: „Herzlichen Glückwunsch, denke ich."

Sie kicherte. „Es ist auf jeden Fall besser, als im Kerker eingesperrt zu sein."

„Nun", sagte Pyper mit einem sündigen Grinsen. „Ich denke, das hängt vom Kerker ab."

Harper lachte, während ich stöhnte. „Jemand hat zu viel Zeit mit Ida May verbracht."

„Wer ist Ida May?", fragte Harper.

„Du wirst schon sehen", sagte ich und ging voraus, um mich von meinem Mann nach Hause bringen zu lassen.

KAPITEL VIERUNDZWANZIG

„Du siehst umwerfend aus", sagte ich zu Kat und strich eine Strähne ihres Haares glatt, während ich ihren Schleier befestigte. Sie trug ein elegantes, figurbetont geschnittenes weißes Meerjungfrauen-Hochzeitskleid, das ihre unglaubliche Figur zur Geltung brachte. „Lucien wird den Verstand verlieren."

„Das wird er, nicht wahr?", stimmte sie zu, ihre Augen strahlten vor so viel Glück, dass ich dachte, mein Herz würde vor Liebe platzen.

Pyper betrat das Schlafzimmer und hielt drei Champagnergläser in der Hand. Eines reichte sie Kat und das andere mir. Sie beugte sich vor und sagte: „Jade, in deinem ist Apfelschorle."

Ich setzte mich aufs Bett und seufzte. „Natürlich."

„Hey, wenigstens bist du hier!", sagte Kat und prostete mir zu.

„Es tut mir so leid, dass ich den Junggesellinnenabschied

verpasst habe", sagte ich zum zehnten Mal. „Du weißt, dass ich dabei sein wollte."

„Du meine Güte. Weißt du noch?", sagte Kat zu Pyper und machte eine obszöne Geste.

Pyper lachte. „Kannst du glauben, dass er das getan hat? Diese armen Frauen aus Tennessee werden nie wieder dieselben sein."

„Hey." Ich wedelte mit einer Hand vor ihren Gesichtern. „Ich bin auch noch hier! Schwangere Frau, die den Abend im Bett verbringen musste und nicht an den Feierlichkeiten teilnehmen konnte."

„Tut mir leid, Jade", sagte Kat, ihre Augen tanzten immer noch amüsiert. „Beim nächsten bist du dabei. Und keine Sorge, ich habe das Gefühl, Pypers Junggesellinnenabschied wird episch."

„Das wird er, wenn du ihn planst", sagte Pyper zu ihr.

„Ihr zwei scheint euch ... nähergekommen zu sein", sagte ich und beobachtete sie genau. Sie waren Freundinnen, aber sie waren mir näher als einander. Vielleicht hatten sie durch meine Abwesenheit einen Weg gefunden, einander näherzukommen.

„Das passiert, wenn man Tequila, Stripper und Kurze mischt", sagte Kat.

„Ganz zu schweigen von Dildohaarreifen und Pralinen in Phallusform", fügte Pyper hinzu.

Ich kicherte. „Klingt nach einem perfekten Abend voller Ausschweifungen."

„Das könnte man sagen", sagte Pyper und strich ihr kurzes rotes Cocktailkleid glatt. Nachdem Kat jedes Brautmodengeschäft im Umkreis von fünfzig Meilen abgesucht hatte, hatte sie sich schließlich entschieden, uns unsere eigenen Brautjungfernkleider aussuchen zu lassen. Die einzige Einschränkung war, dass sie kirschrot sein mussten.

Pyper hatte sich für ein eng anliegendes Neckholder-Top entschieden, während ich eines im Babydoll-Stil ausgesucht hatte, das schön über meinen Babybauch fiel. Ich fand es schmeichelhaft, doch Kane hatte gesagt, es sei verdammt sexy, und ich musste seine Hände fast von mir wegschlagen, nachdem ich ihn gebeten hatte, den Reißverschluss für mich zuzuziehen. Ich sollte immer noch Bettruhe halten, aber Hanna hatte mir grünes Licht gegeben, an der Hochzeit teilzunehmen, solange ich so wenig wie möglich auf den Beinen war.

„Kat, ich habe eine Überraschung für dich", sagte ich.

„Oh ja? Ich hoffe, es ist nicht noch ein Feuerball. Das Ding hat mich neulich Nacht praktisch dazu gebracht, mir die Klamotten vom Leib zu reißen, bevor ich überhaupt in der Wohnung war." Sie lachte wieder mit Pyper und zeigte dann auf sie. „Die ist gefährlich."

„Nein, der Drink ist gefährlich", sagte Pyper. „Ich habe dich gewarnt, vorsichtig zu sein."

„Du hättest mich warnen sollen, dass es mir die Kleider vom Leib fallen lässt." Ein schüchternes Lächeln huschte über ihre Lippen. „Aber Lucien hat sich nicht beschwert."

„La, la, la, la, la", sagte ich und steckte mir wie eine Zwölfjährige die Finger in die Ohren. „Zu viel Information. Zu viel Information."

Gelächter erfüllte den Raum, und ich grinste sie an, dankbar für meine beiden besten Freundinnen. Nachdem ich es nicht zu ihrem Junggesellinnenabschied geschafft hatte, hatte Kat ihren Polterabend verschoben, und wir hatten ihn vor ein paar Tagen bei mir zu Hause gefeiert, wo ich auf die Couch verbannt worden war. Alles war wunderschön gewesen, von den Blumenarrangements aus Gänseblümchen und Sonnenblumen hin zu den kunstvoll verzierten Keksen. Und das Essen. Meine Güte! Kat hatte einen Koch aus der Nachbarschaft gefunden, der sich mit Crab Cakes, pikantem Meeresfrüchte-Käsekuchen, frittierten grünen Tomaten, Gumbo und Kartoffelsalat selbst übertroffen hatte. Der Tag war perfekt gewesen.

Und jetzt würde ich zusehen, wie die Frau, die seit mehr als zwanzig Jahren an meiner Seite war, einen der besten Männer heiratete, die ich kannte. Ich räusperte mich. „Seid ihr beide fertig?"

Kat drehte sich mit funkelnden Augen zu mir um. „Für den Moment."

„Gut. Wie gesagt, ich habe eine Überraschung für dich."

Sie sah sich im Zimmer um. „Gut. Wo ist sie?"

„Hier, Honey", sagte eine Frau von der Tür aus.

Kat blieb der Mund offenstehen, und sie fing ein wenig an zu zittern, als sie sich umdrehte und die kleine, rundliche Frau anstarrte, die gerade hereingekommen war. Ihr rotes Haar war eine Nuance dunkler als das von Kat, doch sie hatte dieselben Locken, und die gleichen haselnussbraunen Augen.

„Mom?"

Mrs. Hart breitete die Arme aus und sagte: „Ich bin hier, Süße."

Kat flog in die Arme ihrer Mutter und umarmte sie fest.

„Ich kann nicht glauben, dass du es hergeschafft hast. Ich dachte ..." Sie unterdrückte die Tränen. „Ist Dad auch hier?"

„Natürlich bin ich das." Mr. Hart, ein großer Mann von fast eins neunzig, stieß die Tür weiter auf und trat grinsend ein. Er legte die Arme um seine Frau und sein einziges Kind. „Diesen Tag konnten wir einfach nicht verpassen, Kitty Kat."

Kat zog sich zurück und benutzte die Handrücken, um ihre Tränen abzutupfen. „Aber ich dachte, du kannst nicht fliegen. Wie seid ihr hierhergekommen? Seid ihr den ganzen Weg gefahren?"

„Oh Gott, nein", sagte Hildie Hart. „Du weißt, dass ich im Auto reisekrank werde. Und dann setzt die Angst ein. Seit der Menopause kann ich es kaum ertragen, mehr als zehn Meilen in die Stadt zu fahren. Das war nie eine Option."

„Ihr seid also geflogen?" Sie warf ihrem Vater einen Blick zu.

Er nickte. „Hope und Marc sind mit Kräutern vorbeigekommen. Ich sage dir, sie waren magisch. Um es auszuprobieren, haben wir einen kurzen Ausflug an die Küste von Oregon gemacht. Deine Mutter hat die Kräuter genommen, und sie war stundenlang vollkommen entspannt. Das war was! Wer hätte das geahnt?"

„Alle Hippies dieser Welt?", flüsterte Pyper mir zu.

Ich schluckte ein Lachen herunter und strahlte sie an. Ich hatte gewusst, dass meine Mutter etwas haben würde, was Hildie helfen könnte. Ich hatte nur nicht gewusst, ob sie für die Kräuter meiner Mutter empfänglich wäre. „Ich bin so froh, dass Sie hier sind, Mrs. Hart."

„Ach, Jade. Ohne dich und deine Mutter hätte ich nicht

dabei sein können, wenn mein Baby zum Altar geht. Danke." Sie setzte sich neben mich aufs Bett. „Du hast keine Ahnung, wie dankbar ich bin."

„Ich habe nichts getan." Ich umarmte sie. „Das waren alles Sie. Sie waren diejenige, die mutig genug war, in das Flugzeug zu steigen. Und jetzt sehen Sie sich an." Ich zog mich zurück und betrachtete anerkennend ihr funkelndes silbernes Brautmutterkleid. „Sie sind wunderschön."

„Danke, Jade." Sie küsste mich auf die Wange. „Dich im Leben unserer Tochter zu haben, ist so ein Segen." Sie stand auf und ging zurück zu Kat und ihrem Mann. Nach ein paar Augenblicken gingen Kats Eltern, um ihre Plätze zu suchen.

„Jade", sagte Kat, und die Tränen flossen wieder. „Ich kann nicht glauben, dass du das getan hast."

„Ich habe nichts getan." Ich nahm das Taschentuch, das ich während der Zeremonie bereithalten wollte, und reichte es ihr.

„Doch, das hast du. Du hast deine Mutter angerufen und sie um Hilfe gebeten. Und jetzt sind meine Eltern hier." Sie saß neben mir, genau da, wo ihre Mutter vor ein paar Minuten gesessen hatte. „Wusstest du, dass sie kommen?"

Ich lächelte sie nur an.

„Du hast es gewusst! Verflixte Geheimnistuerei. Danke. Jetzt ist der Tag perfekt."

Wir umarmten uns und lachten durch unsere Tränen. Und dann, als Pyper schniefte, nachdem auch sie von Emotionen überwältigt war, lachten wir noch mehr.

Schließlich klopfte es an der Tür. „Sind alle salonfähig?", fragte Kane.

„Nicht, wenn ich in der Nähe bin", scherzte Pyper, als sie die Tür öffnete. „Aber lass dich davon nicht aufhalten."

Er musterte sie von Kopf bis Fuß und stieß einen leisen Pfiff aus. „Siehst gut aus, Pypes."

„Danke. Du aber auch." Sie zwinkerte uns zu. „Sieht so aus, als ob die Party startbereit ist. Ich werde nach den Blumensträußen sehen. Wir sehen uns unten."

Nachdem sie gegangen war, kam Kane zu mir und streckte seine Hand aus. „Fertig, hübsche Hexe?"

Ich sah Kat an. „Sind wir bereit?"

Sie nickte nüchtern. „Nur, weil du nicht mit mir am Altar stehst, heißt das nicht, dass du nicht immer noch meine Matron of Honor bist. Du weißt das, oder?"

„Matron. Das lässt mich so alt klingen." Ich grinste.

„Ja. Alt. Ich meine, wir reden hier von bereits einem Fuß im Grab. Erstaunlich, dass deine Gebärmutter überhaupt noch funktioniert." Sie verdrehte die Augen, lachte und wurde dann ernst. „Ich wollte nur sagen, dass, obwohl Pyper in den letzten Wochen für dich eingesprungen ist, dich hier drin nie jemand ersetzen wird." Sie drückte ihre Hand auf ihr Herz. „Du bist die Schwester, die ich nie hatte, und du weißt immer, was ich brauche."

Tränen stiegen in meine Augen, und ich machte mir nicht die Mühe, sie wegzuwischen. Es hatte keinen Sinn. Der Tag war schon zu emotional, und es war von vornherein ein verlorener Kampf. „Geh einfach und konzentrier dich aufs Heiraten. Heute dreht sich alles um dich und Lucien", versprach ich. „Mach dir um nichts Sorgen."

„Berühmte letzte Worte", sagte sie mit einem sanften

Lächeln. „Solange keine Engel aufkreuzen und mir befehlen, jemanden aufzuspüren, denke ich, dass alles gut gehen wird."

Kane und ich lachten darüber. Als Kane und ich zum ersten Mal versucht hatten, im Plantagenhaus zu heiraten, war genau das passiert. Die gesamte Veranstaltung war verschoben worden, bis wir Mati aus einer leeren Welt gerettet hatten.

„Das wird nicht passieren", sagte ich energisch. „Du hattest mit der Verschiebung des Polterabends schon deinen Hochzeits-Snafu. Heute wird alles perfekt."

Sie holte tief Luft, straffte die Schultern und folgte Kane, der uns beiden vorausging. Gerade als wir das Ende des Flurs erreichten, flüsterte sie: „Von deinen Lippen in die Ohren der Göttin."

Die Hochzeitsplanerin überreichte Kat und mir unsere Blumensträuße. Dann küsste ich Kat auf die Wange, wünschte ihr Glück und ließ mich von Kane die Treppe hinunter und zu meinem Platz in der ersten Reihe neben Kats Mutter bringen, wo ich zusah, wie sie und Lucien sich schworen, einander für immer zu lieben, ohne auch nur einen Pieps aus der übernatürlichen Welt.

KAPITEL FÜNFUNDZWANZIG

$\mathcal{E}$ s war ein paar Tage vor Halloween, und mein Energielevel war durch die Decke gegangen. Hanna hatte mich die Woche zuvor endlich aus der Bettruhe entlassen, und ich war wie ein Tasmanischer Teufel gewesen, hatte geputzt, organisiert und das Haus auf unser Baby vorbereitet. Ich hatte es sogar ein paarmal geschafft, mit Pyper und Kat zu Mittag zu essen.

Nachdem ich fast zwei Monate auf dem Sofa und im Bett verbracht hatte, hatte ich allmählich das Gefühl gehabt, dass mir die Decke auf den Kopf fällt. Heute, bei strahlendem Sonnenschein, wollte ich nur draußen spazieren gehen. Und da Kane immer noch nervös war, wenn ich allein durch die Straßen ging, rief ich Pyper an und sagte ihr, dass ich eine Eskorte brauchte.

„Hallo?", rief Pyper, als die Haustür zuschlug. „Wo ist die werdende Mama?"

„Hier!", rief ich aus dem Kinderzimmer. Ich war damit

beschäftigt, Windeln, Strampler und all die zahllosen anderen Dinge wegzuräumen, die man für einen winzigen Menschen braucht.

Pyper kam herein und trug ihre übliche Papiertüte und einen Becher aus dem Grind. „Ich hab' dir was mitgebracht."

„Oh, ich liebe dich", sagte ich und nahm ihr den entkoffeinierten Chai ab. „Bereit zu gehen?"

„Wenn du's bist?" Sie hob eine Augenbraue, während sie mich von oben bis unten betrachtete. „Du siehst aus, als würdest du gleich platzen."

Ich blickte auf meinen riesigen Bauch und seufzte. „Ja. Ich denke, dass die Bettruhe zu gut funktioniert hat."

Sie kicherte. „Na ja, setz dich erst einmal hin und lass mich dir deine Schuhe anziehen."

Ich blickte wieder nach unten, konnte meine Füße nicht sehen. „Ich habe keine Schuhe an?"

„Doch, aber es sind Hausschuhe, Jade." Sie schnaubte amüsiert, verschwand und kehrte mit meinen Sneakers zurück.

„Ich bin mir nicht sicher, ob die funktionieren", sagte ich skeptisch. „Sind meine Füße nicht geschwollen?"

„Wir werden es gleich herausfinden." Sie kniete sich vor mich, und mit ein bisschen Anstrengung schaffte sie es, sie mir anzuziehen. Dann stand sie auf und deutete mit dem Daumen auf die Tür. „Na bitte. Abmarschbereit."

„Cool." Ich hätte Plastiktüten an meinen Füßen tragen können, und es wäre mir nicht aufgefallen. Mein Rücken schmerzte, und ich hoffte, dass ein Spaziergang ein bisschen helfen würde.

Sie öffnete mir die Tür, und gemeinsam machten wir

uns auf den Weg zum Fluss. Der Himmel war strahlend blau, nirgendwo waren Wolken, und die Sonne brannte warm auf meiner Haut. Ich stand an der Brüstung des Piers und neigte meinen Kopf der Sonne entgegen, während sich Glück in meinen Knochen ausbreitete. In den letzten zwei Monaten war alles ruhig gewesen. Kats Hochzeit war magisch gewesen. Die von Pyper stand vor der Tür, und das Leben hätte nicht besser sein können.

Wenn nur mein Rücken nicht so wehtun würde.

„Komm", sagte ich zu ihr. „Zeit zu gehen."

„Jade, vielleicht sollten wir …"

Platsch.

Wir starrten beide auf den Flüssigkeitsschwall zu meinen Füßen, die den gepflasterten Gehweg dunkel färbte. Ich war erstarrt, geschockt, noch nicht ganz bereit. Der Becher rutschte mir aus der Hand, und der Chai spritzte über meine Füße, als der Becher wegrollte.

„Heilige Scheiße, Jade. Sieht aus, als hätte der Spaziergang funktioniert." Pyper zog ihr Handy heraus und tippte auf das Display. „Kane? Hol uns auf der Decatur vor dem Café Du Monde ab. Showtime." Sie hielt inne. „Ja. Wir waren spazieren."

Der Schmerz in meinem Rücken wurde intensiver, und ich stöhnte laut, als meine Knie beinahe nachgaben.

„Meine Güte. Beeil dich. Ich glaube, sie hatte schon eine Weile Wehen." Sie beendete das Gespräch und legte ihren Arm um meine Taille. „Komm, Jade. Wir müssen zur Straße. Kane holt uns gleich ab."

„Wo ist er?", keuchte ich.

„Im Club. Er wird wahrscheinlich auf der Straße sein, bevor wir es überhaupt die Treppe runtergeschafft haben."

Die Wehen setzten hart und schnell ein und machten es mir fast unmöglich zu gehen. Pyper schaffte es zwar, mich die erste Treppe hinunterzubekommen, holte dann aber wieder ihr Handy hervor und rief Kane an. „Neuer Plan. Hinter dem Washington Artillery Park ist ein Parkplatz. Warte dort auf uns."

„Kommt er?", fragte ich mit zusammengebissenen Zähnen.

Bevor sie antworten konnte, kam Kanes Lexus mit quietschenden Reifen direkt neben uns zum Stehen. Kane sprang heraus, hob mich hoch und schob mich auf den Rücksitz, dann schrie er Pyper zu, dass sie fahren solle.

Sie sprang ins Auto, und ehe ich mich versah, rasten wir vom Parkplatz und wichen Touristen mit Präzision aus.

„Hey, Shortcake", sagte Kane und rieb mir die Schultern. „Geht's dir gut?"

„Jetzt schon", sagte ich und lächelte ihn an. „Freust du dich darauf, endlich unsere Tochter kennenzulernen?"

„Mehr als du dir vorstellen kannst." Er drückte einen Kuss auf meine Stirn und legte seine Hand auf meinen Bauch, gerade als die nächste Wehe einsetzte.

Ich stöhnte leise, begrüßte aber den Schmerz. Ich hatte so lange auf diesen Tag gewartet. Es war jeden Schmerz wert, meine Tochter in meinen Armen zu halten. Oder zumindest redete ich mir das ein.

Als wir vor dem Krankenhaus ankamen, war ich schweißgebadet und mir sicher, dass das Baby auf dem Weg nach draußen war.

Was tatsächlich passierte, war, dass ich vierzehn lange Stunden arbeiten musste, mit dem Großteil der Wehen in meinem Rücken. Die Heilerin versuchte alles, von speziellen Kräutern hin zu mehr Gehen, Ausfallschritten, Kniebeugen und sogar einem warmen Bad.

Als es Mitternacht wurde, bettelte ich um einen Kaiserschnitt.

„Ich will nur meine Tochter halten", jammerte ich.

Kane wischte mir mit einem kalten Lappen über die Stirn. „Es wird nicht mehr lange dauern, Baby. Hanna sagt, du hast es fast geschafft. Es ist fast Zeit, mit dem Pressen anzufangen."

„Das hat sie vor Stunden schon gesagt." Es war nicht wahr, aber es fühlte sich auf jeden Fall so an. Die Rückenwehen waren beschissen.

„Okay, Jade. Lass mich noch einmal nachsehen", sagte Hanna.

Ich lehnte mich in die Kissen zurück und schloss die Augen, knirschte mit den Zähnen, als eine weitere Wehe einsetzte.

„Gut. Sehr gut, Jade", sagte Hanna. „Das ist perfekt. OK, jetzt pressen. Pressen!"

Kane ging ans Fußende des Betts, ließ meine Hand aber nicht los. Ich krallte meine Finger um seine und presste mit aller Kraft, die ich hatte.

Meine Eingeweide fühlten sich an, als würden sie aus mir herausgerissen, doch alles, woran ich denken konnte, war, zum ersten Mal das Gesicht meines kleinen Mädchens zu sehen. Ich hatte schon ein Bild von ihr im Kopf, mit einem rotblonden Haarschopf, leuchtend grünen

Augen und Kanes Nase. Sie war zart und rosa und voller Lächeln.

„Tobt da draußen ein Sturm?", fragte eine der Krankenschwestern.

„Auf jeden Fall", sagte Hanna. „Das kleine Mädchen macht sich bemerkbar."

Magie wirbelte um uns herum und ließ die Lichter im Takt zu Donner und Blitz ein und aus gehen, während der Wind an den Fenstern rüttelte.

Die ganze Zeit über sah ich nur ihr süßes Gesicht.

„Pressen, Jade", ermutigte Hanna mich.

„Da ist sie. Oh mein Gott, Jade", sagte Kane mit Tränen in der Stimme. „Ich kann sie sehen. Sie ist fast da."

Ich umklammerte seine Hand und schwebte fast in einem Traumzustand, während draußen der Sturm tobte.

„Noch einmal pressen. So ist gut", sagte Hanna.

Ich wäre fast aus dem Bett gesprungen, als ich mich anspannte und mit allem, was ich hatte, presste.

„Da ist sie ja", sagte Hanna. „Komm her, Daddy. Halt sie erstmal. Hier ist sie."

Ich spähte über meinen Bauch und versuchte, einen ersten Blick auf unser Mädchen zu erhaschen.

Kane stand da, Tränen rollten über seine Wangen, als er sie anstarrte. Dann sah er auf, begegnete meinem Blick und sagte: „Sie ist perfekt. Einfach perfekt, Liebes."

„Jetzt kannst du sie ihrer Mama geben", sagte Hanna sanft. „Es ist Zeit, die Nabelschnur durchzuschneiden."

Kane übergab sie an Hanna, die sie auf meinen Bauch legte.

Meine Sicht verschwamm, doch nicht, bevor ich die

Büschel roter Haare und die perfekte, vertraute Nase bemerkte. Der Lärm des Sturms war verschwunden, und die Lichter hörten auf zu flackern, als meine Tochter gurrende Geräusche von sich gab. Kane hatte recht. Sie war perfekt.

DIE SONNE SCHIEN durch das Krankenhausfenster und beleuchtete das süße Gesicht meiner Tochter. Es war Morgen, und ich saß aufrecht im Bett und sah ihr beim Schlafen zu. Kane lag neben uns, einen Arm um meine Schulter geschlungen, während er genauso friedlich schlummerte wie unser Baby.

Glück, wie ich es noch nie zuvor empfunden hatte, erfüllte mein Herz und strahlte aus, füllte all die leeren Räume in mir, von denen ich nicht einmal gewusst hatte, dass sie existieren. Zum ersten Mal in meinem Leben fühlte ich mich vollkommen zufrieden. Als könnte ich für immer in diesem Moment leben und vollkommen erfüllt sein.

Ich wusste, dass das die Endorphine nach der Geburt sein mussten, die diese Wirkung auf mich hatten, doch es war mir egal. Es war ein Moment, an den ich mich für immer erinnern würde.

„Du hast es geschafft", sagte Kane leise.

Ich blickte zu ihm hinüber und lächelte in seine verschlafenen schokoladenbraunen Augen. „Wir haben es geschafft."

Er schüttelte den Kopf. „Ich habe den einfachen Teil

erledigt." Seine Lippen zuckten. „Viele, viele Male, möchte ich hinzufügen. Zu meiner großen Freude."

Ich kicherte. „Ja, das hast du."

Er streckte die Hand aus und strich mir eine Haarsträhne aus den Augen. „Sie braucht einen Namen."

„Ja", stimmte ich ihm zu. „Ich dachte, Juliet Eloise wäre nett."

„Eloise war der Name meiner Großmutter", sagte er und streichelte sanft den Kopf seiner Tochter.

„Ich weiß, wie sehr du sie geliebt hast." Ich streckte die Hand aus und streichelte seine Wange. Seine Großmutter war in seiner Kindheit die Einzige gewesen, die ihm das Gefühl gegeben hatte, geliebt zu werden. Bevor Pyper und ich in sein Leben gekommen waren, war sie der einzige Mensch gewesen, der ihn wirklich geliebt hatte. Seine Eltern … sie gehörten in die Kategorie der Egoisten. „Wir können das zu ihrem ersten Vornamen machen, wenn dir das lieber wäre."

Er sah mich mit so viel Liebe in seinen Augen an, dass ich dachte, mir würde das Herz aus der Brust springen. „Nein, Liebes. Juliet Eloise ist perfekt. Großmutter würde das gefallen."

„Ich wünschte, ich hätte sie kennenlernen können", sagte ich und beobachtete, wie unsere Tochter die Augen öffnete und zu uns aufblickte.

„Sie hätte dich genauso geliebt wie ich, Shortcake."

„Hoffentlich."

Wir schwiegen, während wir beide voller Staunen Juliet Eloise beobachteten. Dann öffnete sie ihren Mund und stieß einen lauten Schrei aus, um uns wissen zu lassen, dass unser Leben von nun an nie mehr dasselbe sein würde.

Und alles, was ich denken konnte, war den Göttern sei Dank.

Kane grinste mich an. „Sie hat ein ziemliches Organ."

Ich nickte. „Und denk nur, du hast mir letzten Monat gesagt, dass du mindestens drei davon haben willst."

„Jetzt denke ich eher vier." Seine Augen blitzten vor Schalk. „Erinnere mich daran, Hanna zu fragen, wann wir mit dem nächsten anfangen können."

„Gute Göttin, Mann. Halt ihn in der Hose", sagte ich lachend. „Lass mich erstmal das hier genießen." Doch als ich zu ihm aufblickte, verzehrte mich die Liebe. Eine Vision tauchte vor meinen Augen auf, und ich sah uns beide im Alter, umgeben von vier wunderschönen Kindern. Zwei hatten rotblondes Haar wie ich, und zwei hatten dichtes dunkles Haar wie er.

„Mach dir keine Sorgen, Liebes. Ich habe es nicht so eilig", sagte er und küsste mich auf den Kopf.

Ich lehnte mich mit einem zufriedenen Seufzen an ihn und sagte: „Weißt du, Kane, wenn du deine Karten richtig spielst, denke ich, dass wir beide am Ende alles bekommen werden, was wir uns jemals gewünscht haben."

Er legte seinen Arm fester um mich und flüsterte: „Ich denke, das haben wir wahrscheinlich schon."

ÜBER DIE AUTORIN

Die New York Times und USA Today Bestsellerautorin Deanna Chase ist gebürtige Kalifornierin, die in den langsameren Lebensstil des südöstlichen Louisiana gezogen ist. Wenn sie nicht gerade schreibt, hat sie mit ihrem Mann in New Orleans Spaß oder spielt mit ihren zwei Shih-Tzus. Weitere Informationen und Updates zu Neuerscheinungen finden Sie auf ihrer Website unter deannachase.com.

www.ingramcontent.com/pod-product-compliance
Lightning Source LLC
Chambersburg PA
CBHW052028240626
47153CB00006B/2000